U0472843

王后的毒药师

THE QUEEN'S POISONER

[美]杰夫·惠勒 著 陈刚 祝科 吴冠宇 译 吴冠宇 审校

上海文艺出版社

献给林肯

人　物

阿根廷王室

艾瑞德·阿根廷：锡尔迪金先王，死因诡秘

当斯沃斯·阿根廷：艾瑞德的二弟，因谋反被处死；其子与父同名，居于宫中，由国王担任监护人

塞弗恩·阿根廷：锡尔迪金王国国王，艾瑞德最小的弟弟，他篡夺艾瑞德之子的王位后，艾瑞德的儿子们便离奇失踪，据传已遇害

爱丽丝·阿根廷：艾瑞德的长女

锡尔迪金权贵

基斯卡登公爵：西境公

霍瓦特公爵：北坎公

阿西洛玛公爵：东陀公

洛弗尔公爵：南港公

拉特克利夫大人：国王的间谍部队“艾思斌”统领

布莱奇利大人：塞弗恩篡位国王的支持者，“艾思斌”前任统领，因谋反被处死

双方鏖战，最终国王惨胜。尽管国王有多年的战争经验，有忠诚的朋友，还有锡尔迪金的后方支持，但很多人都预测起义军会取胜，国王的胜算只有十之一二。当然，有战争就有背叛。据传，神兆曾显灵于水。而基斯卡登公爵尽管其长子被攥在国王手里当人质，却还是命令部队按兵不动两不相帮。对公爵来说，这个决定太糟糕了。国王惨胜之后，公爵的儿子就从瀑布顶上给摔了下去。我无法想象，这个背叛国王的公爵还将遭受怎样的报复。我不禁暗觉好笑。我想我还是密切关注“剧情”发展为好，祝驼背国王万寿无疆！

——多米尼克·曼奇尼，驻圣泉圣母殿的“艾思斌”

第一章
基斯卡登公爵

爱莉诺夫人坐在卧室靠窗的椅子上，轻轻地抚摸着儿子枕在她膝上的小脑瓜儿。欧文是她最小的孩子，出生的时候险些难产。孩子虽已 8 岁，但因体质孱弱，还看不出八龄之貌。他有着一头棕褐色的头发，又浓又密，恣意生长。这使得爱莉诺挺爱用手指滑抚他那浓密的头发。他左耳上方还长着一簇白色的头发。别的兄弟姐妹总是问她，为什么他生来满头深色的头发，当中却带着一簇白发，真奇怪。

正是这个标记让他和哥哥姐姐们比较时显出与众不同。爱莉诺认为这是这个孩子出生时神迹显现的标志。

欧文抬起头，用他深褐色的眼睛凝视着她的双眸，似乎知道她正在焦虑，需要安慰。他是一个贴心的孩子，总是第一个奔跑着冲进她的怀抱。孩提时，他总是喜欢一边紧搂着父母的大腿或身躯，一边喃喃着当时对他们的昵称。嫲嫲，粑粑。嫲嫲，粑粑。嫲嫲，粑粑。他最喜欢做的事情就是一大早，等着粑粑嫲嫲一醒来，他就马上钻进他们的被窝，窃取那正在逝去的温存。

终于在他 6 岁那年，他不再那样做了，但是他还是离不开父母的拥抱和亲吻，他总是愿意靠近他们，特别是他的父亲，基斯卡登公爵。

想到基斯卡登公爵，爱莉诺夫人心中的焦虑之情愈加汹涌。她扫视了一眼窗外，下面是塔顿庄园精美的花园。但是，从修剪整齐的篱笆、生机勃勃的层层草坪和喷涌而出的巨大喷泉当中，她寻找不到丝毫的慰藉。前一天一场战役刚刚爆发，她一直在等着战局的结果。

“粑粑什么时候回来?”一个细小的声音问道。他看着她，目光十分严肃。

他还能回到家吗?

她最恐惧的就是战场。她的丈夫已经不再是个小伙子了，45 岁的他已经少了些将帅的豪气，却多了些政客的世故。她扫视了一眼四柱床旁边专门摆放盔甲的衣架，上面空空如也。床幔没拉上，能看到床上的被褥叠得整整齐齐。他总是坚持要求床铺每天都要铺得很整齐。不管战场上有什么恼人的消息传来，她的丈夫总喜欢保持着基本的寝居规矩。虽然有的夜晚，他也会因忧思操劳国家大事而彻夜难眠，但是当二人在四柱床上独处之时，他还总是能够保持非常平静的状态。

“我不知道。”爱莉诺轻声说，声音有点哑。她手没停，继续抚摸着欧文浓密的头发，手指却在那簇白发上停了下来。她的丈夫应诏与国王合兵一处征战沙场，与此同时，她的长子在国王的部队中羁为人质，确保她丈夫忠心不二。战前有消息传来，王师兵力三倍于敌军，但这可不是简单的以兵力多寡便可得出结果的算术题，这是一场考验忠诚揣度人心的生死劫。

塞弗恩·阿根廷是个很难伺候的国王。说话夹枪带棒，出口伤人。自从两年前他从自家哥哥的孩子手中篡位以来，举国上下一直充斥着阴谋、背叛和处决。人们都在私底下传，说他就在帝泉宫殿之上谋害了自己的侄子们。这很有可能就是真的，想到这个，爱莉诺不寒而栗。她，作为九个孩子的母亲，简直无法想象如此骇人的罪行。九个孩子，因为个个生来体质差，只有五个活了下来。有的儿女竟死于襁褓之中，每失去一个儿女都让她伤心欲绝。欧文是她最小的孩子，她的奇迹。她亲爱体贴的宝贝还在凝视着她的眼睛，好像能读懂她的心思。她喜欢看他自己玩，看他跪在地板上搭积木，最后再把它一下子推倒，她就站在门边一直看着。她经常看到他在书房里面，自己读书。她不记得自己教过他识字，毕竟他还太小。这件事情有点像是完全由他自己学会的，就像呼吸一样，他吸入那些字母和单词，然后毫不费力地在头脑中进行分类。不过，尽管他是一个特别聪明的孩子，但毕竟他还只是个孩子。他也喜欢和哥哥姐姐们在花园里奔跑，追逐树篱迷宫的杆子上系着的白色丝带。当然，在追逐中他也会气喘吁吁，但是这并不能阻止他奔跑的脚步。

她永远也忘不了当王室助产士宣告她产下的是一个死胎时，她心中的悲痛之情。当时没有任何宣告婴儿诞生的啼哭声，和其他八个孩子出生时的情况完全不同。他是身上带着血来到这个世上的，无声无息——身体完全长成，却没有呼吸。她知道这是她最后一次生育机会了，这将是她最后一个孩子，失去这个孩子对她的打击无疑是毁灭性的。面对死去的孩子，她和丈夫两人抱头痛哭。

无能为力？无言以对？无计可施？助产士已经开始对着怀里的死婴吟唱起了古老的歌谣，一边亲吻着他纤弱、布满皱纹的前额，并示意夫妻二人一起为孩子哀悼。基斯卡登公爵和爱莉诺夫人把孩子抱在臂弯里轻轻地摇着，再放到被窝里，搂着孩子，边哭边亲，还一边跟他柔声地说着话，告诉他家里的情况，跟他说家人将会多么爱他，多么需要他。

然后，奇迹就发生了。

一定是圣泉的魔力，她非常确定。不知是何缘故，反正宝贝一定是听到了他们的哭诉，眼睛眨了一下。爱莉诺大吃一惊，起初她以为是自己出现了幻觉，但是她丈夫也看到了同样的情形。孩子的眼睛睁开了。这是怎么回事？他们问助产士。

“也许是在和你们道别。”她轻声说。

但是那一刻竟变成了几个小时，后来变成了几天，再后来就变成了几星期。爱莉诺的手指抚过孩子浓密的头发。孩子抬起头向她微笑，好像他和妈妈一样，也在回忆那段往事。他向妈妈挤出一丝微笑，脸颊慵懒地贴在她的大腿上，睫毛微颤。

“嫲嫲！嫲嫲！”

是洁西卡，她 14 岁的女儿，一路跑着进来，金色的卷发随之上下跳动。“是粑粑！带着一队人马奔驰而来啦！”

爱莉诺满腔惊喜，心中立刻充盈着希望。“你看见他了？”

“从阳台上看到的！”洁西卡说着，满眼的期待与兴奋。“他头上亮闪闪的，嫲嫲，他和霍瓦特大人一起回来的，我认识他。”

霍瓦特公爵统领王国的北疆，而她丈夫统领西境。他们是王国的同僚，是同级的。为什么史蒂夫・霍瓦特会护送丈夫来到塔顿庄园呢？她的胸口猛地一紧。

“欧文，和姐姐一起去接父亲。”爱莉诺说。结果这个小男孩紧紧抓住她的裙子，眼神突然变得很警惕，犹豫不前。

“去啊，欧文！”她热切地催着他，一边腾地从窗边的椅子上站了起来，快步往外走。洁西卡一把抓起小男孩的手，拉着他就往门外跑。听说公爵要回来了，整个庄园都欢腾起来了。人们热爱公爵，连厨房帮工这样的下人也尊敬他们善良的主人。

疾步快行中，爱莉诺感觉脚下有如针刺，心脏狂跳。她是丈夫的心腹高参，迄今为止，由于她的良谋，丈夫几次安全躲过阴谋的漩涡，在贵族倾轧的残酷战争中得以全身而退。难道这次不行了吗?

她听到靴子走上楼的声音。爱莉诺双手紧紧绞在一起，嘴唇紧咬，惊恐地等待着那个消息。他活着！但是大儿子呢！欧加农怎么样了？他和父亲一起奔赴战场。刚才洁西卡怎么没有提到他呢?

丈夫进了房间，只是一眼，她就知道儿子死了。基斯卡登公爵已经不再年轻，不过却生得一张小孩脸，因此，谢了顶的头上的一圈灰发茬才没让他显得很老。他体格健壮，精力充沛，可以连续骑马几个小时毫不疲惫。但是现在，他却牙关紧咬，胡子拉碴，年轻的外表无法掩饰眼中的忧伤。丧子之痛还不至于此，她立刻就明白了，还有比这更坏的消息。

“你回来了。”爱莉诺吸了一口气，一头扎进他坚实的臂膀中。但是，他的胳膊却像猫儿一样柔弱无力。

他在她的额头吻了一下，而她马上感受到了他内心压抑的战栗。

“欧加农死了，”她说着，却希望这不是真的，但是又知道这是真的。

“是。”他嗓音嘶哑地说道，嘴唇紧贴着她的头发。然后他抽身从她身边离开，目光直直地盯着地板。

“出什么事了?”爱莉诺拉住他的手，央求道，“告诉我最坏的结果！看着你这么痛苦，我受不了，亲爱的!”

他眼里噙着泪。他——就是一个极少如此毫不掩饰地坦露自己情感的人。“国王……打赢了。这场战役名为鞍鞭山之战，是一场势均力敌的战斗，爱莉诺。双方实力太接近了。只需片刻之后，吹口气都可以改变结局，一股细流都将可能彻底摧毁它。我多么希望你当时能在现场，给我建议……可惜你不在！”他的面部扭曲，祈求地盯着她。“原谅我吧！”爱莉诺感到她的腿在颤抖。“原谅什么？”她有点哽咽。

他的嘴抿得太紧，嘴唇都发白了。“为国王领兵打仗的是霍瓦特，他的部队吃紧，看起来就要战败了。国王命令我的部队支援霍瓦特。”他摇着头，似乎还沉浸在那生死攸关的危急时刻，“我拒绝了。”

“什么？”她倒吸一口凉气。

“国王是本朝王族最后的继位者了，他的儿子死于一年前，随后他的妻子也死了——据传是被毒杀的。貌似帝泉王国势必断送在其手中，鞍鞭山之役他应必败无疑。对此我们都深信不疑，否则我们也不可能——”

“嘘！”爱莉诺偷偷示警，并往门外看了一眼。

“我们揣测，如果袖手旁观，将来或许能够赢得新国王的青睐。在那个危机时刻，我断定国王的军队就要失败了。塞弗恩当场就威胁我要杀了欧加农。”她丈夫挥拳击打前额，泣不成声。“我都干了什么？”

爱莉诺冲到丈夫跟前紧紧地抱住他。他聪明能干，但是这些素质并不能使他在塞弗恩两面三刀的朝堂政治中游刃有余。正因为如此，他才经常需要她的参谋。她同样推断塞弗恩的统治不会太长久。当然，她也建议丈夫表面上支持国王，但是切勿不遗余力。行动上慢点，就当没有听明白命令。她咬了下手指边。

“但是国王的军队最终获胜了，”爱莉诺无力地说，“而且他现在认定你就是叛徒。”

“从我的角度看，好像霍瓦特的人就要被全歼了。他的部队消极怠战，对于保卫锡尔迪金，抵御来犯之敌，士兵完全无心恋战。但是就在那时，国王召集亲兵骑士，亲自带队投入战斗。他们冲出去的时候，战斗正酣。我当时是亲眼所见，爱莉诺。亲兵当时只有二十个……也许总共加起来三十个吧，但是他们势如洪水，好像正是那股圣泉在背后推动着他们。刀枪剑戟锵声大作，拼杀异常激烈。国王亲自将对手击落马下，然后他自己也从受伤的马上跳下来，手刃强敌。叛军蜂拥而至，但是他表现神勇，似有万人之力。敌人纷纷落败，看到国王获胜，霍瓦特的士兵个个变成了魔兽！”他大眼圆睁，眼中满是震惊。“塞弗恩凭一己之力征服了所有人，哪怕腿瘸背驼，他简直是所向披靡。我急催战马前去增援，助其降服残敌。国王的王冠在战斗中脱落，我在山楂树丛中找了回来。我跟他说……我跟他说我是忠诚的。”说话间他一脸煞白。

爱莉诺觉得双膝发软。她紧紧抱住自己的丈夫，好像他们深陷孤岛，海浪猛烈地冲击着他们，要把他们拖入惊涛骇浪之中。耳朵里回响着丈夫的话语。

“国王下令处死欧加农。他还嘲笑我，说我还有别的儿子可以做人质。然后他让霍瓦特和我一起过来给你传信。他们是这样说的：国王塞弗恩·阿根廷致爱莉诺·基斯卡登夫人，你再选一个儿子做人质，住在帝泉王宫，由国王陛下担任监护人，以此证明你的忠诚和臣服。选一个儿子，作为你们全家的担保人。”

爱莉诺夫人几乎就要昏倒了，但是她还是挣扎着没有倒下。她抬头看着自己的丈夫，“再把另外一个儿子交给那个人，我能相信他吗?”她的心在胸中狂跳，巨大的悲伤令她颤抖，“那个屠夫?”

“斯蒂夫·霍瓦特已经来了，要带孩子去帝泉，”她丈夫满面苦楚地说道，“如果我们现在不挑出一个孩子，他就以叛国罪立刻处死我们全家人。”

爱莉诺夫人靠在丈夫的胸前哭泣。天下没有任何母亲能够承受这样被迫的选择。如果她牺牲一个孩子，那么其他人就真的能活命吗？但是塞弗恩国王残忍奸诈，她挑的这个孩子会是她唯一能活命的孩子吗？

她痛哭流涕，悲难自抑，心思大乱。哪个孩子她能舍得？为什么要让她作出如此痛苦的选择，难道嫌她遭的罪还不够吗？她恨国王，她满怀悲愤地仇恨国王。她怎么能做出这样的决定？她怎么能把自己的儿子交给这样一个人，他连自己哥哥的儿子都能杀害？国王的手上沾满了鲜血，恐怕他走到哪里，手上的血就会滴到哪里。

身处悲伤之中，她都没有听到门开的声音，也没有听到轻轻的脚步声，直到欧文紧紧地抱着他们的大腿，她才注意到他。

他紧紧地贴在他们身上，虽然没有听见他说话，但是她能够想到他的心思，他用孩子的方式试图安慰他们。“我去那里，我去，嫲嫲，粑粑。我去，我去！没事的，嫲嫲，粑粑。我去，我去。”

她低头盯着儿子，她无辜的儿子，接着一丝记忆突然在心中腾起。

她忆起了王宫助产士让其“复活”的那件往事。

她的心中顿时充满了期待。或许她可以秘密地传一条消息到圣母殿，请求圣母保护她的儿子，那个曾经被救活的孩子。只要能抓住一线希望，她就可以忍受分离和绝望。

她明白那是她可以期待的唯一的一丝希望。

锡尔迪金是个非常迷信的国度。而且无一例外，傻瓜多数是女人。人们执念着一个古老的信仰，相信河流的力量，除了知道这个信仰来自传说之外，谁也说不出更多的道理了。人们还用裂纹砖和胡麻，在河边筑起坚固庞大的庇护所。其中的圣泉圣母殿实际上是建在河流当中，在一处壮美瀑布的咽喉之处。这些庇护所给人以庇护，免受法律的惩罚。不少窃贼就居于此神圣的领地，这里有波光粼粼的池塘，泉水潺潺的喷泉，还有怡人的花园——他们日行盗窃之事，夜宿庇护圣地之所。这些人被称为泉庇之人。所有这一切都源自一桩古老的"异想天开"。传说只要河水还在流淌，只要瀑布还在飞流直下，庇护所的特权就会永垂不朽。在圣母殿里，我日复一日地忍受着这些人渣，同时也观察着国王的对手。有时候我也厌恶自己的工作，真的倦了。

——多米尼克·曼西尼，驻圣泉圣母殿的"艾思斌"

第二章
北坎公

欧文喜欢自己玩，而且一个人能玩上好几个钟头——不论是把积木搭成一排然后再一下子推倒，还是排兵布阵、冲锋陷阵地玩战争游戏，抑或是看书，都可以是他独自一人。跟家人在一起时他的话很多，可是一旦到了和兄姐们挥起木剑玩击剑游戏的时候，他又成了那个经常把别人斗哭的家伙，就算对手是年长于他的姐姐又何妨。但是要把他和一个陌生人放到一个房间里，他又会偷偷地躲到椅子后面，用警惕的目光悄悄打量新来的人，直到他或者她离开为止。

他就是这样警惕地注视着霍瓦特公爵的。直到公爵带着他离开塔顿庄园时，骑在公爵马鞍后部的欧文才想开口说点什么，不过却发现自己根本不知道要说什么。这个意外情况让欧文惊呆了，也吓傻了。一行人在欧文的家人面前策马而去渐行渐远，妈妈脸上的闪烁泪光映入眼帘，可是欧文却一个字也吐不出口，欧文觉得可能以后他就是变成哑巴了。

塔顿庄园就是他的世界，从地下室到阁楼，他熟悉庄园里每一个隐秘的角落。庄园里也有些让他害怕的地方——阴暗的酒窖，怪味刺鼻——但是也有一些只有他知道的秘密地方，可以藏匿起来，谁都找不到的地方。在巨大的花园里，他曾经度过无数个简单而又快乐的日子，在草坪上奔跑，躺在厚厚的叶子上休憩，看蚂蚁和痒痒虫在地上爬。他喜欢看痒痒虫蜷成一团变成“小石子”的样子，他会把虫子放在手掌上让它们滚来滚去。然后，等到他停下来的时候，它们的小细腿就开始蠕动，直到整个身体完全伸直，再以后他就让虫儿们在自己的手掌上绕着圈爬。

欧文热爱自然，热爱户外，更热爱室内活动。书籍令他着迷，文字在他眼中正如痒痒虫爬在他皮肤上一样令人陶醉。读书的时候，他似乎随着文字进入了梦幻之都。在那里，他既听不到喧嚣，也听不到私语。只要小手能触及到的书籍，他无所不读，而且全部都过目不忘。对于书籍他一直如饥似渴，尤其对那些泉佑异能者的故事更是如痴如醉。

随着嘚嘚的马蹄声，塔顿庄园渐渐消失了，他的整个童年时代也随之被流放。霍瓦特直挺挺地骑在马上，二人同坐一鞍。除了偶尔问问孩子是不是饿了或者渴了，或者停下来让马休息的时候问问他要不要解手之外，他对这孩子就再没有说过别的话了。

公爵不是体型硕大的那种人，年纪比欧文的爸爸大一些。黑色的丝绒帽下面是一头浓密的灰白头发，剪短到齐颈的位置，与之相配的是一把浓密的山羊胡须。从他一脸严肃的苦相来看，欧文知道公爵并不乐意护送一个只有 8 岁大的小屁孩儿去王宫，他只想尽快地、毫无痛苦地完成任务。公爵几乎和欧文一样沉默，而他那些亲兵骑士则互相开着玩笑，作为旅伴，他们倒是看起来有趣多了。

王国之内所有的贵族都有徽章和箴言，欧文格外引以为荣的是自己家族的徽章和箴言，他从小就是看着这些长大的。基斯卡登家族的徽章叫做金角，一片蓝晶晶的底色，上面装饰着三只金鹿首，鹿首顶着金灿灿荆棘状的利角。霍瓦特家族的徽章底色是红的，一头金狮，嘴巴张开着，一只利箭从口中穿过。欧文不喜欢这种徽章的图案，因为他总是忍不住去想狮子的痛苦。公爵的徽章绣在战袍上，他的旗手跃马紧随其后，手持绣着徽章的大旗，向路人宣告，公爵驾到，闲人回避。因为有的骑士不仅佩剑，而且手执弓箭，全副武装，欧文的嘴巴就不由得闭得更紧了。

每天骑马赶路，欧文也搞不清过了多久。每天早上公爵都是在拂晓就推醒他，朝他皱着眉头，然后领他上马。欧文什么话也不说。公爵也什么都不说。去帝泉的一路上似乎都是这样。

欧文 3 岁的时候，曾经和家人一起来过锡尔迪金皇城。时间过去得实在太久了，他只留下了个特别模糊的记忆，但是当他们顺着大路慢慢接近皇城的时候，那些破碎的记忆开始聚拢，朦胧当中又变得熟悉起来。

帝泉城最大的特点就是她最初建于一条大河流域，而且恰巧位于大河从平地变成滔滔瀑布的地方。在大河的中央有一座大岛，庇护所就建在那座大岛上——也就是帝泉的圣母殿。瀑布中露出硕大的卵石和巨岩，尽管瀑布汹涌澎湃，巨石上仍攀附着一些细长的树枝。

从那些过去的传说中，欧文早就知道这座建筑是如何得名的，但是所有他看过的记载当中，没有一条能够说清楚他想知道的所有细节。在那些他曾经尝试去阅读的版本当中，讲的都是骑士、战斗和那些已经不复存在的各种各样的王国的故事。而且所有的文字冗长无趣，根本无法引起他的兴趣。庇护所有两座坚固的塔楼，建筑物后面还赫然耸立着一串串的拱门，让这个庇护所俨然成了瀑布的复制品。河岸的一边是市区，屋顶呈楔形，烟囱冒着烟。在瀑布滔滔的水声中，羊儿咩咩的叫声，牛儿哞哞的叫声和马车牛车的声音混在一起，很难听得分明。而另一边，则是河岸高地上矗立着的宫殿，和宫殿一比，塔顿庄园显得像个玩具似的。

一座石桥把宫殿和这座岛连在一起，而把岛屿和城市其他主要河岸连在一起的是几座木桥。景色如此壮丽，欧文为了看个清楚，一直在马鞍上保持着倾斜的姿势。瀑布的奔腾之声在几英里之外都听得到，湍急的波涛听上去就像不息的风暴。

王宫建在一个绿色的山坡上，山坡上满是层层叠叠、郁郁葱葱树林，宫墙峭壁高耸，炮塔上空飘舞着皇家旗帜。从某些古老的石头城墙之处，欧文看得到部分高耸的花园和树木，以他涉世未深的眼光看来，那些城堡似乎已经在那里矗立了几千年。然而，王宫的正面则看不到常春藤或是葡萄藤，显然是一直被悉心养护的结果。

这里即将成为他的新家，国王已经宣欧文进殿做人质了。欧文的哥哥欧加农也在帝泉王宫住过一段时间。现在，他已经死了。这就是欧文离开的时候粑粑和嬷嬷一直不停哭泣的原因吗？这个王宫感觉不像个家，感觉像个遗迹，一个多年的废墟，一个危险的地方。

当他们骑马进城的时候，小号声响起，宣告着他们的到来，欧文发现成百的陌生人正盯着自己看，有的人还流露出了同情的目光，这使他更加地害羞不适，于是他就把脸埋在公爵的斗篷里，藏了起来。

当他们策马穿过城市和无处不在的瀑布声时，马蹄在鹅卵石地上发出嘚嘚的声音。欧文终于再次抬起头偷偷打量四周的商店和拥挤的人群。沉浸于此情此景，欧文一时还无法理解这样一个巨大的场景，他的感觉完全淹没在如此巨大的噪音和混乱当中。他想试图抑制自己的情绪，却发现自己在哭泣，想到没有了家人的庇护，他不禁伤心欲绝。为什么是他被选中去帝泉王宫？而不是别的人呢？

过了一会儿，霍瓦特才发觉小东西在抽泣，在马鞍上转过身俯视着他，“怎么了，小鬼?”他没好气地问道，胡子都撅了起来。

欧文看着他的眼睛，什么也不敢说，更不用说表露出他的真实感觉了。他想忍住不让眼泪流出来，没想到结果反而更糟糕。他感到泪水顺着脸颊不住地流淌。他觉得自己的处境既悲惨又孤独，过去的几天似乎是一个噩梦，而现在，他才开始意识到，噩梦就是他的新生活。

公爵招手叫来一名亲随。“去给这小家伙拿块松饼。去那边。”

“是，大人。”骑士说着，纵马向前而去。

欧文不想要松饼，他想回塔顿庄园。但没有任何理由让他敢这么说。他浑身剧烈地颤抖着，紧紧地抓着公爵的披风，眼睛盯着徽章上被利箭穿过的狮子，从骨子里感到难受。马队还在缓步向前，那个骑兵终于回来了，给了欧文一个浅褐色的松饼，上面沾着小黑粒。虽然心里不想要，他还是收下了，也没有说一句感谢的话，只是在手里紧紧地捧住。松饼很软，比他的手还大，从松饼上飘出的香味让他想起了家里的厨房。很快他的啜泣声停止了，用袖子抹了把鼻涕。松饼继续诱惑着他，他终于忍不住咬了一口。松饼的皮儿有点像蛋糕，他用牙齿咬着小黑粒儿的时候，种籽发出嘎吱嘎吱的声音，这种新鲜的感觉他还从来没有体验过，可是味道实在好极了，他狼吞虎咽地吃了下去。

他们来到了一座通向庇护所的桥跟前，此时，欧文又开始活跃起来，通过这座浩瀚大河上的桥梁让他有点紧张。如果过桥的时候，桥被冲毁了，他们岂不是都要都被席卷而命丧瀑布?想到这里，他笑了笑，想着这倒是蛮好玩的——可是结局呢?河流巨大的冲击力撞击着木桥，让欧文有一种紧张的眩晕，胃里的松饼也随着揪作一团。他把公爵的斗篷抓得更紧了，都能感受到马蹄的震颤。

虽然到了圣母岛，但是对他们来说，显然也没有必要进去。有人在庇护所的庭院里拉磨，其中有几个把胳膊搭在门上休息，看着公爵一行人马经过。这帮人披头散发，一副乞丐相，有些人好奇地盯着欧文看。欧文也偷偷地打量了他们几眼，然后再次把脸藏在公爵斗篷的衣褶里。

他们迅速通过小岛，直奔通向城堡的石桥而去。炮楼又高又尖，欧文想，如果云彩再低一点的话，这些炮楼都可以把云彩像肥皂泡一样戳爆了。随风飞舞的三角旗上既有锡尔迪金皇室的狮子标识，也有国王自己的军旗标识——他即位之后仍然继续佩戴的徽章，雪色封豕——一头雪白的野猪。欧文一向认为猪是友好的动物，也非常喜欢，但是这个黑色田野背景下的猪身和獠牙很吓人。

“就快到了，小家伙。”公爵粗声说道。马儿费力地穿过石桥，然后慢慢爬上缓坡。褐色的城堡看上去兆头并不坏，而且还有点友好，但是这种友好的印象被无处不在的白猪给毁了。更远处有一座更加高耸峭立的塔楼，看上去像把尖刀。欧文打了个寒颤。

他们到达吊桥，经过铁闸门，进入了王宫。这里是国王的宫廷，但是并不在王国的腹地。欧文是从他爸爸的一些地图和藏书中慢慢对此有些了解的。王宫应该更靠东部一些，河流在几里格[①]之后注入大海。

下了马，欧文这才发现自己走在高大的巨石走廊上。闪烁的火把多少驱走了一些周围的昏暗。附近窗户不多，这地方显得凉爽、黑暗，尽管外面是仲夏的暑热。欧文看着这些旗帜、挂毯，闻得到正在

① 里格：长度单位，1 里格约等于 3 英里。

燃烧的油、皮子和铁器的气味。他走在公爵身侧，满怀惊惧和不安。穿行长廊间，他走得像个蹒跚学步的婴儿。奇怪的是他竟然能记得这些，他还知道他正朝着大厅走去。

一名高个儿男子从前面迎了过来，他比公爵年轻了很多，黑色的帽子下面是黄褐色的头发。此人身着黑色制服，袖子上绣着银色的斜杠，镶嵌的宝石华丽夺目，一看就是那种总是忙忙碌碌、步履匆匆的家伙。他的山羊胡子修剪整齐，尽管个头儿比公爵高得多，却没有公爵健壮。

“哈，史蒂夫！听到小号我就知道你到了，这边，这边，国王正往下来！我们必须快点！”

“拉特克利夫。”公爵一边说，一边微微点头。他并没有改变步伐，但是这个男人的举止让欧文不由得想要走快点。

“感谢圣泉，我们都从激战中活下来了。”他喘了口气说。“我都不敢相信，我们真的能活下来。这就是基斯卡登家的小崽子，嗯?”他轻蔑地看了欧文一眼，轻声地都笑出了节奏。“选了最小的，好像这就能过关似的。国王正处于狂怒之中，你想想。打仗受伤，他的腿到现在还在疼。医生们都说伤口正在痊愈，但是你知道他静不下来！但愿我们能劝住他，别再坐立不安，好好休息。西境有什么消息吗?”

霍瓦特面无表情地走着。“我会报告国王的。”他简短答道。

拉特克利夫皱皱眉，鼻孔喷火。“随你便。守好你的秘密吧。国王已经授权我招募更多的‘艾思斌’。如果一个面包师的老婆吃早饭的时候骂了国王，傍晚前我就会知道的。哦，我们到了。”进大厅的时候，他做作地摆出请进的手势。

猛地被带进这么一间大房子里，欧文差一点在地毯边上绊了一跤，随后才驻足站稳。他盯着从墙柱上垂挂的巨幅旗帜，木制格子框架撑起的巨大天花板，还有墙上高高的灰色窗户。从窗外挤进来一些光线，但是根本不足以给人任何温暖和安慰。几个仆人在屋子里匆匆地忙碌着，手里托着餐盘和大肚子酒瓶。壁炉里火焰熊熊。宝座台四角的喷泉给了宫殿一些生气，不过王座之上却空无一人。

“国王呢?”霍瓦特问道。

“就来了，老兄！就要来了！是我们等他驾临，而不是他等我们。”拉特克利夫看上去兴奋得发狂，好像他就要吃到美味的馅饼一样。欧文很担心地扫了他一眼，一半身体都躲进了公爵的斗篷下面。然后一个声音出现了。靴子的声音。但是脚步声并不均匀，几乎是连瘸带拐的。跟在公爵的身后，欧文走得更慢了，看着一名仆人打开了门。一个号手把喇叭凑到嘴边，吹出刺耳的曲调，宣告塞弗恩·阿根廷的到来，鞍鞭山战役的胜利者。

这个可怕的锡尔迪金君主。

大厅里的所有人一起肃穆而立。

国王的哥哥艾瑞德——在其生前——是一个英俊和蔼的人。他强壮，勇敢，但说实话，也好女色。四个儿子当中他是长子，还有两个弟弟已经去世。塞弗恩国王则最年幼，是统治这个国家已数世纪的大家族的最后继承人。他出生时就像橡树根一样蜷曲而结实。在力量和勇气上他一点不比大哥差，但丝毫没有他柔软的一面。他们说，国王的舌头比他的匕首更锋利。说话间，我已经感觉到了刀锋，我得承认。

——多米尼克·曼奇尼，驻圣泉圣母殿的“艾思斌”

第三章
塞弗恩国王

一个身影从闪烁的火把前走过，此时，国王一瘸一拐地走进了大厅。欧文先看见的是地板上的影子，随着心中恐惧的加剧，他的眼睛也越瞪越大了。这就是传唤他到帝泉的那个人。这就是人见人怕的那个国王。

塞弗恩国王一瘸一拐，可是步子依然很大，说不清是愤怒还是痛苦，抑或是二者兼具的情绪，让他显出了一副怪相。最先引起欧文注意的，是他一身暗黑的装束。他脚蹬一双黑色长靴，靴上的带扣繁琐复杂，并饰有缀着茂盛冬青的黄金双丝带。他的黑色皮外衣上，天鹅绒和丝绸就像一道道鞭痕，几乎盖不住里面的黑色锁子甲。那锁子甲随着他蹒跚的脚步微微作响。脖子上长长的一条金链子显示了他的身份。他胳膊上套着厚厚的黑皮护臂，双拳紧握，肌腱强壮，用一根手指扣住腰带上的剑柄。他一走动，薄薄的黑斗篷飘起来，露出扭曲的肩背，这畸形的身体让他脚下不稳，而人又走得太快，便不免时有停顿。

他冲号手挥了一下手，怒气冲冲地瞪了他一眼，好像觉得这声音太刺耳了，然后跌跌撞撞、歪歪扭扭地登上了宝座台，一屁股坐在王座上。

由于国王坐姿坚定，别人不容易注意到他双肩不齐。他的姿势把这毛病掩盖得不错，尤其是当他把胳膊肘靠在扶手上，再用食指和拇指捏着下巴的时候。他的头发又黑又长，没有一丝灰白，藏在一顶黑帽下面。帽子上镶着皇家徽章，有一粒珍珠从那里垂下来。不知道为什么，欧文本以为见到的国王会是满头灰发、胡子拉碴的，但塞弗恩根本不是这样。要不是压抑的愤怒扭曲了五官，国王还算得上是英俊的呢。他气喘吁吁，上气不接下气，扫视着眼前众人。

“陛下。”拉特克利夫说，做了一个夸张的手势，鞠了一躬。

霍瓦特公爵点了点头，略微弯了弯腰。

“出去!”国王呵斥着手捧银盘准备迎上来的仆人，朝他们不屑地摆了摆手。仆人全都匆忙离开了大厅。

国王将目光转向公爵，好像已经看到缩在他斗篷后面的欧文了。这双黑眼睛一看过来，欧文的胃就翻腾开了。他说不出话来。他吓坏了。

“她把最小的孩子送来了。”国王轻蔑地说着。他不屑地撇了撇嘴，并嗤之以鼻地继续说道，“没想到啊。嗯哼，他们走了这步棋，现在该我下了。”他在座位上挪动了一下身体，疼得直皱眉。他用左手将短刃从鞘中拔出一半，又用力塞回去。这个动作吓了欧文一跳，国王重复着这个动作，每做一次，欧文的恐惧就增加一分。

“陛下，霍瓦特见您竟然还能四处走动，他很吃惊呢，”拉特克利夫亲切地说，“这伤还在折磨您呢，我们都看到了。”

“我登上这王座，可不是来受宠惯的，”国王断喝道，“我的左腿丢在了鞍鞭山，就靠这两条胳膊，我爬回了帝泉！我可不需要护士。

我要真正的好汉。我的敌人全垮了。除了一个。”他愤怒地抛给欧文锐利的一瞥。男孩使劲眨着眼睛，忧心忡忡。

欧文的嘴巴不管用了。他自己知道。他站在国王面前发抖，舌头干燥得像片沙地。

国王眉头紧锁，闷闷不乐，他在等一个回答，却撬不开男孩的嘴。欧文心里害怕，头昏眼花，浑身僵硬。而他的两条腿，就像他的嘴，根本就不听使唤了。

“这孩子名叫欧文，”霍瓦特用沙哑的声音说道，“打从离开塔顿庄园，我就没听他说过一个字。”

“是个哑巴?”塞弗恩国王忍不住咯咯笑了起来，笑得很邪恶。“对王宫来说，这个补充倒不赖。这里也太吵了。”他在王座上又动了动。“在塔顿庄园听到这消息，他们受不了了吧，史蒂夫?”

“可以说糟透了，您可以想象出来的。”霍瓦特说得很慢。

国王轻笑道：“我当然想象得出来。”他又看着欧文。“你大哥摔到瀑布下去了，就是因为你父亲对我不忠心。他没能像这位高贵的公爵的儿子那样，在战斗中为国捐躯。”

欧文的父母已经把哥哥的遭遇告诉他了。那些人把欧加农捆在独木舟上，再推下瀑布，男孩想起这情景就不由得发抖。这是王国的处决方式，虽然少年没有亲眼见过，但一想到这有可能再次发生在家人身上，就感到无限恐怖。

“他女婿，不是亲儿子。”拉特克利夫随口补了一句。

国王狠狠瞪了拉特克利夫一眼。“你认为对我来说这有什么区别吗，迪肯? 他女儿的丈夫死在了鞍鞭山，但他并没有回家去安抚他的女儿和外孙女，反而尽职尽责，护送了这小坏蛋。他的责任……”他的声音低沉而嘶哑，他伸出一只僵硬的手指，就像刺出一根长钉。

“他的责任决定一切。这就是为什么我相信他，拉特克利夫。这就是为什么我相信你俩。公爵在战斗前夕看到的那首短诗，你还记得吗？北方史蒂夫，不要太轻率。主子塞弗恩，早已被出卖。这张便条是我们某个敌人留在他帐中的，说不定就是这小子的父亲呢，怀疑和恐惧熏黑了他的心。你还记得史蒂夫是怎么做的吗，迪肯？”

拉特克利夫有点恼了，双臂交叉在宽阔的胸前。“任何人都有可能留下那张便条，陛下。我还在调查，到底它是怎么——”

“这还重要吗，迪肯？”国王怒火中烧。“要我说的话，也许就是你手下的‘艾思斌’干的。甚至可能是王后的毒药师干的。反正霍瓦特马上把便条交给了我。他从北部冰川而来，就像冰一样冷静，他是那里永远的主宰。责任、忠诚，对他来说，那比黄金更珍贵。”他探身向前，把手指放在剑柄上，又重复那个动作——拔出一部分剑又猛送回去。他做一次，欧文就往后缩一下。

“我也在鞍鞭山啊，”拉特克利夫的声音里有点小小的不满，“正是我的‘艾思斌’，在战斗激烈的时候，发现了那个想篡夺您王位的人。”

国王从嘴角勉强挤出一丝微笑。“我当然不会忘了你周到的服务，我的朋友。你忠心耿耿，所以我把掌管‘艾思斌’的任务交给你。但有些‘艾思斌’想要谋杀我，这事我还忘不了。”他冷笑着对那个男人说。“霍瓦特总是忠诚的。”

拉特克利夫怒气冲冲，满脸涨得通红。“陛下，您用那事打我的脸，这不公平啊！当时可不是我在指挥他们呐。全是侍卫长指使的。何况您已治了他的罪，把他扔下瀑布了。”

“我很生气，就那么干了。”国王靠着椅背应道。他摇着头继续说着，“我本来应该搞一次审判。”他的手滑过前襟，胳膊上的护臂映着火把的光。“啊，不过那日子太黑暗了。到处是背叛。我哥哥艾瑞德没让摇摇晃晃的盘子掉下来。但是他一死，就稀里哗啦全摔碎了。”他的脸变得柔和了一些，仿佛想起哥哥仍然让他伤心不已。然后他脸一板，又盯着欧文。

“你是我的人质，”他用尖刻的语气说道，“得靠你来保证你家里人的忠诚。在你之前你哥哥是人质。他已经死了。要是你母亲以为，如果他们胆敢抗旨，而我会饶了一个孩子……”他的声音沉下来，那是因为愤怒都快要咆哮了。“那才真是没有领教过国王的果断和严厉。我是你的监护人，欧文·基斯卡登，我叫你干什么你就得干什么。你要待在宫里。”他张开手掌，让欧文看看这间大屋。“现在这就是你家了。把钱币投进圣泉吧，小子，祈祷吧，但愿你父母对我忠诚。”难以抑制的愤怒扭曲了他的脸。“在鞍鞭山，我差一点也要治你父亲的罪了。不过我现在知道要耐心点儿。”他咯咯笑着，残忍的微笑扭曲了他的嘴。“放心吧，我会考验你父亲的，小伙子。希望他更珍惜你的命，别像对你兄弟那样。拉特克利夫，这孩子归你看护。给他找间儿童房，再找个保姆。每天早餐时，我要看到他和别的孩子在一起。不得有误。”

欧文大吃一惊。他本来怕得要命，根本听不懂国王的话。不过他搞清楚了一桩事：事情远比他父亲跟他说的更复杂。他们说国王传唤他进宫，要做他的监护人。现在他知道将由另一个人来看管自己，而且这人显然不喜欢孩子。他们叫他别害怕，因为宫里很多人都很友好。这又是假话。他既迷惑又害怕，想家想到受不了。

“现在他是我的麻烦了？”拉特克利夫问道，带着明显的失望和痛苦。“我以为您会把他给霍瓦特的。”

国王仰望着天花板，好像在房梁里找他的耐心。“他是北方公爵啊，迪肯！他女婿死了，他得回去安慰他女儿，安慰孩子们。我们确实打赢了，伙计！不过要是不能平稳一段时间，我怎么能安心呢！过去这两年，我除了烦恼和灾难，真是一无所有！”他的声音拔高了，仿佛阵阵雷鸣。他想从王座上起身，不过几乎立刻又瘫软下去。可能是腿伤让他感到了痛楚。“你管着‘艾思斌’呢。找人看着这孩子吧；我要说的就这些。伙计，记住了，背地搞鬼，怨怒易生！”

拉特克利夫怒火中烧，脸色难看，但他什么也没说。国王既愤怒又激动，眉头紧锁牙关紧闭，蜷缩在王座里。

一只大手落在欧文的肩上。男孩仰起头，看见安慰他的那个人——霍瓦特正望着自己。霍瓦特什么也没说，却面露同情之色。

拉特克利夫很快控制了情绪，不过挨了一通训斥，还是挺难过的。“好吧，陛下。我去给这娃娃找个奶妈。”他满嘴嘲讽。

欧文不是娃娃，但泪水刺痛了眼睛，这让他很害怕。他开始默默哭泣。他刚对霍瓦特有了点依赖，霍瓦特却要动身回北方了。如今他归拉特克利夫监管，这家伙显然脾气暴躁，正是欧文最害怕的那种人。他的父母抛弃了他，把他送给国王当人质。而国王即使对最亲密的盟友，也会突然翻脸并破口大骂呢。

“他在哭鼻子吗?”拉特克利夫厌恶地说着。“好啊，汇入喷泉的泪水再多些吧。擦干眼泪，小鬼。来吧……停止哭泣吧!”

“别哭啦!”拉特克利夫大声呵斥，跺着脚往前走。

一个女人的声音穿透了大厅。嗓音虽柔软，却不乏威严。“应该停止的，正是你的大喊大叫，我的大人。你们把这个小可怜吓得魂都丢了。”

欧文回头观瞧，可是除了她长长的金发，哭肿的双眼什么也看不清。她俯身半跪在欧文面前，拿出蕾丝手帕，轻轻擦去他的眼泪。她拂落霍瓦特的大手，将自己的纤纤玉手放上欧文肩头。此时她的模样变清晰了，欧文看见了一位比大姐洁西卡略大些的少女。她绿色的眼珠里有着蓝色的条纹，欧文从没见过这样美丽的容颜。

在锡尔迪金，关于圣泉圣母殿的神话传播最广，妇孺皆知。女孩对他亲切地微笑，注视着他的眼睛，她的眼神温暖，满怀同情。她是圣母传说的化身——一位智慧、慈悲、无限温柔的女子，她存在的力量，可以让久经沙场的骑士顶礼膜拜。就像传说中的那样，她一出现，就让刚刚肆虐的狂怒风暴骤然平息了。

“叔叔，”女士抬头看了一眼王座上的男人，“拉特克利夫先去安排事情，让我带这小孩去厨房吃块蜜糖饼吧。您同意吗?”

欧文偷看了一眼国王，被他的举止变化所震惊。他愤怒的风暴消散了，凝视着侄女，眼睛周围紧张的肌肉松弛了下来。他的手仍放在剑柄上，却不再拔剑。他紧皱的眉头松开来，不易察觉地笑了一下。“如果你愿意，当然行啊，爱丽丝。”他表示同意，并示意为两人放行。

“牵着我的手吧。”爱丽丝说着便缓缓伸出了手。欧文贪婪地握住它，感受着玉手的柔软。她的礼服以蓝色和薰衣紫丝绸作面料，前摆织金，搭配一件白色无边外套。

欧文望着公爵，想要谢他，却还是开不了口。他心里难过，说不出话来。

公爵看着欧文的眼睛。这男孩还太小，根本看不懂老人的表情。他厚厚的胡子盖住了嘴唇。他向欧文点了一下头，仿佛也在同意他离开。欧文离开给他安慰的斗篷，随那位女士走出了大厅。

第四章
厨娘和王室管家

看到厨房，欧文的脸上出现了笑容——自打他离家之后，这还是头一次。和塔顿庄园的厨房一样，这种忙忙碌碌的地方，看起来很有生气。一串串腊肠搭挂在吊灯挂钩上，大小厨台上摆满了肥鱼和盛放蔬菜的碗碟；一处带遮沿的区域则密密匝匝地挂满了调味食材。拱形屋顶下，桌椅凳台四处摆放。佣人们托着酒壶、面包和奶酪，奔进忙出。就连钻石形的地砖都怪有趣呢。门口堆着一些松树枝，不过门内的地面倒打扫得很干净。欧文想，这地方玩推倒积木的游戏可是再好不过了。

“你真的笑了呢!”爱丽丝声音中充满了兴奋，她轻轻捏了捏欧文的手。“你喜欢这个厨房?”

他一边拼命点着头，一边盯着一名厨娘用面包木铲从烤炉中取出三条烤面包。厨房在宫廷的底层，为了支撑庞大的城堡，这里四处立着粗大的柱子。厨房高大的窗户敞开着，空气流通，采光良好，所以显得亮堂堂的，和大厅大不一样。

爱丽丝领着他，从男佣女仆中挤过去，走到烤炉边，而那名厨娘也已将木铲和面包放在了砖砌的厨台上。

这女人个子很矮，红褐色的头发从厨帽下溜出少许，她穿着沾满面粉的围裙，脸颊上有处小疤痕。她扭头便看到公主，顿时兴奋得双眼发亮。

“噢，天哪，公主！你越来越漂亮了。你妈妈年轻的时候是个大美人，你比她更靓。小丫头，让我好好瞧瞧你。能抱抱你的老厨子吗?”

虽然爱丽丝公主比厨娘高了不少，但还是亲切地俯身拥抱了她。随后公主又半跪在欧文身边，抚摸着他的头，让他觉得有点痒。接着她扶正欧文的肩膀，仿佛是在一个非常正式的场合，郑重其事地向大家介绍着他。

“莱昂娜，这是欧文·基斯卡登。他是宫里的客人，会一直待在这里。”

厨娘更加笑逐颜开了。“欧加农少爷的弟弟！现在已经长成大人啦！”她高兴地说着，摸着下巴做沉思状，“你得有10岁了吧！”

欧文又喜又羞，脸都涨红了。他摇了摇头，“我才8岁。”

“8岁呀！真想不到啊。我哪猜得出哟。你想来块蜜糖饼吗，欧文少爷?”

他笑了，小心地点点头，厨娘冲他眨眨眼，示意跟她走。她揭开一只陶罐的盖子，取出一块印有军役袖章的圆饼，并郑重其事地交给他，随后又偷偷塞给公主一块，还朝她挤了挤眼睛。

欧文刚咬了一口就知道自己还想要第二块。这脆饼薄薄的，外酥里韧有嚼劲儿。除了蜂蜜和糖浆的味道，里边还有一种说不清的妙味。他一边狼吞虎咽地吃着，一边看着热闹。厨师们忙着大桶煮汤，大块烤肉，帮厨们呢，正在将胡萝卜、土豆、南瓜和洋葱切成小块。

莱昂娜压低声音，柔声跟爱丽丝说话。

爱丽丝对老妇人亲切地微笑着。“我昨天去圣母殿探望过她了。”

莱昂娜的脸色阴沉了下来。“我很想念太后殿下”，她说。“这宫殿里原来多热闹啊，有那么多的派对、舞会和生日聚会。可是自打国王从北方回来，城堡就只剩下一片黑暗了，因此，我连窗户都不愿意关了。我们需要更多的光。没有阳光，连花都要蔫儿啦。”

她的话让欧文瞥了一眼最近的那扇高窗。透过它，他能看到城堡上一座尖塔高高耸立着。那座尖塔……让他不由得想到一把匕首。他想知道那是不是国王的寝宫。看着赫然高耸的塔身，他感到脊背一阵发凉。不经意间，他已经吃完了那块蜜糖饼。

“我的天，你胃口可真好！”莱昂娜说。

厨娘个头不比他高多少，而他恰恰喜欢她的矮小身材。她揉了揉他的头发。“看看你啊，欧文。你头发里那一片是什么东西？面粉吗？”她摸了摸他长白头发的地方，欧文连忙一侧身，躲开了她。

“我也注意到了。”公主说。“只是一缕头发，像雪一样白。如果他的头发更长一些，我想你就很难注意到了。”

欧文自己对这个倒不太在意，只不过大家总是对此喋喋不休。这不过就是头发嘛，就算里面有一缕奇怪的颜色又怎样呢？

公主碰了碰厨娘的手臂。“他在这里待一会没事吧？我进大厅时，大家都在大喊大叫，我看得出他是受惊了。”

厨娘摇了摇头，“在这么个小家伙面前大喊大叫，真少教养！欧文，只要你喜欢，你随时可以来我的厨房。原来你哥哥在这里也很受欢迎。如果有什么人想骂你，嘿嘿，我会先骂他，就算是国王陛下我也敢骂！永远不要惹厨子，就算牛奶变酸也别这么做。要是你害怕了，觉得孤单了，那就来这儿吧，啥时候都行。好吗欧文？你可以经常来陪陪我吗?”

欧文笑了，仔细打量着厨房拱形的屋顶和挂着的锅罐。“我喜欢这儿。”他害羞地说道。远离了国王的愤怒，他现在内心平静多了。他不想再见到他，尽管他知道必须每天要和他一起早餐。

公主又跪在欧文身边。她的眼神严肃，手却爱抚着他，仿佛她一直都懂他，仿佛二人已相识许久。“莱昂娜会帮着照顾你。我会找到拉特克利夫大人，帮他给你找个好保姆。”她抚摸着他的胳膊。“我会好好照顾你的，欧文。莱昂娜也会。这里很多人还是……忠诚的。”她说出这个词之前犹豫了一下。然后她便站起身来，阳光映得她的衣服熠熠发光，金色的头发更是光芒耀眼。她看起来就像个女王。

“谢谢你。”欧文喃喃地说，目不转睛地看着她。

莱昂娜吸了吸鼻子。“这一炉面包又快烤好了，只要闻闻就知道了。我会照顾这孩子的，公主。别担心。有这么多人在这儿，他不会受欺负的。”她的表情就像是在和欧文密谋着什么事似的。“我丈夫是这个城堡的樵夫。”她神秘兮兮地说着。他知道所有好玩的地方，也不介意有人陪着他满山转悠。国王的树，到底留哪棵，又砍哪棵当柴火，全由他作主。他现在到树林里逛荡去了，不然的话，你就能看到他脚踩酒桶，用大壶喝着麦芽酒喽。不过你也看到了，我把厨房收拾得很干净，所以他也知道该把脏靴子搁外头。我再给你拿块蜜糖饼吧!”她又挤了挤眼睛，快步去陶罐那边再拿一块饼，而另一位厨娘则过来将烤好的面包从烤炉中取出。

“谢谢你，莱昂娜。”公主说道。

“随时愿意为殿下一家效劳。”莱昂娜答应着，表情沉重而严肃，随后又抱了一下爱丽丝。

“现在我一定要找到一个合适的保姆。”公主说着，最后一次又揉了揉欧文的头发。

厨娘若有所失地目送着公主离开。可公主刚一走，她的表情就从惆怅变成了懊恼。欧文的心猛地一沉。难道这一切都只是一场表演吗?

“他来了。”莱昂娜忿忿地说道。“布丁离他近了都能变酸。他是国王的王室管家，伯威克大人。他从北方来的，欧文。从那里来的有些人不可信。我同情令尊大人。真的。我会信守诺言的，一定好好照顾你，孩子。厨房这里就是你的家。”她朝他微笑，她冲欧文报以鼓励的微笑。

靴子的声音引起了欧文的注意，一个皮肤粗糙、满脸皱纹的老男人快步走进来。他到莱昂娜面前时，已经气喘吁吁。他个子很高，大腹便便，棕色的皮肤相当粗糙。他的秃头顶上有深赤褐色的斑点。不过他耳朵和后颈上方倒长着半圈浓密卷曲的毛发。他穿着黑金相间的王室制服，佩戴着一枚野猪徽章。

“瞅……瞅……你哦，”他揶揄着莱昂娜。“晚餐前……这么……忙的时候还杵……在那儿发愣呢?”北方口音浓重的人说的话，欧文一直都听不太懂。好像他们都火急火燎的，根本来不及说完每一个音节。“主人的鹌鹑蛋……饼啥时候能做……好?难道……你还没开始做?”

莱昂娜的脸色难看了起来。“伯威克，你闲得没事干吗，非得来插手厨房的事?”

“要是你们做事麻利点，我才懒……得管。主人可没……啥耐心，也不会容忍……别人偷懒的。”

“你是说我懒吗?”她语气严厉地问道。“给这么大的王宫准备吃的喝的，你知道得花多少时间吗?知道我们一天要做多少面包吗?”

“五百零六，”他冷笑着说，冲她打了个响指，“我算……的是面粉袋。我也知道鸡蛋和蛋黄的数量。我是国王的王室管家，管理着他在北方的城堡——”

“那儿可比这里小多了，我得提醒你，伯威克!”

欧文盯着这个高高的管家。他身上的味道很奇怪，闻起来就像是——卷心菜。

他的注视引起了老头子的注意。“这又是谁家的小崽……子？又是哪个碌碌无为的爹造的孽?”

“他是基斯卡登公爵的儿子。”莱昂娜说，拉着欧文到围裙前。“他不是什么‘小崽子’，你真粗鲁，他身上可是流着贵族的血。”

“噗!”他唾沫星子乱飞。“基斯卡登家的臭小子！我真可怜他！他哥已经死在河里了。”

莱昂娜看上去非常生气。“他受国王的监护，没什么要你可怜的。”

管家哼了一声。“受监护？我可不这么想。他是国王的人质。那位好心的大公爵霍瓦特要赶回北方，正好碰上了我，刚刚我们还聊了几句。这小子活不了几天了。”

莱昂娜表情凝重，面色发白。“你别再这么说啦，”她气愤地说道，并示意欧文坐到旁边的箱子上，然后走向伯威克，开始低声斥责他。

欧文坐在小箱子上面，发现对厨房这个“庇护所”的喜悦开始减退了。国王的威胁在他胃里翻滚。即使厨房温暖舒适，弥漫着酵母的美妙气味，他还是忍不住去看窗外那匕首般的尖塔。它给人的感觉像是国王就在旁边盯着他。

“不，你自己说话注意点，轻点声!”伯威克愤怒地说着，“陛下随便就能从北方找一个新厨子来，到时候你还能怎么样？如果你听我的，按我说的做，那就相安无事喽。”他阴沉地看了一眼欧文，哼哼着摇摇头，好像这个男孩子已经是一条冰冻的死鱼。

莱昂娜回到他身边的时候，眼中闪耀着怒火，使劲用围裙前襟擦着手指，自顾自地低声咕哝了一会儿。

“我得去准备国王的晚餐了。”莱昂娜终于跟他说话了，声音有些低沉。欧文注意到她没有看着他的眼睛。“过去有更多的孩子在城堡里玩耍。国王和王后统治的时候，是另一种光景。那时像伯威克这样的人说话不敢这么放肆。”她的嘴唇紧绷。“要是伯威克知道就好了，要是他知道就好了。”她偷偷瞄了男孩一眼，然后把声音压得很低。“欧文，你怕吗？”

他盯着她，默默点点头。

她匆忙地走到另外一张桌子那里取来一个碗，里边放着面粉和其他调料。她单手敲碎鸡蛋壳，把蛋黄倒进碗里。接着她开始用强壮的手指使劲揉面。欧文觉得她还有话要说，所以等着她开口。

她又环顾了整个厨房一眼，确保附近没人后才说道：“我丈夫和我经常去庭园散步。”她轻声说话仿佛耳语。“他最熟悉那里。他知道那里有扇货运门，常年不锁。”她又看看四周，再接着说时声音变得更轻了。“欧文，你父母不是送你来受死的。你有朋友，像公主，像我，都是你的朋友。公主的母亲也在圣母殿的庇护所那里。自从两年前她丈夫的弟弟夺了王位，她就一直待在那里。也许她也会帮你，欧文，你知道庇护所在哪儿吗？”

欧文盯着她，心跳得很快：“我们经过那儿……在来这儿的路上。”

“是的，”她边说话边揉捏着面团，就像正在勒紧伯威克的脖子，

“只要你去了庇护所，哪怕是国王也不能让你出来。你在那里是安全的。”她回头看了一眼拥挤的厨房，眼底掠过一丝忧虑。“只要你足够勇敢。”

他胸中燃起了一点希望的火花。“我很勇敢。”他轻声说着，抬头坚定地望向她，不过却瞥到了窗外那座像刀锋一样的尖塔。

我是住在锡尔迪金的外国人，所以一开始我根本搞不懂这里的政治阴谋与仇恨。这个王国的王室就像一个大家族，家族成员彼此憎恨。家族的积怨可以追溯到这个王朝建立之时，也就是大概三个世纪前。这些家族成员将打斗变成了一门艺术。国王塞弗恩的敌人，或者说他所有的男性敌人，都已经躺进了坟墓。孀居王后，他的嫂子，仍住在圣母殿并密谋反对他。他们彼此疏远。不过在我看来，她的力量，她过去的倾城美貌，已日渐消逝。我赌驼背国王会赢。有传言说他爱慕自己的侄女，爱丽丝公主。这是孀后散布的谣言，真是太下流了。根本不必理睬。

——多米尼克·曼奇尼，驻圣泉圣母殿的“艾思斌”

第五章
幽灵

他们让欧文住进他哥哥的房间。他根本睡不着。这儿的一切，包括气味，都是完全陌生的，让人忐忑不安。他本来就对声音很敏感，对陌生的声音更是如此。而这座宫殿却满是声响——木头的嘎吱声，靴子走过石路的咯噔声，遥远的喃喃低语声，锁眼中钥匙转动的咔哒声。门外总有点吵。于是，欧文从他的硬板小床起身，拉开窗帘，让月光透过窗户照进来。他坐在那里，望着月亮，想让他狂跳的心平静下来，略微平复一下越来越糟的思乡病。

那天晚上，他作了几个决定。他对月亮发了个誓。

他知道，成人的世界对他来说是多么的陌生。他根本不懂为什么父母抛弃他。他只是隐约觉得，他们不得不交出一个孩子。于是他们选了他。

黑暗中看清了这些现实，让他内心万分纠结，泪流不止。可泪水里没有悲伤，没有愤怒，只有……失望。泪水流干了，他咬紧牙关，面对着一个残酷的现实：父母将不会救他。他明白，要是他待在城堡里什么也不干，可能根本活不下去。所以他一定要想法子扭转故事的结局，绝不能坐以待毙。

欧文是家中幺子，虽年纪尚幼，却明白了一些简单的道理。在塔顿庄园，他岁数最小，个头最小，所以大人们都认为他不中用，什么事也干不了。他们老要帮他干这干那，这让欧文觉得很烦，更想证明自己其实很能干。每当别人轻视他的主意，特别是父母兄姊嘲笑他的“小演讲”时，他就恨得要死。

欧文知道，最年幼的人总是有些特权的。他是一个意志坚定的孩子，以他自己的方式懂得了发怒撒泼的威力。当然咯，他使用这种战术时很小心，因为通常他都是一个轻声细语、彬彬有礼的乖孩子。

欧文还注意到，大人，尤其是姐姐们会讨好他。他知道，要是可爱点儿，温柔点儿，机灵点儿，给人抱抱，对人笑笑，亲亲别人，那他就能引人注意，招人待见，还能听到故事呢。特别是晚上，要是他乖乖的，不吱声，就没人留意他，他就可以在旁边待上更长时间。

力量。有种力量，可以左右别人对你的反应。欧文想起了他最爱玩的游戏，他可以花上几小时，将小小的积木排成一线，然后再推倒。

他看哥哥或姐姐这么干过一次。也许欧文那时还是个婴儿，积木倒塌让他咯咯直乐。这是他最早的记忆之一。不久他开始自己动手搭积木，他知道可以用一块积木引发许多块积木的连锁倒塌，这多叫人开心啊。他慢慢长大了，积木也越搭越巧妙。直线变成了曲线。有时他会随机垫上点别的东西，建筑的高度就产生了变化。有时他会搭建高塔，然后，轻轻一碰，轰然坍塌。

要是有人有意无意碰倒了他的积木，这可是最让他发狂的事。而如果是他自己碰倒的，他就对自己大发雷霆。完全按自己的想法来搭积木，可以帮他消愁解闷。

那天晚上欧文作了两个决定。他把第一个决定告诉了月亮。“我要从这儿逃走。”他发誓。不管父母做没做什么，他自己决不会放弃，他一定要找个法子，从这个吓死人的国王身边逃走。他可不想变成一个古堡中的幽灵。

他的第二个决定是，在设法逃离城堡前，让自己感觉好过点。这样的话，必须要弄到一盒积木。

至今为止，印象里厨房是他最喜欢的地方。那里亮堂堂的，让人开心。他知道莱昂娜很乐意帮他。他想向她要些积木，请她允许自己在厨房角落里搭积木。

他恨不得立即行动，所以彻夜难眠，直到玻璃窗前的月光渐渐淡去，天色微明起来。厨子早就在厨房了吧。如果欧文要和国王一起吃早饭，至少接下来还有一件值得他期待的事呢。

皱巴巴的行装依然穿着身上，欧文穿过阴影，悄悄溜回厨房。他一下子就找到了路，他的鼻子和记忆一样管用，牵引着他来到了目的地。时间还早，厨房里只有两个人，一个是莱昂娜，还有一个男人，大概是她丈夫。

“看你哟，公鸡还没打鸣儿就来啦。”莱昂娜开心地说。“圣泉保佑你啊，小家伙。你是饿了吗?”

欧文看到那个男人，突然紧张得不知所措。他看见陌生人总会这样。舌头打结，说不出话，一到这时候他就生自己的气。男人淡红头发，灰斑胡子，皮衣上溅染着树汁，腰带环上挂着樵夫的斧头，闪闪发亮。莱昂娜注意到了他的犹豫，拍了拍男人的肩膀。“德鲁，这是欧文。我和你提起过的。”

樵夫转过头，看见欧文，目光一亮，羞涩地笑了笑。他颔首致意，在拼花地板上蹲伏下来。“你是公爵的儿子。”他欢快地轻声说道。“一眼就能看出血统纯正。你看上去和你兄弟一个样。我叫安德鲁，可大家都叫我德鲁。早上好，欧文。”

欧文想回以问候。这人既友好又随和呢。但是欧文还是没法开口。

“你去生火吧，德鲁。”莱昂娜说，一边麻利地搓热着双手。“欧文，你要和国王一起吃早饭呢，所以我最好别坏了你胃口，但是我可不会让人饿着肚子走出厨房的。这儿有昨天剩下的面包。”

欧文冲她咧嘴一笑，很庆幸遇到了这个盟友。

他静静地退到长凳上坐好，望着她为自己备好小盘子。德鲁正在努力地让“死灰复燃”。欧文见人这么干过，这让他很着迷。如果对着一堆灰烬使劲吹，灰烬会重新点燃。他看着安德鲁向灰烬吹气。火焰又燃起来了，哔啵作响，一听到这声音，欧文就激动兴奋。他想他也行，不过还是明天再来仔细瞧瞧吧。他要自己试一下。

莱昂娜递给他一个盘子，揉了揉他的头发。他狼吞虎咽地吃了起来，看着仆人们进来准备早餐。

“莱昂娜?”他小声问。声音太轻了。她没听见。

“小家伙叫你呢。”德鲁从炉边起身，温柔地说。

莱昂娜走过来，手指间捏着面团。“怎么啦?”

欧文舔着嘴唇，很感激安德鲁关注到他的需要。他还是害羞，舌头打结，不过他下定决心要拿到积木。

“这儿……这儿有积木吗?”他哀求地望着她。“能给我玩的?”

她给搞糊涂了，望着他。“积木?”

“像这样的，”他说，同时用鞋子踏着地板，“小块儿的……像这样的。我喜欢摆弄这个。”

德鲁惊讶地看了他一眼，然后说，“我想应该有的。”莱昂娜必须指派帮厨干活，于是她请德鲁去拿积木。没过多久，德鲁拿来一个木盒，里面装了许多积木。积木大小不一，五颜六色，有的已经被弄坏了。德鲁把盒子递给他，欧文眼睛睁得老大，开心极了。

“我要到树林去”，他和蔼地说道，“也许待会儿你愿和我一道去?我可以带你参观一下庭园。”

欧文仰望着他，使劲点着头。他的舌头仍然发僵。他想谢谢德鲁给他积木，但是那熟悉的窒息感又来了，偷走了他说话的能力。他低头盯着膝上的盒子，想憋出几个字来。可他顶多也只能快速点点头。

德鲁冲他笑了笑，离开了。欧文握紧拳头，有一会儿他为说不出话而生闷气。可是放在膝上的这个奇妙的盒子实在太诱人了，他再也没法生闷气了。他顾不上吃的，赶紧把盒子拿到厨房的一个清净角落。他很快就把积木按大小、形状和颜色分好了，然后开始把它们排成一排。

第一块积木刚就位，他的心就像离弦之箭，飞起来了。他太熟悉这过程了，把积木取出，再摆放好，这些动作已完全自动化了。至于在地上摆了什么图形，他根本没在意。脑子里梳理着自从离家以来的片段点滴，所遇到的各色人等也渐渐在心中活了起来。他意识到自己对每一个人都有不同的感觉。国王，他害怕。霍瓦特公爵，他尊敬。拉特克利夫，他鄙视。爱丽丝公主，他仰慕。莱昂娜和德鲁，就像他的新父母。伯威克可真让人讨厌。

欧文听说过许多事，有些他并不懂。但有件事他心知肚明。那就是，如果他父母不能证明他们忠诚可靠，国王就会杀了他。他在帝泉多待一天，这危险就增加一分。但要是他能成功到达圣母殿，国王的嫂子也许会保护他。她是爱丽丝公主的母亲，直到两年前她还是王后。后来，塞弗恩国王从他哥哥的几位继承人那里窃取了王位，王子们都死了。欧文恐怕也难逃一死。解决办法显而易见：他要设法逃出宫殿，安抵圣母殿，绝不能被国王的爪牙抓住。可他该怎么安排？需要做什么？他需要了解庭园。德鲁了解庭园。德鲁甚至主动提出带他去那儿走走。

欧文在地板上放下了最后一块积木。他坐在积木的螺旋之中，螺旋从他的膝盖开始，越绕越远，一圈一圈，循环往复。他放了多少块积木？一百块？他不记得了。

欧文忽然发觉，厨房里安静得出奇。他回过头，看见莱昂娜和其他人都盯着他，被他所做的事迷住了。他对莱昂娜露出了一丝微笑，然后碰倒了离膝盖最近的那块积木。

厨子看到积木轻柔又迅速倒下，就像在绕着圈子赛跑，简直惊呆了。只消片刻，最后一块积木倒下了。

“哎呀，”莱昂娜惊呼，“我可真有福气。我从没见过哪个小家伙能干这样的怪事儿呢。”

欧文被夸红了脸，他感觉到了帮厨们目光的压力。正在这时，一个疯狂的年轻女人冲进了厨房，她长长的乌发飘舞在脑后。

“有人看到一个小男孩吗？公爵的儿子？他不见了。有人……”她气喘吁吁，上气不接下气。直到几根手指指向欧文那边，她才松了口气。她是莫娜·斯特灵，他昨晚见过的年轻保姆。“你在这儿，欧文！国王的早餐！赶快！”

这话看来提醒了大家，该干活儿了。莱昂娜开始下达命令，仆人们在厨房里忙乎开了。欧文开始把积木赶紧放入盒子，但是莫娜·斯特灵没让他做完，就一把抓住他的手，将他带回塔中的房间。

“没时间了！你得穿好衣服做好准备。跟我来！拉特克利夫大人大发雷霆了！”

任何王国都对投毒者深怀恐惧，但此国尤甚。想想看，如果一个人老是担心他的下一口食物可能会是最后一口，在这样的情形下他该怎么过活？谁也没想到，国王的哥哥突然死了。当然，听说他沉迷享乐，毫无节制，暴饮暴食。我会很喜欢为他服务的！但他的暴亡却不禁让人想到投毒。但问题是——谁会去毒害一位国王？

——多米尼克·曼奇尼，驻圣泉圣母殿的“艾思斌”

第六章
迪肯·拉特克利夫

莫娜·斯特灵帮欧文换新衣的时候不是很温柔。她用口水将一块餐巾蘸湿，胡乱地在他脸上蹭了几下，然后又退后一步，重新打量着他。“现在没有时间洗澡了，但是你晚些时候可以洗。你刚才在厨房干嘛?”

他盯着她，什么也没说。想到又要见到拉特克利夫……还有国王，他的胃突然有点恶心。他不想和国王一起吃早餐。

莫娜用她的手指梳理了几下他乱糟糟的头发，皱着眉头说道，“你的头发怎么跟乱草似的，这块白斑又是什么?”她试图查看那簇白色的头发，但是他耸耸肩走开了。

“不要那样，你个小小鬼。”她训斥着，并抓着他的手拽着他从房间赶往大厅。现在城堡里到处都是忙忙碌碌的男仆女佣，或是捧着大陶罐，或是拿着插好鲜花的花瓶，或是铺卷的地毯，或是茶水壶，还有银盘子。沿着走廊的火烛也在滋滋作响，在地板上投下长长的阴影。

当他们到大厅时，拉特克利夫正在踱步，他脸色看起来不是很高兴，不过当他看到欧文的时候，却明显轻松了很多。

“你总算来了！”拉特克利夫松了一口气。“我还以为你偷偷溜出城堡了呢，小子。”他拉了拉花哨的衣领，继续说道，“我更喜欢在浴缸里或者海边游泳，我可不想到瀑布去洗澡。”

*但是我真的打算要溜出城堡。*欧文盯着这个又在不停踱步的高个儿男人，暗暗下定了决心。欧文看了看已经在大厅里布置起来的隔板餐桌。上面已经摆满了盛装食物的托盘。一条条金色的香甜味道的面包，一盘盘熏制三文鱼，各式各样香气扑鼻的奶酪，还有银盘里一串串连枝带梗的葡萄。

欧文注意到四周没有椅子，而且他也不是唯一的“*客人*”。大多数是年轻人，很多都是孩子，都是王室的亲眷。他们也会和他一样是人质吗？他不认识他们中的任何人，也不知道该期待什么。在他周围的仆人们都一直忙碌着。

“他在厨房里，”莫娜疲惫地解释着，“我刚把他找到。”

“看好了，别再把他弄丢了！”拉特克利夫斥责着。他搓了搓手，环顾着聚集到这里的这些面孔。他还特意瞪了欧文一眼，“你最好要准时，”他皱着眉头生气地说道，“国王是个大忙人，肯定不会等一个傻子。你是傻子吗，基斯卡登小勋爵？嗯？”

欧文摇摇头，什么也没说。

“看来你不是傻子。啊，国王驾到！”

欧文因为害怕，感到胃一阵绞痛，并有点头晕呢。在这时，旁边一个侧门打开了，国王挽着爱丽丝公主，边走边聊进入大厅。

“不，这个不合适，”国王反对说，“你是王国的公主，他只是一个公爵的儿子。”

“虽然在某种程度上，你们算是表姐弟，但是我不会允许你来看管我的人质的。”

国王扫视着房间里的年轻人，最后把目光停留在欧文身上。

“看来失踪的人已经被找到了啊?”他嘴唇抽搐地问道。

拉特克利夫看起来有点惶恐，“陛下，”他用颤抖的声音应道，“他是……他是……他去哪儿了？斯特灵夫人?”

“他在厨房玩呢。”面红耳赤的莫娜慌张地应着，并连忙屈膝施礼。

国王拍了拍爱丽丝的玉臂，“瞧着没？这小子精神头儿多足，你的担心是多余的。”说着，他转身盯着欧文，目光中充满了愤怒。“你让我的侄女担忧了，小子。她很担心你。”

“叔叔，没关系的。”这个女孩说着，还一边轻轻拍了拍胳膊里挽着的国王的手臂，像个牧羊女一般温柔，“我只是想帮他，照顾他。并没有什么负担，真的。”

国王凝视着欧文。恐惧在男孩体内翻腾着，并且一直传导至他的腿上，以至于他的腿都吓软了。“你不是保姆，爱丽丝。”他柔声说道。

“那我是什么?”少女意味深长地问着他。“我也不是什么公主，我只是一撮小小的、随风飘荡的绒毛而已。你的客人已经饿了，陛下。”她轻轻地推了他一下。

国王优雅地向她鞠了一躬，并且示意大家坐下来开始用餐。欧文慢慢走近一张桌子，他的眼睛就没有离开过国王和公主。他很好奇会有什么事情发生，而且莱昂娜已经给过他东西吃了，他根本不怎么饿。年轻的客人们开始窃窃私语，有的从桌上拿了几片面包，有的则选了一块奶酪。他们看起来都很紧张，惶恐不安地吃着东西，有的人只是勉强地吃上一两口而已。

接下来发生了一件让欧文很吃惊的事情。国王一直都在客人中间走动着，看着他们从桌上拿食物时的面部表情，看着他们吃着拿到的食物后，自己才偶尔吃上一两口。而且欧文发现，国王只吃别人拿过食物的那些盘子里的东西。看别人吃过后自己再吃，这对于一位国王来说正常吗？留下最好的食物给自己是国王理所应当的权利呀。

欧文的思绪像马车轱辘一样转个不停。他完全不能理解国王的行为。

过了一会儿，国王从一只大陶罐里给自己倒了一杯淡酒。他慢慢地穿行于聚集的人群中，用狡猾的眼光观察着他的这些客人，好像在享受着自娱自乐的私密玩笑。

国王发现欧文在盯着他，于是就慢慢地靠了过来。欧文本能地开始后退，希望能和国王保持一定的距离。他们的目光对视着，欧文注意到国王的灰眼珠上有着蓝色的斑点，光洁的下颌表明他在早上认真地刮了胡子，长长的黑发非常整齐柔顺，一直垂到肩膀上。他长着尖尖的鼻子，棱角分明的脸庞，只不过看起来有些茫然。

欧文围着隔板餐桌且行且退，刻意让桌子隔在二人之间，与国王保持着距离。他的心咚咚乱跳，亲耳可闻。国王没有戴着昨天那顶天鹅绒帽，欧文搞不明白为什么自己会注意到这个小细节。

塞弗恩慢慢地拉近着距离，像条猎捕的大蛇一般悄悄地逼近。项上精致耀眼的金链映射着摇曳的火把光亮。

拉特克利夫凑到国王跟前，拳眼贴近嘴唇，轻咳了一声，接着便附耳低语道："陛下，能和你说句话吗？"

"怎么了？"国王没好气地应着，仍然目不转睛地盯着欧文。"您怎么知道这个男孩失踪了的？难道是哪个'艾思斌'说的？这些小事您就不用操心劳神了呀，陛下。"国王把目光从欧文身上移开，轻蔑地盯着拉特克利夫。“我应该为这种事操心劳神吗？这座城堡是个廊道交织如蛛网的迷宫，到处高塔林立。这个孩子真失踪了可一点都不奇怪。让我吃惊的是，竟没有人好好地盯住他。”

拉特克利夫气地脸都红了。“您愿意让他睡在我的房间吗？这样我就能无时无刻地盯着他了吗？”

“不，迪肯。我是希望你能像我要求的那样盯住那小子。我相信你能做到。不要让我失望。”

拉特克利夫皱着眉，点点头走开了。

国王的目光又盯向了欧文，他们再一次交锋对视。欧文发现他根本移不开自己的视线。国王稍微有点儿一瘸一拐地逼近到桌子旁，把手放到桌布上。“你一口都没动啊。”

欧文慢慢地摇摇头，硬邦邦的舌头吐不出一个字。他吓得只是发抖。

国王拿起一块面包的碎头儿硬塞给他，然后缓缓地对他点点头，转身又盯上了另外一个人——一个大约 12 岁左右的男孩子，他嘴里塞着一大块儿面包，还一边说着什么。

国王语气尖刻地对着那个小伙子说道，“好好吃吧，当斯沃斯，别噎着了。”

男孩感到被当众羞辱，脸都红了。他尽力加快咀嚼，想清空自己的嘴巴好作出回答。但是夸张的动作反而引起了周围人对他的嘲笑。国王恶狠狠地瞪了他一眼，随后又把目光盯向了一个大概只有十岁的女孩子。“早安，凯特女士，你的眼睛都肿了，你是哭了吗？”

“没有，陛下，”女孩子吓坏了，结结巴巴地应着，“我的眼睛有点儿痒，没别的。”

“有点儿痒啊，”国王轻笑着。“大概是烟熏的。大厅里烟雾有点儿大吧。”他一边说着，一边朝屋顶四周随意瞧了瞧。“透点儿新鲜空气可能对你会好些。那你就尽量别喘气呗。”

欧文注视着国王在大厅里面转来转去，选择着一个接一个的玩笑牺牲品。任何年龄的人都躲不过他尖刻的话语。他的语言让人难以预料，而且一击中的，总是那么尖刻伤人。这将是欧文以后每天都要不得不面对的情形。这位尖酸刻薄的国王不仅要哄骗戏耍这些孩子们，还要让他们充当王室餐宴的试毒品尝者。

他感到有一只温柔的手搭在他肩头。转过头一看，竟然是爱丽丝公主正站在他旁边。欧文刚注意到她，公主便放下了手，并选了一块奶酪放在嘴里。

“你今天早上去厨房啦?”她偷瞧了他一眼并低声问道。尽管她就站在他身边，却是面向餐桌，好像她关注的只是那里的食物。

欧文点点头，被她的身影迷住了。那不仅是因为她金色的头发和淡绿褐色的眼睛。她是那么平和，那么恬静，似乎完全绝缘于虚假和做作。正是此般样貌取得了欧文的信任。

“你在那里是安全的。”她低声耳语。“莱昂娜忠于我的母亲。我问过国王，我是否可以做你的监护人，但是他拒绝了。他觉得这关系到我的尊严。”她微微皱皱眉头，“我有两个弟弟……你知道的，”她的声音突然变得低沉起来，“你让我想起他们中的一个。他到现在应该有 12 岁了。”她的手指轻轻地揉了揉他的头发，“我会尽量多来看你的，欧文。但是也不会太常来。你要有勇气。”她从欧文身边走开，和另外几个年轻女孩聊起了天，赞美着她们的服装和发型。

欧文觉得心里痛苦地打了个结。他想逃离。他需要找到一条出路。但是首先他要先熟悉地形。

帝泉王宫建造在一座树木繁茂的山丘上，紧靠着一条大河，旁边还有一条令人难忘的瀑布。从外表看，它似乎很庞大雄伟——到处是厚实的高墙和尖顶的塔楼——但是欧文很快意识到这中间应该是空的。那些墙十分高峭，将树木繁盛的内院花园圈围起来，明道幽径交织其中。若是沿着城堡主廊环游一大圈，就犹如走在永无止境的树丛中一般。

欧文和莫娜·斯特灵曾经走过几次，他开始记得这个宫殿的一些机关。在和德鲁走过以后，他还记下了几处外围的庭院。因为城堡建在山丘上，所以也有地势较低的地方。这些区域会另外筑起一层高墙堡垒以御外侵。至于地势更低的区域，会有和第二层联结互倚的第三层防护墙。从塔窗向外望出去，他可以看到城堡的不同层次，而目光一路向下直到极远低处的马厩，欧文还可以望见马夫们正在调教新马。塔楼无处不在，第一天就引起他注意的那座像刀锋般的尖塔也尽收眼底。

欧文需要几天的时间去熟悉每一处厅堂，去探索每一段楼梯，去细瞧每一面挂毯。他关注细节，并迅速为自己的脑中地图标记出地标——譬如那执斧的战甲，就是通往一处画廊的标记。或者那铁栏圈围的喷泉，指引着前往聆听泉水轻漾之声的内廷圣所。

莫娜不习惯被拉着在王宫里到处转悠。欧文总算回厨房歇会儿了，还找了些甜食填肚子。而莫娜则一屁股坐在凳子上开始冲着帮厨们抱怨，数落着欧文是怎么拖着她绕着城堡不停歇地走了六遍。

他想找那个装积木的盒子，却怎么也没找到。莱昂娜猜出了他的意图，并示意他瞧瞧一只破旧的带扣挎包。

“积木都放进那里面了，”她温和地对他说着，“德鲁拿过来给你的，主要是为了保住你那盒积木。他觉得你也许想随身带着它吧。随身背着是不是太重了呀？”

“每个人都在谈论你，还有你那些小积木，总是询问着它们放在哪儿了。我要一遍一遍地回答：就在那儿，就在欧文的挎包里。”

来自塔顿庄园的男孩就这样得到了他的绰号——挎包欧文。

翌日清晨，当欧文来到厨房想玩积木时，却发现敞开口的挎包旁躺着积木盒子。而莱昂娜还没有到，现在就只来了他一人。还有一些积木散落在盒子旁的地板上。欧文靠近一看，才发现这些积木被排成了块状的字母，字母又组成了他的名字。

欧文

这个可能是德鲁做的，作为朋友传递给他的信息。他笑了笑便开始动手搭积木，这件事也随之被他抛到了脑后。

先王艾瑞德，历尽了王位的沧桑。他得到王冠，失去王冠，又夺回王冠。这个故事简直就是跨时代的史诗。很少有人像我一样精心研究过他的执政史。我知道，艾瑞德如果不靠他弟弟，根本无法复辟。不是一贯忠诚的塞弗恩，而是那位阴险狡诈，背叛他而又反悔的当斯沃斯伯爵。艾瑞德取得了胜利，战后的局面却依然动荡。说到底，当斯沃斯想要篡位，这首先就让他成了叛徒。关于伯爵的下场，疑云重重，众说纷纭。有人说他被毒死了。有人说他淹死在酒桶里。没人知道真相。我们只知道一件事——他被宣布为叛国者。他的爵位被剥夺了，封地被没收了。不过国王许诺，一旦伯爵的儿子成年，就可以重新得到爵位和封地。我敢肯定，一定是艾瑞德用了什么法子弄死了他的弟弟。因为我看到了尸体。伯爵的独子，新的当斯沃斯伯爵，简直就是他父亲的翻版。他满怀恶意，夸夸其谈。我很讨厌他。这小子才12岁，就让城堡里的人感到了恐惧。

——多米尼克·曼奇尼，驻圣泉圣母殿的“艾思斌”

第七章
当斯沃斯的继承人

欧文已经在宫里待了两周，日子过得按部就班，循规蹈矩。他很早就起床，挎着包，冲向厨房，然后把积木搭出五花八门的新式样。有时他发现，已经有人在他之前摆弄过积木了——用几块积木搭成一座塔或一堵墙——不过他没有那么早到过，所以德鲁这么干的时候，他一次也没碰上。

每天他都和王国的其他孩子一起陪国王吃早餐。国王在客人中间漫步，寻找取笑与挑衅的对象。他冷嘲热讽，尖酸刻薄，舌尖带钩，笑里藏刀。早饭后，欧文会拉着莫娜·斯特灵，一个劲儿地在城堡和庭园里闲逛。莫娜可吃不消，她抱怨个不停。直到欧文爬上一棵树或一道墙，她才有机会休息一下。每天下午，他会在王室图书馆待上几小时，如饥似渴地读着莫娜给他看的书。莫娜趁机和朋友闲聊八卦。有一次，她提到一名从比萨来的面包师，据说他是泉佑异能者。比萨国王久闻其名，就抓他到御膳房做事。她们谈论那些奇人异士，认为是圣泉赐予了这些奇人非凡的魔力。她们聊啊聊啊，聊了很长时间。

欧文竖起耳朵听着，他爱读泉佑异能者的故事。一读到这样的故事，他就会放慢速度，细细品味。在这些故事里，骑士战无不胜，女巫们不戴头巾却戴头盔，呼风唤雨，以魔法御敌。反正是魔法种种，各显神通。可惜这些故事写得太简单了，不过瘾。就算是关于面包师的这些闲聊，也根本没有谈到魔法是怎么来的。

每天最后的那段时光，欧文总会待在厨房。他最早一个到，最后一个走，虽然活得心惊胆战，却在这片乐土找到了一丝慰藉与安宁。

直到当斯沃斯发现了这个秘密。

欧文沉浸在自己的世界里，根本听不见厨房里擦锅洗地的喧闹声。地板都被擦得很干净——除了他跪着摆积木的地方——还有面团留在碗里在夜里静静地发酵。他对喧闹充耳不闻，反而觉得闹腾腾、雾腾腾的厨房叫人舒心。他受不了绝对安静的环境，因为那里的每一声锁响，每一个脚步声，都可能包藏灾祸。厨房里的声响，特别是莱昂娜舒缓的嗓音和她的发号施令，可以让欧文静下心来搭积木。

他跪在积木旁边，小心翼翼地搭着剩余部分。突然积木哗啦一声全塌了，吓了他一跳。

在搭好之前，欧文已经很少会自己碰倒积木了。他站起来，看着几小时的心血顷刻间化为乌有。他听见身后有人窃笑。他气得脸色煞白，一转身就看见当斯沃斯。当斯沃斯双臂交叉抱于胸前，显然就是他一脚踹翻了积木。

“噢哟，可怜的孩子！”当斯沃斯满脸奸笑，假装安慰他。“玩玩具的时候要当心点嘛！”

欧文怒火中烧，冲得脑门子生疼。他气得发抖，一脸嫌恶地瞪着这个比他大点儿的男孩。

当斯沃斯大概十二三岁，已经不再是小孩了。他轻易就比欧文高上一两头，裁剪讲究的紧身上衣里肌肉凸显。他腰带上挂着刀鞘。显然他渴望像成年人那样随身佩剑。

他一副挑衅的表情，仿佛想招惹小男孩冲上去和他干一架，然后他就可以把欧文揍趴下，尽情享受胜利的喜悦。

他冷笑着，仿佛在说："咋的？你能怎么着？"

欧文双手颤抖，盯着满地的断壁残垣，愤怒一下子揪住了他的心，让他昏了头。不过他本能地知道，自己打不过当斯沃斯。

"怎么？哑巴啦？"当斯沃斯嘲笑道。他压低了声音。"在这儿你就是浪费时间，小基斯。你应该和我到院子里去练练，受点小伤，那才像个男子汉。你真丢你爹的脸。快别玩这些玩意儿了。怎么啦？你是要哭吗？要我找个保姆来帮你擦鼻涕吗？"

欧文转过身去，备感屈辱。他用颤抖的手指把积木放回盒子里。他不想再搭了。时间太晚了。但当斯沃斯那充满敌意的表情，还是让他受不了。的确，他担心自己真要哭了。

突然，当斯沃斯使劲儿一跺，用鞋跟踩碎了几块积木。这又吓了欧文一跳。虽然这声音依旧来自厨房，现在却让他心惊肉跳。他回头看见当斯沃斯冲他咧嘴。对方无非就是想激他说点什么。当斯沃斯直视着欧文，脚一跺，积木又碎了好几块。

"滚开！从这儿滚出去！"莱昂娜怒喝。她横眉怒目，痛斥这个小恶棍。"快走吧，当斯沃斯少爷。离开我的厨房。别惹那孩子。"

当斯沃斯轻蔑地瞥了一眼走过来的厨娘，拇指扣住宽皮带。

"你是说这个可怜小子吧。"当斯沃斯傲慢地说着。他又用鞋跟踩碎了几块积木。"玩这些破烂玩意儿，就像个叫花子。要不是肚子饿，我才不来呢。给我拿块松饼，烧饭的。"

"我该抽你耳光！"莱昂娜气愤地说道。她身材矮小，不过当斯沃斯才十二三岁，所以两人个头相当。尽管她看起来气得要揍他，但这小恶棍却满不在乎。

“你碰到我了，”当斯沃斯警告着，“我会反击的。”他握紧刀柄。“快把松饼给我拿来!”

莱昂娜瞪着他，心里别扭，但还是从盘子里抓了一块剩下的松饼，往他手里一塞。当斯沃斯被美食吸引住了，欧文趁机拖过挎包，把还没被踩坏的积木发疯似地往里塞。

当斯沃斯咬了一口松饼，含在嘴里，粗鲁地谢过莱昂娜，大摇大摆地离开了厨房。欧文内心沮丧，不过没有了威胁迫近的痛苦，他燃烧的心开始冷静下来。莱昂娜叹了口气，半跪在翻倒的积木前，帮着欧文收拾。

“我会让德鲁再给你找一些的，”她拍了拍欧文的手说，“那孩子是个下流胚。真希望我们今天没和他结什么仇。”

欧文皱着眉，深深地吸了一口气。“你真该看看国王是怎么和他说话的，”他说道，“我们所有人里面，他是最遭罪的。”

“没错，就算是这样，可他这样欺负一个比他小的孩子，我是不会原谅他的。”她擦了擦额头。“总是冒着触怒国王的风险，这到底过的是什么日子啊?”她不再收拾积木了，却还是半跪在他身边。

欧文看着她，发现她的眼神有点奇怪。“怎么啦，莱昂娜?”

“你还和你的保姆到庭园转悠吗?”她轻声问道。

他好奇地点点头，又抓起一把积木，小心地放进盒子里。

“你知道那座花园吗，有骏马喷泉和山核桃树的? 它建在城堡的低层围墙那边。”

“我知道，”欧文注视着她答道，手中的积木冰冷。

“城墙上有一扇货运门，”她透露说，“一扇铁门。从来不上锁。而且无人看守。国王的‘艾思斌’从那儿进出王宫。这是德鲁告诉我的。我对谁都没讲过。”她顿了顿，又往身后瞥了一眼，舔了舔嘴唇。“欧文，我告诉你的这些事，你不能告诉别人哦，”她终于又回过头，看着他说，“否则我会丢了差事的。也许会更糟呢。那儿有一条小路，可以通往城堡大道，走下去，过了通向圣母殿的桥，你就到庇护所了，欧文。”她伸手过来捏了捏他的膝盖，不料却让他觉得有点痒痒的。“去找到孀居王后或是她女儿爱丽丝。她有时也会在那儿的。就算是一个孩子，也是可以请求庇护的。”她急忙起身，在面包烤炉边忙开了。她从袋子里抓起一把面粉，把它铺洒在旁边桌上。她脸色苍白，显得有点紧张。她又看一眼欧文，神色稍安。

欧文满心感激她的帮助，想到可以逃离王宫，顿时激动不已。他来时月亮是半圆的，现在却几乎是满月了。如果他设法申请到了庇护，也许他的父母就可以来看他了吧？他郁郁寡欢，极其想念他们。

他收拾完毕，背上包去找莫娜。天已经黑了，只好明天再逃。他刚刚想出个主意，可以让自己从保姆身边逃走。

“我可不愿陪你捉迷藏。”莫娜脚步沉重地跟着欧文下山，嘴里抱怨着。“我还要和一位伴郎谈点事儿。我们去参观马厩吧！”

欧文的步伐依然矫健，女孩身着长裙，很难跟上他。他很兴奋，一整天都没觉得饿，不过还是尽量多吃，又在口袋里偷偷塞了些食物以备用。由于担心自己的眼睛会泄露天机，欧文尽可能远远躲开国王和拉特克利夫。

“慢点！”莫娜说道，她正穿过一道稀疏的树篱。欧文在山胡桃树林里转来转去，往城墙走。“我们不去马厩行吗，欧文少爷？我请你吃东西。”

“我要捉迷藏！”欧文决不松口。他们离喷泉更近了，能听见潺潺水响。他快看到圆形喷泉了，喷泉中央有座巨像，那是一匹扬蹄直立的马。接着，他发现了那扇货运门，心脏激动得狂跳起来。

莫娜终于赶上了他。他转身抓住了莫娜的手。“我先躲。你在喷泉旁边等着，数到二十！不……五十！数完再来找我。”

莫娜喘着粗气靠在喷泉边上。她的黑发都黏在额头上了。“我可不想穿过花园去追你，欧文少爷。我累死了。让我歇口气吧。”

“你用不着追我，”欧文挺不耐烦地说道，“你一旦找到了我，我们就对调。你躲起来，我来找你。”

她皱了皱眉，搓着胳膊，四处打量着这座庭园。“这园子太大了，”她说，“我可不想爬树。你为啥不去参观马厩啊？你说过你喜欢马的呀。”

“不，我没说。”欧文使着性子说道。“求你了，莫娜。以前我总是和姐姐一起捉迷藏的。”他给了她一个恳求的眼神，小嘴一噘。这一招对于长辈总是管用的。他把手放在她腿上。“你真像她呀。”

“那我们要玩多久啊？”她懒洋洋地问着。

“四个回合。”欧文说。

她皱起眉头。“两个回合。”

“四个回合，”欧文坚持着，“很快的。我不会躲远的，你很容易就能找到我。”

她无奈地叹了口气，然后闭上眼睛，开始数数。

欧文像只松鼠一样蹿出去躲到树后，离货运门很远。他躲在树枝分叉处，看着莫娜数数。喷泉水声潺潺，他听不见她的声音。他的心因渴望而狂跳。他打算逐渐增加她寻找的难度，等玩到第四回合，就悄悄逃走。

她数到五十，站起身，走向他这边。他故意把头从树杈间露出来，让她可以找到他。不过他装作很生气，因为这么快被发现了。然后他快速跑回喷泉，大声呼喊，让她可以透过水声听到他数数。

他找到她时，她正在树下休息，黑发上沾了一些树皮。他偷偷胳肢了她一下。她尖叫起来，一边骂一边跑回喷泉，等着下一回合开始。要是把他跟丢了，她会受什么惩罚呢？也许会是拉特克利夫的一通训斥吧。欧文的自由可比那值多了。

欧文心里还是隐隐有些内疚，他尽量压了下去。他躲到一个新地方，躺在树篱边。这样她很难从远处发现他。从那里他可以看到货运门，他发现自己对能不能推得开门并没有把握。要是铰链生锈了怎么办？

他打消了这个念头，等着莫娜找到自己。这次莫娜用了更多的时间。她又开始发牢骚了。

欧文打定主意要先试试这扇门的分量。在游戏的第三回合，他偷偷溜走，悄悄靠近了那堵墙。墙上的金属门坑坑洼洼。门的铁把手旁边有个锁紧装置。要是门锁上了，他也就被困住了。他回头看了莫娜一眼，看见她坐在喷泉边，仰起头，面朝太阳。看来她自得其乐，完全忘了数数了。

门用锻铁铸造，宽阔的铁条纵横交错。铁条缝隙间尽是铁艺装饰花，人没法透过它看到里面。欧文抓住冰冷的金属拉手，往外一拉。

门竟然开了，无声无息。

他透过门缝朝外快速张望，只见下面是峭壁森林。有一条陈年土路，上面是乱糟糟的马蹄印。城墙的开口很大，可供动物出入。不过要想骑马进出，那还不行。毫无疑问，这就是莱昂娜谈到过的秘密出口。附近没有警卫巡逻，门外的灌木丛也很茂密，足以掩护他的行动。

没有理由再等了。

他内心听见莱昂娜的声音。*如果你是个勇敢的小男孩……*

他又回头瞄了一眼莫娜，只见她正歪着头晒太阳呢。恐惧在他心头涂抹的阴影，已被心底的激动驱散了。是的，欧文本来就勇敢。如今他在这世上无依无靠，他更加需要勇敢。如果他能在庇护圣所得到庇护，那这次冒险就太值得了。他们会去厨房找他，会翻遍庭园的各个角落找他。不过这一切都太迟了，他们来不及阻止他了。

欧文鼓起勇气，感到压抑的兴奋让双腿颤抖。然后，他从门缝溜出去，随手轻轻带上门，向自由奔去。

锡尔迪金的民众生来就迷信，尤其对于包括圣泉在内的各种古怪传统更是如此。要是某个丈夫、妻子或者孩子想实现一个小心愿或宏图大志，他们就找到圣母殿内众多喷泉中的一座，心中默念这个愿望，轻轻扔进去一枚硬币。硬币在水下闪闪发光。第二天他们回到那里时发现硬币还在。或许两天后还在。不过硬币迟早会消失，这些可怜的人就会相信，圣泉已经接受了他们的敬献，一定会考虑他们的愿望。而我知道事实的真相：每隔几天，圣母殿司事就会穿着筒靴，拿着抓耙，把硬币收集起来。他总会留一些硬币在水里，因为一座没有填满的喷泉，会给国王的金库带来更多的捐献。从喷泉偷硬币，会被看作亵渎神灵。人们很迷信这一点，连饥肠辘辘的淘气鬼都不敢偷一枚硬币去买面包吃，这可真让我吃惊。孩子们私底下说，要是有人抓到你偷喷泉里的硬币，你就会被丢进河里，卷入瀑布淹死。传统对简单头脑的影响力真是惊人。一旦有穷傻瓜显露出天赋，无论是做饭还是种花的天赋，人们就会马上说，那个人有圣泉保佑。

——多米尼克·曼奇尼，驻圣泉圣母殿的“艾思斌”

第八章
王后陛下

欧文在离开树林走上大道之前，就已经气喘吁吁了。汗水把他的头发黏在额头上，他随着川流不息的车马和人群，向大桥走去。他担心警卫会发现并在门口逮住他。于是他在人群里寻找看上去像一家子的人。他一找到合适的，就赶紧跟上，和他们一道穿过城门。根本没人注意他。

脱离了吊闸的阴影，欧文内心的紧张开始消失，却因激动而颤抖起来。莫娜可能还在找他。就算她报告说他不见了，谁又会马上知道他是怎么逃跑的呢。他的计划很简单。在圣母殿庇护所找到公主的母亲，请她出钱租一辆四轮大马车，把他带回塔顿庄园去。在庄园他能找到几十个地方躲起来，他会像个幽灵一样，和他的父母生活在一起，却不会被他们发现。

骑马去西境要花三天时间，乘马车去的话时间会更长，不过想到可以在一周之内回到家，就让他满怀期待地微笑起来。要骗过国王，没有比这更好的法子了。甚至欧文的父母也不知道他在哪儿，所以就算他失踪了，也不是他们的错。他们选他去王宫，想起这事还是让他很伤心，不过他还是不愿意给他们添乱。

他过了桥，信心慢慢减弱了，肚子却叫了起来。他从口袋里掏出一块面包皮，慢慢嚼着，以减轻饥饿感。每一种声音都让他惊惶四顾，就像是有二十个佩戴雪色封豕徽章的骑士在后面撵他。他感觉到脚下的波涛冲击着桥梁，还听见瀑布的轰鸣声。他害怕自己不能成功，而离庇护所却越来越近了。

这是一幢漂亮的建筑。几周前霍瓦特带他经过这里，当时他两眼无神地盯着它，提不起半点兴趣。不过，他想起那些在门口晃悠的邋遢人，就怕得发抖。突然一阵嘚嘚的马蹄声响起，吓了他一跳。他赶紧往旁边一闪，一位骑手擦身而过。欧文觉得一下子大家都在盯着他，这感觉让他很慌张。欧文拼命往前走，他不愿引起任何人的注意。

岛上建了一道墙，是用来保护泥土不被河水冲走的。他往前走的时候，留意到了这些墙砖。他原来没有注意墙砖上的图案，可能是因为连片悬垂的常春藤遮住了部分砖块。有一丛常春藤垂得很低，仿佛在挑逗汹涌的波涛。庇护所位于河中岛屿的北面，被带栅栏的庭园圈围起来。栅栏外大树参天。欧文迎面窥见一扇镶嵌彩色玻璃的巨大圆窗，它看上去就像是一个日晷。墙体边缘遍布突出的墙头钉，几座塔楼居高临下，长长的排水槽依墙延伸，结实的承重柱撑起墙体。一座巨大的尖塔从建筑顶部耸起，它又细又高，简直可以冲破云霄。

欧文光顾着打量这座建筑，不小心脚下一绊，撞到了一个推车人的屁股上，马上就换来那人的一顿怒斥。

欧文过了桥，上了岛，拐了个弯，朝大门走去。果然，有些游手好闲之徒在那里晃悠。欧文鼓起勇气走进大门。他一穿过大门，就感觉如释重负。没人可以逼他离开这个庭院了。就算国王也不能。

泉庇之人都在低声交谈，没人注意到他。欧文盯着高大的柱子看，那上面高挂着一盏盏灯。欧文看见有几家人在内院走动，心里就难过起来。他多想再见到家人啊，哪怕路途遥远。为了让自己平静下来，他反复思量，一旦回到家，要先躲到哪里才行。

庇护所台阶前坐落着一个巨大的倒影池。庇护所大门开着，门口阳光灿烂。他在水池边停下脚步，凝视着那平静的深处，他看见硬币在水底闪闪发光。一个胖子两臂交叉抱着粗壮的双臂坐在池子边。他把面包屑扔给在脚边啄食的鸽子。那胖子动作娴熟地撒着面包屑，一会儿扔这儿，一会儿扔那儿，成群的鸽子跟着拥来挤去，咯咯咕咕地叫个不停。欧文看得入了迷。

突然胖子摇晃着身子站了起来，一跺脚，鸟儿拍打着翅膀轰的一声飞了起来，灰色的羽毛纷纷落下。这个突然的动作，吓得欧文的心扑通扑通乱跳。胖子哈哈大笑，叉着腰又坐下来。他擦了一会儿眼睛，还暗自发笑，然后从口袋里掏出面包屑，继续往铺路石上撒。

果然，不一会儿，鸽子又开始从藏身的树上飞回来了。它们小心翼翼地靠近，头上下摆动着，胆子大一点的开始啄食面包屑。它们一这么做，其他鸽子就不怕了，很快这地方又鸟儿成群了。

胖子满脸长着乱蓬蓬的棕色胡须。他浓密的卷发齐耳剪短。他的笑是伤感的，仿佛他已百无聊赖，而折腾这些鸟儿成了他唯一的乐趣。

"他们总会回来的。"胖子厌倦地叹了口气说道。他没看欧文，不过欧文正好能听见他说的话。他有外邦口音，但嗓音悦耳，讲着一口地道的本地话。"我每天能吓走它们一百次，但是它们总会回来吃面包屑。"他叹着气，把手搁在大肚子上，不扔面包了。"它们忍不住要吃。我想我也是这样。这是一个让人伤心的事实。要是我不这么懒，准会去松饼摊弄点好吃的。那儿的糕饼屑才真叫人流口水呢！不过孩子，要是你拖着这么一身累赘，那连走上几步都是负担啊。”

那人说话时，欧文盯着他的嘴巴看，留心他说话的方式。他的声音温柔，富有感染力。他看了一眼欧文，和善地笑了。

“孩子，来这儿许愿的?”他问。

欧文眨着眼，意识到对方是在和自己说话。他害羞地点点头。

那人降低了声音。“听说池子通向的那一头儿会带来好运气。”他指了指池子的正对面。“不过你要是真的想实现心愿，你得朝那智慧喷泉里扔一克朗（货币单位，值五先令）硬币。那个手执长矛的女人雕像就是圣泉圣母。她会帮你实现心愿的。如果你有一克朗的话。”

“我没有一克朗。”欧文应道。

那人噘起了嘴。“是吗……这可不应该呀。一位长相如此高贵的孩子……我还以为你有满满一袋子硬币呢。真可惜。不过要是你的愿望很重要，那你算是来对地方了。嘿，我借你一克朗吧。”他哼着小曲，从另一个口袋里掏出了一枚油腻腻的硬币。他把硬币压在拇指下向欧文一弹，硬币在空中旋转着飞过来，欧文一把抓住了。

“干得好！孩子，太棒了！”胖子赞道。

欧文定睛一看，发现这并不是锡尔迪金的硬币。上面潦草地刻着另一种语言，和本国的硬币一点也不像。他看不懂上面的字母和拼写，就用手指搓了搓硬币。

“你会念吗?”胖子咯咯笑着问道。

欧文摇摇头，把手里的硬币翻了个个儿。

“这儿没几个人会。这叫弗罗林。和克朗一样重。我是从湖泊王国日内瓦来的。你知道那地方吗，小伙子?”

欧文看着那人。他从来没有碰到过外国人。“我在地图上见过。”他羞怯地应着。

胖子点点头。“地图啊。你有一股机灵劲儿。我敢打赌你是识数的。”

欧文惊讶地看着他。

“我就知道!”胖子拍着手，嘿嘿笑着说道。他有一会儿没撒面包屑了，在他脚边啄食的鸽子变得焦躁起来。“好吧小伙子，这弗罗林归你啦。去许个愿，然后就去找妈妈吧。”

“谢谢。”欧文说道，他惊讶地发现自己不再羞于开口了。那人有办法让欧文对他既好奇又害怕。他不像别的大人。

“我叫曼奇尼。”胖子点点头自我介绍着。

“谢谢您，曼奇尼。”欧文道了声谢。

“你家里有人病了吗？这就是你来许愿的原因吧——你叫什么名字来着?”

“欧文。”男孩如实回答，直到现在他才意识到自己没向对方报过名字。他惊喜地眨了眨眼睛。

“幸会，欧文，”曼奇尼说，“去许愿吧。我想我总会拿到松饼的。”他呻吟着，试着站起来，但看上去很费劲，没站起来。“有时候，”曼奇尼气喘吁吁地说，“我得先往后仰，才能撑起身子来。有一次我仰得太厉害了，然后……扑通！掉进喷泉里了!”他冲欧文笑着挤挤眼，男孩忍不住咯咯笑了。“四个大男人才能把我拽上来。真是一团糟啊。我差点淹死了。”

欧文微笑着，享受着笑声带来的温暖。想到胖子在水里使劲扑腾水花四溅的情景，越发觉得有趣。

曼奇尼向后一仰，再往前使劲一挣。这一次他摇摇晃晃站起来了，欧文看着他蹒跚着走远了。胖子一走，欧文马上绕到池子的另一边。他许了个愿，希望王后会帮助他。然后他把弗罗林扔进水里，硬币扑通一声很快沉到水底了。他又在庭院里走了走，欣赏着喷泉，寻找着公主的母亲。他想最可能找到她的地方应该就是庇护所，于是他登上了宽阔的石阶。庇护所的大理石地面黑白相间，让他联想到了一张巨大无比的巫哲象棋盘，只不过上面没放棋子而已。他爱下棋，虽然只有 8 岁，有些哥哥姐姐已经下不过他了。不过他父亲每次都能赢他。

欧文站在一个白方格里，格子很宽，他双脚站在里边都绰绰有余。大厅非常大，内庭中央一座巨大的喷泉翻溅喷涌着水花。一些游客衣着时髦，戴着高档帽子，显出上流社会的派头。喷泉令人心情舒畅，欧文感觉舒服点了。大厅有高大的柱子和基座，柱顶有白色大理石雕像，在欧文看来就像是真人大小的棋子。当然咯，要移动它们那太费劲了。他果然看见几位老人围在那里在下巫哲象棋，不过这棋盘当然是正常大小的。他在人群里穿行，看有没有人长得像公主。

其实他走了很长一段时间才找到了她，但感觉时间似乎过得很快。公主的母亲正在和庇护所司事说话。那司事穿着白长袍，披着黑斗篷，戴一顶蘑菇形的帽子。司事是负责管理庭院的。施洗长老则负责为新生儿施洗。这类人欧文见过不少，他通过衣着打扮就能辨认出他们的身份。欧文没见过公主的母亲，但他还是一下子就认出她来了。这就是孀居王后，两年前去世的那位国王的妻子。跟在她身后的小女孩可能不到 12 岁，看来是她的另一个女儿。

孀后和司事谈了很久，欧文耐心等着她们谈话结束。话说完了，孀后拉着女孩的手，慢慢走回大厅喷泉。欧文意识到机会来了，他迅速走向她们，尽力控制着越来越紧张的心情。

他走过去的时候，被母亲拉着手的女孩好奇地看着他，拉了一下她妈妈的胳膊。欧文的胃里仿佛群蝶乱舞。

孀后被这么一拉，便停下了脚步，她转身面对欧文。她是位漂亮的妇人，个子高挑，身材曼妙，气质高贵。她头发的颜色和女儿一样，梳理成高雅的样式。

欧文快要走到孀后身边时，突然听到响亮、急促而又熟悉的皮靴声踏进庇护所。他僵在那里，惊恐地看着拉特克利夫大踏步闯了进来。拉特克利夫脸都气歪了。他径直走向欧文，看上去想要先拽掉男孩的胳膊，再把他一把拖出去。

“快过来，孩子。”孀后对欧文说道，声音轻柔又急切。

那恶汉冲过来，欧文虽然两腿打晃儿，还是尽可能靠近了孀后。拉特克利夫一把扯下帽子，捏在掌心，光秃秃的头顶上大汗淋漓。找到了欧文，他气得铁青的脸顿时兴奋得通红。

“你—小—子—在—这儿—啊!”他一字一顿地怒吼着。他大步逼近，吸引了厅内众人的目光。欧文惊恐地蜷缩到孀后的礼服后面。她将手放在他肩上，他看到她手上加冕戒指上的宝石闪闪发光。

“进入庇护所，务必安静，拉特克利夫。”孀后呵斥着。“请安静……你会冒犯圣泉的。小点声。”

他咬牙切齿，怒不可遏。“我早该想到他会来这儿避难!”

“你在胡说什么?”她沉着地应对着。“这男孩? 我从没见过他。他是谁啊?”

“欧文·基斯卡登，”拉特克利夫吼道，“国王的人质。”

王后轻笑着。“啊，怪不得你气成这样。我还以为你疯了。你以为是我叫他来这儿的?”

“他就站在你面前，不是吗?”拉特克利夫质问着，嗓门又高上去了。“你是怎么做到的，莉齐? 我真的太想知道了。”

她愤怒地昂起了头。欧文看得出来，这样的称呼对她是一种侮辱。

“显然是圣泉引导这孩子来这儿的，拉特克利夫。他住在宫里，我当然听说过这事，但不是我带他来的。不过我提醒你，先生，他已经获得了庇护所的保护，你不能逼他走。这一点，就连塞弗恩也不敢违背，哪怕他坏事做尽！否则民众会造反的。不管怎样，这男孩自己想办法找来了，那他就留在这儿，归我保护。”

拉特克利夫看上去要气疯了。“国王绝不会容忍这些的!”他咆哮着。“圣泉能让你躲避他的怒火吗？你女儿享受着自由出入王宫的特权。难道她想代他做人质吗?”

听到这些话，欧文的心头一紧。他害怕公主遭遇不幸，愁眉苦脸地看着王后。

她轻蔑地笑了。“你我都知道他绝不会这么做的。现在你该走了，拉特克利夫。趁我还没叫司事来。出去!”

拉特克利夫气得双拳直抖。他瞪着欧文，目露凶光。“跟我走，小子。赶快。跟我回城堡。”

欧文盯着他摇摇头。

“要是国王知道了这事……”拉特克利夫双唇颤抖，大声吼叫着。

“显然他已经知道了。”门口传来一个声音。那位施洗长老由司事陪同着走了进来。“他正上台阶呢，拉特克利夫大人。国王来了。”他转过身，优雅地鞠躬。“欢迎您来到圣母殿，国王陛下。”

欧文惊恐地瞪大了眼睛，感觉肩上王后的手握紧了。

“不管他说什么，别让他碰你。”王后低声警告着。

第九章
国王的声音

国王很恼火。欧文能看到怒火在他的灰眼睛里燃烧，愤怒让他嘴角歪斜，眉头紧皱，双颊抽搐。他因伤跛行的毛病不太明显，但还看得出来。还没见面，欧文就从那一脚高一脚低的脚步声里听出他来了。

国王黑袍金链。腰带上挂着常用短剑，连同一把久经沙场的入鞘长剑。他脸上汗水直淌，黑色的长发被风吹得乱糟糟的，显得像个疯子。孀后的指甲抠进了欧文的肩膀，让他忍不住缩了一下身子。

"记住。"她悄悄对欧文说。

"陛下，"拉特克利夫甚是诧异，"您怎么来了？我正要给您报信……"

"什么时候，拉特克利夫？要等我头发变白吗？你以为我不想知道我的人质逃走了？我不是从'艾思斌'首领而是从我侄女嘴里知道这些事，这到底是为什么！"

国王的怒火瞬间向拉特克利夫喷射。但是欧文知道迟早会转向自己，他害怕得血液冰凉。

“我……陛下!”拉特克利夫结结巴巴地说。“是我的人告诉我这孩子在这儿的！我也是刚知道啊，我想先亲眼验证这个消息!”他痛苦地扭动着双手，好像生怕要掉脑袋。

“理由太多了，拉特克利夫。要你看好我的人质，这要求过分吗?下次我会听到什么？难道是你经不住他父母的纠缠，同意他们来看他？以圣泉起誓，伙计！他还只是个小孩！你怎么能这么不小心?”

“我……我……”拉特克利夫满脸通红，额头眉角汗水直淌。

国王不屑地摆了摆戴着手套的手。然后他恶狠狠地瞪着孀后。他愤怒地努着嘴。“我早该猜到他会来这儿，夫人。”他的眼睛和语气饱含仇恨，让欧文畏缩。

“你完全搞错了，塞弗恩，你心烦意乱的时候总会这样，”孀后冷冰冰地答道，“我没叫这孩子来。他刚出现。我还没和他说过话。”

国王狐疑地哼了一声。“你把我当傻子。”

“你怎么干，我就怎么看。那么这是基斯卡登家的孩子咯？是你的人质?”她话里有话，欧文听不懂。“他是自己找到庇护所的。啊呀，这一定让你很气愤吧!”

国王的表情更加冷酷了。欧文觉得，显然国王和他嫂子之间全无亲情，只有早已溃烂的怨恨。

“你不能把他从这儿带走，塞弗恩。哪怕是你，也绝不敢亵渎圣母殿庇护所。你威胁说要动手了，别否认！但你要真这么干，民众会把你扔进河里的，你别想活命。这男孩和我一起待在这儿。我没有叫他来，但我不会送他走。”她拍了拍欧文的肩膀。

“这孩子没我了解你。”国王沙哑的嗓音饱含愤怒。

“您也不了解，陛下，”她冷笑着，“他和我在一起会玩得很开心，我们会谈到阁下的许多事情。还会谈到我的儿子。”

国王举起一根弯曲的手指，打断她的话。他脸色发白，满脸愤怒，发出警告。“你什么也别说了。”他哽咽着低吼。

奇怪的事情发生了。好像喷泉的水流声突然变响了，淹没了欧文耳中别的声音。这感觉是舒缓的，让他狂跳的心趋于平静。接着，国王的声音从水声中滑了进来。

“欧文。”

国王每次叫他名字的时候，总是声色俱厉的，但这次却毫无愤怒或指责的意味。它包含了慈父唤儿的全部温柔。欧文眨着眼睛，一脸迷惑地仰视国王。

喷泉的水声更响了。他能感觉到它们，仿佛自己正在栏内水中嬉戏。事实上，这就是他觉得自己正在做的：戏水，玩闹，浑身湿透，享受着淘气的甘甜。身处流水的感觉，抚慰了他，使他平静，让他满心欢乐。他笑了。国王也笑了，仿佛他也同样感受到了在喷泉中起舞的喜悦。

“离开她吧，欧文，”国王嗓音温柔，花言巧语，“她在这里是有原因的。她耍阴谋，她搞破坏。孩子，如果你听她的，你全家人都会送命。就是因为她呀。我想救你啊，欧文。跟我走吧。”

欧文觉得肩头一阵刺痛，却并不觉得难受。他听见王后在说话，可是话音穿不透水声。一个一个记忆想闯进来，提醒他小心国王的触碰。但这就像嗡嗡叫的苍蝇一样讨厌，他轰走了它。

“我不会骗你的。”国王说得认真又温柔，仿佛正在邀请一只蝴蝶来掌中安歇。“这里有危险。你看不见的危险。你困在蜘蛛网里了，欧文。让我来救你吧。来……握住我的手。”国王伸出他戴着黑手套的一只手。皮革看上去又柔软又暖和，这个手势很诱人。

欧文挣脱了王后的手，朝国王走去。感觉好像圣泉的神水就来自这伸出的手。他确信，只要握住国王的手，就会有得到保护的安全感。此刻，众声喧哗，有人尖叫，却都无法阻挡他感情的洪流。

他自信地走到国王身边。国王看起来不再可怕了。他看上去很累，很痛苦，但他的笑容温柔又大方。

国王热情地笑着说。“那么我们给她一个小惊喜好吗？她看起来很害怕，她相信你已受到伤害了，欧文。我们回宫去找她好吗？”

欧文热切地笑着，点了点头。好的，他很愿意。他太乐意了。

“你会告诉她你是怎样离开城堡的吗，欧文？我们都很惊讶，你竟然这么聪明，能自己想出法子。不过从一开始我就知道你是个机灵的孩子。”

欧文又点了点头，他盼望着把那道密门指给爱丽丝公主看。也许那会成为他们的秘密。他终于抓住了国王的手，内心激动万分。手刚一接触，他感觉自己已登船，船儿漂浮在宁静的水面上。自从离开塔顿庄园，他头一回感觉这么安全。欧文和国王一起离开王后和冒着泡儿的喷泉。欧文带着幸福的眩晕拉着国王的手，他感觉手被握得很紧，皮革很暖和。

欧文回头去看王后。她正在哭。为什么？他向她挥手、点头，表示一切都好。然后他看到地面上的黑白石格。他走的都是白格子。国王走的都是黑格子。他觉得他们就像是棋子，这奇思妙想让他忍不住笑出声来。

“什么事这么可笑啊，欧文？”国王和蔼地问道。他的声音令人鼓舞。

“那些格子呀，”男孩用另一只手指着说，“白格子和黑格子。就像巫哲象棋盘。”他并没意识到这是自己第一次和国王说话。他感觉和国王待在一起很舒服，仿佛他们早已是最亲密的朋友了。

“你会下巫哲象棋?”国王惊讶地笑问道。

“我父亲教我的。”

“我也会下,”国王边走边说,“这游戏来自东方王国。你知道吗?”他们走近庇护所大门了。

“它来自昌迪加尔。”

“我知道你是个机灵的孩子。你想不想要一张巫哲象棋盘,欧文?我可以让人帮你刻一张。”

他盯着国王若有所思的脸,欣喜若狂。“真的吗?”他恳求道。“我还没有自己的棋盘呢!”

“那你会有的。”国王保证。“只要你待在城堡里。你必须待在城堡里,欧文。”

男孩点着头。要是他能得到巫哲象棋盘,那就很值了。他们离开庇护所,朝院门走去。欧文看到倒影池,心里纳闷胖子去哪儿了。曼奇尼。他希望分享胖子的松饼,看他再把面包屑扔给鸽子吃。

一阵极度的恐惧碰了一下他的心。虽然太阳直射在他们身上,他却觉得……好冷。他动了动被国王握住的手,却觉得手套的皮革不软和了。就像是国王在使劲捏他的手。这感觉很不舒服。他们走路时,国王一瘸一拐的姿势变得很明显。欧文听到痛苦的喘息声,他抬头一看,只见国王盯着大门,咬紧牙关,好像快撑不住了。

喷泉的潺潺声轻下去了。就像他在喷泉里玩耍时被逮着了,惹上了麻烦。他内心泛起内疚的感觉。有些不对头。

他们到了门口,庇护所的人群分开,给他们让道。欧文仰望着拱门,然后回头看了一眼庇护所。拉特克利夫紧跟在他身后,怒视着他,毫不掩饰自己的愤怒与轻蔑。这让欧文更加不安了。

司事站在门口。“你是自愿离开的吗?”他厉声问欧文。

欧文点点头，被那人严厉的神色吓着了。国王重新握了一下欧文的手，欧文的心情又开始好转了。什么也没变。国王让他感到安全，他想要一张为自己刻制的巫哲象棋盘，想见爱丽丝公主。除此之外，还有什么事重要呢？他悄悄挨到国王跟前。

“你听到这孩子说的了。”国王强忍着什么，嘴里嘟哝着说。

欧文心跳得更快了。他们一起走出大门，依然手牵手。有什么事情让欧文又回头看了一眼，这时他看到了胖子。胖子站在拉特克利夫身边，从他手上拿钱。也许曼奇尼让拉特克利夫帮他买松饼？不过这太不合理了。

“拉特克利夫！”国王厉声喝道。

他们出了大门，朝城堡走。欧文心跳如雷。他为什么离开庇护所？他当初为什么去那里？一定有原因，而且似乎是很重要的原因。但是他就是想不起来。

“带他回宫。”国王气喘吁吁地说道。“我得歇一下。快把我累死了。这孩子的意志像树根一样坚硬。”

“我很羡慕你的天赋呢，陛下。”拉特克利夫凑上来紧张地说道。他紧紧握住欧文的另一只手，欧文觉得很疼。

国王放开欧文的手，迷雾顿时消散了。欧文想起了所有的事情，就像梦游者突然惊醒过来一样。在他心里，困惑与恐惧纠缠不休。

“不要溜须拍马，拉特克利夫，”国王低声笑着。“我受不了拍马屁。我知道自己是谁。其实你也知道。把这男孩看得更牢点，否则我保证会任命新的‘艾思斌’首领，再将你发配北方，去帮霍瓦特擦靴子。你太让我失望了，迪肯。如果这点小事我都没法相信你……”威胁的话他并没讲完，只对他俩做了个轻蔑的手势。

拉特克利夫又满脸通红，他气得紧绷下颌。“快走！”他咆哮着，使劲一拽欧文的胳膊，几乎让它脱臼。

眼看圣母殿庇护所越来越远，欧文快要哭出来了。他凭一己之力，排除万难，好不容易到了那儿，却被别人耍个花招骗出来了。想起这点他就想吐。他根本无力抗拒国王。可为什么会这样呢？这时他想起了王后的忠告，恍然大悟。

原因就是国王的声音。原因就是他掌中之物。

欧文无力抵抗。

走到桥当中时，欧文试图挣脱拉特克利夫的手。他又拧又扭，用尽一切招数，只想赶快挣脱，以便逃回庇护所。

他后脑勺挨了一记重击，只好停止了反抗。

“想想吧，小子！”拉特克利夫对着他耳朵大吼。“想想你家里人。”他把欧文拽了一个圈面对他，然后蹲下身来和他对视。“艾思斌”首领开始轻言细语，但声音里满是毒液。“你再惹我，他们会遭殃！你再跑一次，我就会把你妈妈你姐姐扔进地牢饿死，把你爸爸你哥哥扔进河里淹死。我不会再找你追你，小子！你必须服从我，否则你家人的鲜血，就会溅到你那干巴巴的小脑袋瓜上。这会让你头上那块白补丁变成红的！再耍我一次，你会后悔的。听懂了吗？”

欧文吓得发抖。

“快说！”拉特克利夫大喊。

欧文张不开嘴。

“快说。”拉特克利夫警告着，使劲握紧欧文的手，直到他失声痛哭。

“懂了！”欧文哭喊着，痛得瘫倒在地上蜷成一团。

有一句谚语和时间一样古老，却是普遍真理：好心没好报。找到基斯卡登家的小子后，我被调往王宫监视这个小魔鬼。我在王宫待过几年，我恨它。十有八九，这个任务很快会结束。要么这孩子自己找死，要么他父母鲁莽行事让他送命。我对此并不多愁善感，我只是希望这事早点发生，这样我就可以去干更有趣的活了。他们说，男孩喜欢在厨房里玩，这情景仿佛是天空中唯一的一抹蓝。我还听说莱昂娜烧鹅的手艺没人能比呢！

——多米尼克·曼奇尼，御膳房的“艾思斌”

第十章
安凯瑞特

欧文逃走再被捉回后的那几天，太阳仿佛黯淡无光。此前这小男孩一直备受娇宠，如今却饱受冷落和责骂。接手莫娜·斯特灵工作的是一个严厉的老妇人，名叫朱厄尔。她不准他去庭园转悠。她有严重的痛风，每天只能带他登一次塔，或在走廊里散一次步。她把他盯得很紧，当然主要是在厨房里。而厨房，原本是避风港，现在却被新来者给毁了。

欧文惊讶地发现曼奇尼住进了王宫。莱昂娜用平静的语调解释说那人是国王的间谍，是“艾思斌”中的一员，他待在宫里是为了监视欧文。莱昂娜和德鲁不再温柔亲切，他们怕国王发现自己曾帮助过欧文逃跑。

曼奇尼很少和欧文说话，但他会冲欧文会意地笑一笑，眨眨眼，看似有威胁的意味，仿佛在问男孩敢不敢调皮捣蛋，这样他就有理由向拉特克利夫告发欧文。偶尔他会拿出对付鸽子的招数，突然一跺脚，只为吓欧文一跳。欧文搭积木，他暗自发笑；积木轰然倒下，他嗤之以鼻。他整天随心所欲地大吃特吃厨房里的食品。欧文看得出来，总是要给这大胖子做吃的，莱昂娜一定烦透了，不过她也无可奈何吧。

欧文想找到爱丽丝公主，没有成功。她也没打算联系他。自从欧文上次逃跑后，似乎所有美好的事物都被逐出了王宫。王宫简直就是一座地牢，他可怜的心深受折磨。朱厄尔连续骂了他好几天，他把自己封闭起来，茶饭不思，每一个影子都会让他心惊肉跳。

和国王共进早餐时，欧文的痛苦尤其强烈。他再也难逃国王的敌意。欧文逃跑失败后的第三天，国王走入大厅，满脸幸灾乐祸的表情，径直朝他走来。

“什么？你还在这儿呢，欧文少爷？”他嘲讽地说着，紧握着剑柄，将短剑抽出来又猛塞回去——欧文一直觉得这动作很可怕。“我们全体出动拼命找你找了好多天。在这么大的城堡里找你，你想不出这有多麻烦。从那以后，我厨房的费用就飙升了。我真得好好谢谢你呢。”

欧文在注视下畏缩了，不敢吱声。当斯沃斯拳眼贴近嘴唇，假装轻咳一声，试图掩住嗤笑。他本不该这么做的。国王开心地转向了他。

“闭嘴，当斯沃斯，”国王厉声说着，“如果我想要你发表意见的时候，会揍到你说出来的。”

“我……我……只是咳嗽！”当斯沃斯嘟哝着抗议。

“行啦，不管是咳嗽喷嚏还是打嗝，全给我忍着，小子。如果说这里还有谁想逃跑，可能就是你。”

因为愤怒和屈辱，这年轻人满脸通红。欧文嘴角忍不住浮出一丝复仇的微笑。不幸的是，当斯沃斯这时正好转过头看着他。他脸上的表情预示着他将狠狠报复，欧文顿时不敢笑了。

国王专挑别人已经尝过的食物，匆匆忙忙吃着早餐。国王教训羞辱他的客人时，欧文偷偷观察着他的脸。他好像很满意自己在饭桌上挑起的话题，那比莱昂娜的食物更对他的胃口。

吃过早饭，欧文正准备去厨房，一条强壮的胳膊从背后死死箍住了他的脖子。他的身体被重重压住，喘不过气来。

“笑话我？你谁呀敢笑别人？”他听见当斯沃斯的声音，阴沉而粗野。他肚子上挨了重重的一拳，疼得倒抽了一口气，但又根本无法呼吸。那条胳膊还勒着他。

“你死定了，基斯，”当斯沃斯嘲笑道，“你要是再笑我，我会把你摁进酒桶淹死。我会帮国王这个忙。听见我说的吗，小子？我会把你推进酒桶，再把盖子盖上。不准再笑我！”他又冲欧文的肚子揍了一拳，把他扔到地板上。欧文开始啜泣。

当斯沃斯用尖头皮靴踢了一脚欧文的胳膊，欧文知道胳膊肯定青了一大块。他捂着肚子，泪水打湿了地板。当斯沃斯大摇大摆地走了。有那么一会儿，欧文想着各种报复方式来安慰自己。但很快他的狂怒消退了，他跪在过道里，浑身发抖。仆人们在他身边走来走去，没人停下来看看到底怎么回事。

欧文跌跌撞撞，总算到了厨房，只有曼奇尼注意到了他。曼奇尼问他用餐的大厅里是不是还能搞到点好吃的，欧文点点头，曼奇尼就走了。男孩缩进自己的角落，坐在阴影里，面对着墙，耷拉着肩膀，心里万分难过，没有心情把积木从挎包里倒出来。过了一会儿，他才注意到地上已经有散落的积木在等着他。他慢慢挪过去，睫毛上挂满了泪水。这次积木拼出的不是欧文的名字，而是拼出了一个词“等—待”。这是德鲁传给他的奇妙信息，不过欧文并不感兴趣。他突然很想念父母。从来没有人打过他。他被踢的胳膊一阵阵作痛，他揉了又揉，却丝毫减轻不了疼痛。也许胳膊断了。没人会关心这个的。

国王是怎样说服他离开庇护所的？他的记忆一片模糊。他只记得国王说得有多动听，看上去多么慷慨善良。不知怎的，他就把欧文给骗了。男孩搞不懂原因，只知道这事儿就这样发生了。他咬着牙，用袖子擦去眼泪。

这一天在稀里糊涂中过去了，他按照积木传递的信息行事。他坐着等待，什么也没吃。我想自己再也不会觉得饿了。就算莱昂娜想哄着他吃块松饼，他也只是摇摇头。

“莱昂娜，只管给我吃吧！”曼奇尼哈哈笑着说。“男孩不饿，男人饿啊！”

王室管家伯威克哼了一声。“你……有十六个人的饭量呢！”他带着北方口音阴沉抱怨。“你的胃口会让国王破……产的！”

“你的抱怨会让我的耐心破产的！”曼奇尼反唇相讥。“哪怕你长着一副圣泉赐予的羊脑子，你都会知道，站在一个饥饿的胖子和食物之间是多么不明智。我会吃了你，伯威克。”

王室管家怒哼了一声表示谴责，不过曼奇尼总爱开玩笑，似乎没人在意他说的是什么。

“显然他不想吃松饼，莱昂娜。”曼奇尼继续争抢食物，举起他香肠一样的手指示意。“拿过来吧。”

厨娘哀求地望着欧文，恳求他拿着松饼，可是他不拿。

“你看看！我说这小子不饿吧。浪费松饼那真是罪过啊。”莱昂娜把松饼朝他一扔，他贪婪地抓住，哼哼唧唧地吃起来，这让欧文觉得恶心。“我是日内瓦人，”他自言自语，嘴里喷出一些面包屑。“我并不为此羞愧！我们爱我们的食物。这……这是绝顶美味。为你喝彩，小点心！要是还有的话，莱昂娜……”

她白了他一眼，没接话。

这一天欧文伤累交加，再也干不了别的。他就那么待着。朱厄尔找过来，懒洋洋地和他说话。她提议去图书馆，欧文拒绝了。他只想待在厨房，闻着烤面包的香味，试图重温塔顿庄园的回忆。但他如今的生活和过去反差太大了，回忆溜走了，如烟雾飘散在空中。他躺在那里，脸紧贴着积木，思念着家人。他努力回忆那些无忧无虑的日子，那时他可以在图书馆看书，还能在花园里散步。

他大概睡着了。他打着瞌睡，迷迷糊糊，恍恍惚惚。有时附近会传来几句喃喃细语，他可以听到一些话。

“可怜的孩子，他想家啦。”莱昂娜小声说。

“国王是个残忍的人。你认为他会杀了这孩子吗?”德鲁问，“他杀了自己的侄儿呢。一点都不会心慈手软。”

“把他抱到床上去吧，德鲁。时间不早了。”

“让他睡吧，莱昂娜。让他梦见好日子。明天早上我会早点来抱他去房间。”

他们把他留在了厨房。锅碗瓢盆的叮当声没了。曼奇尼哼哼唧唧地爬上了台阶。很快一切又平和、宁静而温暖了。欧文转动肩膀，胳膊一阵阵抽痛。他眨着眼睛，感觉一缕乱发弄得额头痒痒的。他们都走了。他看见窗外夜空里刀锋塔楼的轮廓。高窗透进一丝光亮，看上去像颗星星。

他坐起身，聆听这幽深的宁静。它无边无际，无处不在。偶尔传来的声音，比如炉灰掉落，宛如一声耳语。欧文的心很痛，就像受伤的胳膊一样痛。

“我不想死。”他对着寂静低语。

有东西发出摩擦的声响，很轻柔，几乎听不见。欧文仔细听了一会儿，觉得这是石头在光滑的石面上滑动的声音。然后一个女人从阴暗的隐蔽处走进了厨房，那隐蔽处离传递神秘信息的积木不远。她披着浅灰色斗篷，颜色看上去与石墙很相配。她戴着风帽遮着脸，他只能瞥见她的头发。

他心跳加速了。她比爱丽丝公主略高一点，欧文有一瞬间还以为她是个鬼魂。她抬手拨落风帽，露出一头又长又黑的卷发，它如一顶王冠盘旋头顶，一条单辫垂落下来，搭在肩头。她脖颈上戴着一条别着饰针的细项链。她的齐肘手套搭配着礼服——缎面轻柔，光泽银白，非常时尚。她静静地站了一会儿，倾听那裹在天鹅绒般夜色中的寂静。“欧文?”她轻声低语。

他心跳得更快了。他咽了一下口水，内心害怕又满怀期待。她在找他。他突然明白了，原来给他传信的人并不是德鲁。

他在地板上挪动了一下，这轻微的动静让女子转过头来，辫子滑落到了背上。虽然他几乎躲进了黑暗角落，不过那声轻响完全吸引了她的注意。除了炉中余火，只有月光照亮了厨房。

她优雅地朝他走来，当她走近时，他才发觉她真漂亮。她既不像公主那么年轻，也不像王后那么老。虽然他讲不出她眼睛的颜色，但这双眼睛是那么明亮，宛如月光——银灰、宝蓝、草绿——却又如此悲伤。她下意识地随手抓起发辫，用手指梳理着发梢。然后她一松手，让辫子又落在肩前，几乎碰到她的蕾丝边紧身衣。

她和他隔着一段距离，缓缓坐上长凳，将手搁在腿上，丝毫没有敌意。他想她是自己见过的最漂亮的人。

她打量着他，嘴角的皱纹被一抹浅笑抚平。这是一抹热情的微笑。“你好啊，欧文。”她问候着。她声音够大，他听得清楚。“谢谢你等我。我是来帮你的。王后派我来的。”

她静静坐着，等着他回应，等着看他对她的出现有什么反应。

欧文不确定自己的感觉。她的威严感让他有点想起了王后本人。她安静，举止内敛，似乎很害羞。她既不催他也不逼他回答，这让他松了口气。她只是在等他鼓起勇气。

过了好一会儿他才开口说话。但他一张口，就让自己吃了一惊。“你是鬼吗?”

她的笑容更灿烂了，显然被他的问题逗乐了。她笑得很美，有个浅浅的酒窝。“不是，”她说，“你想让我自我介绍吗?”

他郑重地点了点头，她安静的举止让他更放松。

“我叫安凯瑞特·崔尼奥薇。这名字很奇怪，对吧?但这就是我的名字。我是王后的毒药师。她派我来帮助你。”

太多人心惊胆战地活着。他们希望青春延续。他们得病了就大吐苦水。但是世界总是动荡不安，命运总有兴衰成败。有志者事竟成，而要立大志，须有勇气，不入虎穴，焉得虎子。我希望成为“艾思斌”首领。你瞧——我已经把它写下来了。一个没有写下来的目标不过是一个愿望而已。

——多米尼克·曼奇尼，御膳房的“艾思斌”

第十一章
圣泉

通常欧文很怕见陌生人，但安凯瑞特安静又温顺，这让他内心稍安。不过他不太清楚，做一名毒药师是不是比做鬼好点。

“你想问什么?”她温柔地问道。

“什么是毒药师?”

她似乎早料到了这个问题，很快作出了回答。“每个王国的君王都有敌人，欧文。这些敌人总想夺取他的王位。要知道当国王是一件很危险的事情。”她停顿了一下。“毒药师的职责，就是保护统治者不受敌人伤害。有时候需要制止危险人物。我知道怎样调配让人难受的药水。有时这就足以阻止危险。但有时我必须制出杀人毒药。”她瞥了一眼放在腿上的双手。“我不喜欢这样，但有时必须做。”她的声音如此轻柔，又如此悲伤。

“你说你是王后的毒药师，”欧文问道，“你说的是圣母殿的那位王后吗?”

“是的。”

“那么你住在庇护所喽?”

“不，我就住在王宫这儿。”她指着高窗外刀锋塔楼的微光。“那里，那座塔里。”

欧文瞪大了双眼。“我想那是国王住的地方！”

她又笑了。“不是的。他是驼背，每天爬那么多台阶他可受不了。”

她耐心地静坐着看他，等着他再提问。

“那你为什么不为新国王效命呢?”他问。“我很高兴王后派你来帮我，可她不再是王后了。”

“这是个很好的问题，欧文。我试着解释一下，你就明白了。艾瑞德国王去世时，我不在这儿。他派我出国去执行一个秘密任务。我走后，发生了一些可怕的事。国王的弟弟继承了王位。他知道我，可他不知道我是谁。你看，我对艾瑞德很忠诚，对他弟弟却不会。新国王派人来杀我，反而都被我杀了。”她又停顿了一下，看着自己的手。“他很不喜欢我。”

欧文看看她戴着手套的双手，然后看着她脖子上的那枚饰针。“他觉得你会给他下毒吗?”他问道。他想起了国王只从别人取过食物的盘子里挑东西吃的情形。

她又对他微微一笑。“你小小年纪，倒很聪明呢。是的，他确实害怕我给他下毒。可是你永远不用为此担心，欧文。我只伤害危险的人。你去找过王后，希望得到帮助。于是她请我来帮你。”

“但是你帮不了我，”他摇着头说，“我一离开帝泉，父母就会被杀的。我必须待在这儿。”

她鼓励地点点头。“你说得对。你现在必须待在这儿。不过这点我已经考虑到了。我是很善于思考的，欧文——毒药师必须这样，因为一点细小的差错就可能会送命。我会对你诚实，我希望你也这样对我。你的父母可能会死。如果我能阻止这事发生，我一定会做。但是国王信不过他们，他会考验他们的忠诚。但你要明白，欧文，他们没有抛弃你。对他们来说，这是个艰难的选择，不过这已经是保护全家最好的方式了。也包括保护你。他们觉得，只要有我在这儿照顾你，你待在王宫就是最安全的。我会尽我所能帮助你。你知道……”她停了下来，声音沙哑了。她伸手摸了摸着他的头发，就像他母亲过去常做的那样。

“我想嫲嫲了。”欧文轻轻地叹了口气。她的肩膀看上去很柔软。

“她肯定也非常想你，欧文。”她轻声说道。

她伸出戴着手套的手轻轻地点了一点他的鼻尖。“你是一个可爱的小男孩，欧文。你还这么小。国王不该让你离开父母的。”

欧文累了，他依偎在她的臂弯里，把头靠在她肩上。“你真的会帮我吗?”他满怀期待地问着。

她搂着他。“我想是的，欧文。我在制订一个计划。”

“真的吗?”

“才刚开始。”

“你会告诉我吗?”他恳求道。

她搂着他肩膀，亲了一下他的头顶。“现在还不行。我有了一些想法，不过还得仔细琢磨一下。想法是慢慢成熟的。要是你开动脑筋，就能实现梦想。”

“真的吗?”

“真的，欧文。大多数人都苦于缺少想象力。他们不敢多想。但我敢。我帮助艾瑞德当上了国王。两次都是。”她碰了碰他的手臂。“大多数人没有到达目的地，原因在于他们从未出发。他们总是把所有不能做的原因都想到了，所以他们甚至连试都没试一下。”

“我以为我能逃掉。”欧文沮丧地说着。“我到了庇护所，但是国王……他把我骗出来了。”

他听到了银铃般的笑声。“哦，是的，他确实这么干了！国王是泉佑异能者，欧文。你知道那是什么意思吗？”

他吃惊地抽起了鼻子。“他是吗？我还从未遇见过异能者呢，不过故事里他们都像英雄呢。国王……不像啊。”

她又紧紧抱着他，好像她很喜欢坐在他旁边。“不全是这样，欧文。你知道每个宝宝都会被带到庇护所，施洗长老会用喷泉的水给他们洗头对吧？这叫洗礼。这表示希望孩子成为泉佑异能者。不过实现的可能性很小。只有千分之一的孩子会被圣泉眷顾。”

他回头看她，凝视着她美丽的脸庞。“我听莫娜说起过。他说一个做面包的人是异能者。”

“是的，从比萨来的。我听说过他。我知道你以前多少知道点这事，不过要是听我从头说起，这事就更好理解了。我来告诉你圣泉的真谛。圣泉就在我们周围。它就像水在流动，你能感觉到，却听不见。你有过这样的经历吗，比如躺下来，闭上眼，感觉自己好像在……漂流？”

欧文使劲点着头。

“谁受圣泉保佑，谁就能汲取圣泉的能量。就像用水盛满杯子。这样他们就能用这种魔力来做事。做奇妙的事！塞弗恩国王的魔力就是他的声音。他使用圣泉的魔力，当他对你说话，触摸你，他能让你相信他说的全是真的。但正如我说过的，圣泉保佑的人都必须以某种方式获取魔力。国王有种特殊的方法盛满他的杯子。你注意过吗？”

欧文歪着头，惊讶地望着她。“是他的短剑吗？他老是用力塞进去。”

安凯瑞特开心地笑了。“不是呀……那只是紧张时的习惯。他总是焦躁不安。想想他说的话吧。是他的话给了他力量。”

欧文皱着眉头，陷入了沉思。“他总是生气，对公主却不会。”

“我就说你很聪明嘛。”她双手托着腮帮。“欧文，话里有力量。力量很大啊。当你告诉你母亲说你爱她，她就会觉得温暖又开心。如果你对她说你恨她。”她的声音变得忧郁而冷酷，她腾出一只手拍了拍他胸口：“那这儿就会受伤。”

她的声音又轻柔了下来，把手放回到腿上。“国王靠羞辱别人获得力量。只要你和他待在一起，就肯定见识过。这就是他获取圣泉魔力的方法。每一次羞辱，每一句伤人的话，都在他的杯子里加了一滴水。杯子满了，他就可以利用圣泉的魔力来对付某一个人，单独的一个人。这样无论他说的话有多离奇，这些人都会信。他一开始并不知道自己是泉佑异能者。我想他是偶然发现这点的。可一旦他知道了，他就利用这个当上了国王。我曾经提醒过他哥哥，可他不听我的。他认为他弟弟忠心耿耿。”

欧文好奇地看着她。“他并不羞辱爱丽丝公主。”

安凯瑞特点点头。“你说得对。你善于观察。我需要些时间来制定我的计划，不过要是你愿意的话，我明天再来看你，到时候我们可以继续聊。”她顿了一下又继续说。“你来以后，我就一直在关注你，欧文。我也很喜欢玩你的积木。现在，你该上床睡觉了。”她又揉揉他的头发，随后手上的动作轻缓了下来，温柔地抚弄着一缕白发。

“你怎么知道得这么多？怎么会这么清楚那种感觉？安凯瑞特，你是……你是异能者吗？”

她盯着他的头发，点了一下头。“这就是国王想杀我的另一个原因。”她说道。“你为什么不去睡觉呢？”

“你要回塔楼去啦?”他询问着。

她点点头，笑得有点伤感。“白天我必须躲起来，”她说，“我的大部分工作都是夜深人静时做的。”

“我能去看你的塔楼吗?”他问道，抓住她的手，紧握住不放。

“当然行，”她同意了，“可你得保证不告诉别人怎样去那儿。”

“我保证!”

她轻轻地拍了一下她的脸颊。“王宫里有一些秘密通道，”她悄悄透露，“我都可以带你去看。你愿意吗，欧文?”

他用双臂搂着她的腰，紧紧地抱着她，享受她的温暖。他好久都没有拥抱过别人了。

安凯瑞特被他突然的情感流露吓了一跳，但她马上便抱住他，并在他乱发如麻的头顶上吻了一下。

“我不会让他伤害你的，”她承诺着，“不能让他像对付别人那样伤害到你。”“伤害到了谁呀?”欧文仰着脸问她。

“他哥哥的儿子们。”她严肃地应道，他又一次看见了她眼中的悲伤。

“艾思斌”中恪守着这么一条规矩：吾辈应以巧取为荣，善骗为能。我们特别热衷于欺诈彼此。你瞧，这就是所谓骗诓诓骗者，加倍得开心。

——多米尼克·曼奇尼，御膳房的“艾思斌”

第十二章
毒药师

安凯瑞特·崔尼奥薇住在帝泉王宫的最高处。她一边拉着欧文的手上楼梯，一边告诉他自己隐身的秘密。没有仆人上过她的塔楼。王宫总管手下的仆人以为这里归城堡的看守管，而城堡的看守又被告知，总管的仆人会照看这里。与此同时，工匠头又以为这里要等有钱了才会重建。于是，这里就被假话和错觉巧妙编织的网给保护了起来，实际上，大家对塔楼的印象都并非真相。安凯瑞特解释说，知道真相的人为数极少，其中之一就是莱昂娜，她每天晚上都要给安凯瑞特留满满一托盘吃的。

甚至连艾瑞德的王后都不知道毒药师到底住在哪里。

对欧文来说，这楼梯爬得相当艰苦，黑夜中攀登着狭窄的塔楼楼梯，两个人都累得气喘吁吁，欧文更是上气不接下气，他的向导手持一只蜡烛在前面照明。当他们终于到达楼顶的时候，欧文的脑门上已经全是汗了。

“这么小。”等安凯瑞特把欧文领进她的秘密住所，欧文一边喘着气，一边评论着。

一张不大的四柱床就快把这里占满了，床的四周罩上了厚厚的天鹅绒帐子，这有利于安凯瑞特白天的休息。帐子毛绒绒的，欧文走过去伸手摸了摸，感觉很柔软。屋里有张小桌子，上面放着一只地球仪，一架天平，一些药水瓶和试管，里面装着各种各样的药物和溶液。看到这些东西，欧文的眼睛都瞪大了，但是他并不敢靠近。屋里还到处放着各种大小的研钵和杵，有的放在地板上，有的放在窗台上。看着这些，欧文有些紧张，于是他就把目光移开，最后落在了绣花窗帘上，那绣花式样很特别，于是他就走上前去，看个究竟。

“真漂亮。”他一边说一边抚摸着绣花，不禁心生敬意。

“谢谢你，是我绣的。”安凯瑞特说着就走向小桌，拿起一些药剂，开始配料，泡茶。

“怎么绣的呢?”欧文大为吃惊，但是安凯瑞特并没有回答，因为她正在忙着制茶。于是欧文又把目光收回，仔细审视着床上帐子上的绣花，这些花是用颜色深一些的线绣的，然后他又低头看了看有着相似图案的地毯。屋子里所有的东西，不论桌子还是书架，都多少带着些绣花的装饰。

“这些都是你绣的?”欧文不禁感叹道。他的妈妈和姐姐也会做针线活儿，可绝对没有这么别致。

“我喜欢刺绣，”安凯瑞特谦虚地答道，“我天生喜欢，从不厌倦。你喜欢搭积木，是吗?”他点点头，垂手摸着椅子布垫的花边，那是屋里仅有的一把椅子。

“我这儿没来过人，”她说道，“这么多年，你是第一个进到我塔楼里来的人。给，把这喝了，有助于平喘。你的肺太虚弱了，需要吃点药。”

他看了那杯子一眼，有点不大放心，但是那茶闻起来很香，尝了一口，他就知道安凯瑞特在里面加了蜂蜜。茶的味道有点怪，但是并不难喝。他一边小口喝着茶，一边眼巴巴地看着一个小小的木质底座上的巫哲棋盘。棋子是用石膏雕刻的，分为紫色和白色两种，和下面的方格很般配。棋盘的尺寸和小圆桌正好一样。

“你也下巫哲象棋吗?”

欧文马上热切地点点头。“我以前总是看哥哥们下，我自己也想下。”

“愿意跟我下吗?”

“愿意!”欧文说着，咕嘟一口就把剩下的茶咽了下去。“棋子一般都是黑白的，这里有紫色的，我要紫的。”

“那我要白的。”安凯瑞特说着走了过去，跪坐在棋盘和底座下面的小毯子上。

“你一个人怎么下棋呢?”欧文仔细端详着棋盘，好奇地问道。

安凯瑞特先走，下了第一步棋，欧文接着下了第二步，按照他的习惯，先动了中间的棋子。结果，安凯瑞特只用四步就俘虏了欧文的国王，把他将死了。

欧文先是盯着棋盘，然后再盯着安凯瑞特，“你……怎么这么快?”

安凯瑞特明白欧文的意思，微微一笑，“我来教你。巫哲棋有很多妙招，要是你会了，你就能赢得很快，想学吗?”

欧文热切地点了点头。

重摆棋盘的时候，安凯瑞特问了欧文另外一个问题：“欧文……我是毒药师，你怕吗?”

他猛地抬起头，看着安凯瑞特，他的眼神已经表明了他的感受。他低下头，什么也没说。

“欧文，”安凯瑞特柔声说着，一边把最后一颗棋子摆好，“请你理解。我只是毒死那些危险人物，而且都是非到万不得已的时候。如果我处于你的位置上，我也会害怕的。但是，我之所以带你到我的塔楼里来，就是想让你明白，作毒药师只是我非常小的一个侧面。这的确是我为王后工作的一种方式，”但同时我也为她建言献策，提供咨询。我受训成为一名毒药师，同时我还受训成为一名助产士。所以，我的一半工作关乎死亡，而我的另外一半工作又关乎……生命。”此时，安凯瑞特意味深长地看了欧文一眼，其中深意欧文还无法领悟。然后她轻轻地搓着双手，“我也在尽力使王国免遭威胁，并且尽量不诉诸于毒药。我热爱美的创造。绣花的时候……我想的很多……思绪飞舞，让我从很多角度去审时度势。这也就是我特别会下巫哲棋的原因。”

她将双手放在膝上。“我想帮你，欧文。不过要是想帮你，我就需要信任你，而你也应该信任我。我信任你才会带你到我的塔楼来。如果你跟任何人透露了我在此塔尖藏身的话，国王就会派兵杀掉我的。”

欧文倒吸了一口凉气，一股惊忧的刺痛如电流般蹿下他的脊梁骨。他可不能那么干！

她郑重地点了点头，“所以你看，我一直在信任着你，而朋友间才会彼此信任，欧文，我想做你的朋友。这并不仅仅因为是王后指示我帮你的，还因为我也很喜欢你。我会竭尽所能想出一个可以保你平安的法子，还会教你下巫哲棋，同时会倾囊相授各种毒药，让你通过气味就可以发现什么东西是有害的。你要喝我给你配制的饮品，这些对你的呼吸有益，还能增强体质。但是欧文，我绝不会让你去毒害国王，不会伤害任何人。那么做可就是我的不对了，你说是吧？”

欧文眼睛张得大大地连连点头。

“就算国王是个危险人物，王后也没有让我去伤害过他。毕竟他是阿根廷家族最后的一位合法继承人，连他都死了的话，祸事就大了。而当斯沃斯因为其父的叛国罪已经丧失了继承王位的资格。”

“他爸爸究竟干了什么?”欧文热切地询问着。安凯瑞特摇了摇头，“要讲的太多了，不可能一个晚上就能给你解释清楚。我们还有时间，欧文。明天，我们还可以再谈。如果我们想要成事就需要求助于他人，莱昂娜和德鲁会帮我们的，我明天就去和他们谈谈。不过，这样还不够，我们还另需助力，你认识待在御膳房的那个多米尼克·曼奇尼吗？也许他能帮上大忙。”

欧文冲她微蹙眉头，“可他是国王的人!”

她笑了笑，“那是他的伪装，他真正效命的另有其人，他是负责监视他们的。我觉得我能说服他成为咱们的盟友，我可是劝服高手呢。但是你的角色才是最重要的，欧文。你需要学会拥有勇气，拥有明知不可为而为之的勇气。我相信你能做到。”

她伸出手轻抚着欧文的头发，脸上挂着温馨的笑容。欧文望向她的双眼时不由得惊得直咽口水，就在他单腿稍微挪动一下的这会儿，安凯瑞特却像国王那样突然眉头紧锁，不过脸上的笑容依然不曾消退。

“你病了吗?”欧文关切地问道。

“只是累了而已，”她应着，“下楼回到御膳房吧，明晚我们还在那儿见面。欧文，你能帮我个忙吗？我现在不能……不能送你下去了。”

欧文点点头，再次惊奇地打量着这间斗室，他真想下次再来呢。

“这是我们俩的秘密之所。”安凯瑞特轻声低语。

欧文走到狭小的门口，“我不会告诉任何人的，我保证。我能拿着蜡烛吗?”

她点了点头。“把它留在莱昂娜放食盘的桌上就行。欧文，记着到了楼下时把蜡烛吹灭。真是太好了，我们又——”

她突然停住了，下面的话没说出来。欧文凝视着她好长一会儿，等着她能多说一些。欧文明显地察觉出，她想说两人再次重逢。不过他怎么就记不起来了呢，如果见过像安凯瑞特这样的人，他是绝不会忘记的。

奶油蓝莓泥刚吃到半碗，就知道了她还活着的消息，差点没把我噎死。我收到了一张便条，指示我天黑后在御膳房里等着。这条子上有拉特克利夫的印章，所以我只能听命啦，正好可以一边塞着甜食一边等喽。但是，条子还真不是来自于可恶的拉特克利夫，而是安凯瑞特·崔尼奥薇。这样的话我可就笑不出来了。人人都说，这女子早在八年前就死了呀。我可记得听说过这事儿，而且当时还对国王的弟弟——当斯沃斯伯爵如此鲁莽深感惊叹呢，他竟然依律处决了他哥哥的毒药师，而她可是一位货真价实的泉佑异能者啊！你能想象出来，她的死在“艾思斌”中掀起了怎样的轩然大波，国内外邦均是如此。还有人说，就是因为当斯沃斯杀死了安凯瑞特，艾瑞德才把他弟弟当斯沃斯弄死的。那种美妙还真是妙不可言呢——我说的可不是奶油蓝莓泥，而是那个消息，她许诺告诉我关于她的那些经历的真相。她还许诺给我买不来、换不着、偷不到的情报。她是举世无双的奇谋大师、巧思高手、骗术女王。而现在她可是我的导师。好吧，我得再来一份奶油蓝莓。

——多米尼克·曼奇尼，御膳房的“艾思斌”

第十三章
毁约

遇到安凯瑞特·崔尼奥薇的那个夜晚完全改变了欧文的世界。他现在也是秘密的一部分——一个很有趣的惊天大秘密，这让他都睡不着觉了。接下来的几个晚上，安凯瑞特教他如何找出秘密通道还有每间宫殿房间的通道，教他怎么找到隐藏在画卷后面的暗锁，教他如何移开木嵌板，这样他就能看见和听到隔壁发生的事情。她还教他怎么轻轻地走路，怎么保持纹丝不动。她还教他火炬光和影子的秘密以及肉眼怎么去适应黑暗和光亮。

欧文成了一个渴望学习的人，而且完全投入了进去。

如果安凯瑞特想在白天看望他，就在朱厄尔的茶里放些能让这老妇人鼾声大作的东西。两人总是能在老妇人鼾醒之前返回，让其毫无察觉。

这个秘密赋予了欧文力量和毅力。用餐的时候，即便国王一再从剑鞘里拔插短刃或是嘲弄他，欧文只是避其锋芒，并在心中暗自琢磨着：*要是你知道我现在知道了什么，要是你看到我在你的宫殿里都做了什么。看你还会如此吗？*

这个宫殿就是一个由错综复杂的走廊和塔楼组成的迷宫。但是除了维护良好的供每个人走路吃饭和睡觉的厅堂之外，还有一个见不得光的世界，那是遍布着黑暗隐蔽的地方，那些地方闻起来就像发着霉味的酒桶。卫兵和佣人们在那里躲开伯威克的视线喝酒掷骰赌钱。欧文还能窥探到迪肯·拉特克利夫的"艾思斌"，他们在那里吹牛，吹嘘着自己完成任务时如何如何厉害。他们在拉特克利夫背后嘲笑他并且鄙夷他老是抢了他们的功劳。

安凯瑞特的话并不多。她把欧文带到新的地方，让他到处看看，而她则面带温暖的微笑看着他，并回答着他提出的一些问题。有时候她也会问他问题，这些问题能让他思考，努力地思考。只是在他智穷才尽的时候，安凯瑞特才会提供一些他所需的线索来启发他找到答案。

"安凯瑞特?"有一天当他们在安凯瑞特的塔顶斗室里下巫哲象棋的时候，欧文问了她一个问题。安凯瑞特已经教了他一些简单的招数，这些足以击败那些没有经过训练的对手。他们的游戏通常都持续很长时间，但是他没有一次赢过。"我需要学的最有用的东西是什么呢？是毒药吗？我们什么时候开始学呢?"

她正要走下一步棋，不过她却把手放回到膝上。"你认为最有用的东西是什么呢，欧文?"

欧文皱皱眉头。"我不想杀任何人，"他如实回答。

她耐心地看看他，什么也没说，让他自己在头脑中梳理一下。

"有远比毒药更有用的知识。"她鼓励着他。

他皱了皱眉，又揉了揉鼻子。"我想可能是知道什么时候使用毒药吧。"他猜测着。

“把你的想法说说看。”她继续引导着。

“嗯，你说过如果其他方法无效的话，你才使用毒药。所以，是不是对一个人来说，知道什么情况是不是无望才最重要呢？像你对曼奇尼一样。你知道他是可以相信的，是可以帮助你的人。”

安凯瑞特轻声笑着，“我可还没想到那么远。”

“但是你已经足够信任他了，还告诉他你并没有死。他可是‘艾思斌’啊！”

“很多‘艾思斌’都熟识我，”安凯瑞特解释着。“可他却不是。通过告诉他这个秘密，我给了他力量。那是他比任何东西都渴望得到的，所以我知道怎么让他成为一个有价值的工具。”

“他渴望松饼比力量更多。”欧文沮丧地说道。

她又笑了，揉了揉他棕褐色的头发，“的确如此呢。我回答了你的问题吗？”

欧文皱皱眉。“其实没有。你很擅长回避问题。”

“那我这么说吧。让我们聊聊，比如说，搭积木。你用积木搭了一座塔，然后你想推倒它。如果你的积木离塔太远，其实你是推不倒的。”

欧文好奇地看着她。“好吧，那个塔需要有薄弱的地方。你要从适当的角度恰好击中那个部位才能让积木塌掉。如果你击中其他位置，那就不行了。”

“是啊，没错。你必须击中能让它塌掉的位置。这就是我对曼奇尼做的事情。我没有给他食物，他食物有很多！我给他的是消息，是秘密。”她伸出手去挪动了一枚棋子，便赢了这盘棋。

欧文皱了皱眉。他原来已经对接下来的两步棋有了计划，他没有看到安凯瑞特下出的这一步将棋。他认为他无论如何也赢不了她了。

“但是，你是怎么知道的呢?”他追问着，“你是怎么知道他需要什么呢?”

安凯瑞特双手合握埋于膝间，沉默片刻。有时候他能感觉到她的疼痛，但是这次他并没有意识到。她疼痛的开始往往伴随着眼睛的收缩，随之呼吸也开始变化，接着她就会告诉他该是离开的时候了。

“欧文，”她轻声说道，并注视着他的眼睛，“你能学到的最重要的事情就是洞悉。你听过这个词吗?”

欧文摇摇头表示没有。

“那是判断的能力。嗯，那不仅仅意味着能捕捉到一个行为，还意味着可以推断出这个行为背后的动机。很多人都会说一些连他们自己都不相信的话。他们会撒谎，善欺骗，表面一套背后一套。”

欧文盯着她，还是很困惑。“我不太明白。”

“这个对于成年人来说都是很难解释的，欧文。对于孩子就更难理解了。因为你太小了，还没有经历过太多事情。我会尽量帮你的。你喜欢聊天，喜欢问问题，喜欢笑。但是你在面对国王的时候，声音却变得很细小，甚至无法开口。这是因为他让你很焦虑很不舒服，对吗?”

他点点头。

“如果我只从你在国王面前的表现来评判你的话，那就不会真实完整地了解你。和你相处一些时间，我才会更深入地了解你。我已经知道你真正喜欢什么了。能快速地做到这一点就被称为洞悉。这个是无价的，欧文。让我给你讲个故事来说明原因吧。”

欧文用手指掏了掏发痒的耳朵，他现在不再为输棋而烦恼了，而且还急切地望着她。他喜欢听她讲故事，因为那些故事都很罕见难得。

“在一个世纪以前……曾经有一位国王。他从堂兄弟手里窃取了王位。”

“他为什么那么做?”欧文好奇地问。

“前国王曾与他有争执，而后便驱逐了他。当时他还是一位公爵，就像你父亲一样。而且他还和另外一个人——也是一位伯爵争论不休。他们的纷争难以解决，于是前国王就把他们两个都驱逐了。其中一位是永久放逐，而另一位则是限期流放。前国王手头缺钱，便从其中那位被放逐的公爵的庄园里偷了一些财产。而那位公爵很快就该回来了。”

欧文皱起眉头。“这不公平。”

安凯瑞特笑着说道：“没错，这不公平。前国王最终因为这个失去了他的王位。几年后的一天，一些新国王的追随者开始反对他。他们组建了军队来对付他。”

“为什么？这位新国王对他们做了什么吗?”

“是的，但不是因为钱。原因是他没有向追随者们表达足够的感激。有时候人们很奇怪的，欧文。他们会因为很小的原因就反叛。风烛残年的国王体弱多病，无法再带领他的军队迎敌了。他委派一位王子代替他指挥军队。当他的儿子到达时，反叛军的头目试图和他对话，希望能避免一场让双方都难免流血的战争。王子听了很多他们的抱怨并以父王之名发誓。他许诺如果他们解散了军队，他们的抱怨会被理会，他们的难题会被解决。反叛军听了这些……便相信他，因为他是以君王之名对他们起的誓。年轻的王子建议双方军队都同时解散。士兵可以回家了，没有人受伤或者死亡。你知道接下来发生了什么吗，欧文?”

“不知道。”他应道。他之前从来没听过这个故事。

“王子只是把他的指挥官打发走了，却没有解散他的军队。他们等到其他军队解散了、士兵都离开了以后，就开始追捕残余的叛军，并在他们逃跑时大开杀戒。叛军头目都被扔进了河里，而这些穿着重甲的人们最后都被淹死了。这是个悲惨的故事，对吗，欧文?”

欧文的心中充满了恐惧。“但是……但是……王子撒了谎!”

安凯瑞特点点头，表情很悲伤。“这就是王子和权力的行事之道。欧文。这就是锡尔迪金王国真实的一面。事实上，这也是很多人的天性和性情。所以设想一下，如果你是叛军的一名首领，而王子又承诺了宽恕和嘉奖，那么当时你是否拥有洞悉的能力就变得很重要，非常地重要。在你做出决断之前，需要依据洞悉来判定，王子到底是什么样的人。他是一个有荣誉感的人吗? 抑或他只是一个为了助其父王保住王位，而可以说任何话，做任何事的人?”她把双手握在一起。“因此洞悉才是你需要学的最有用的东西，欧文。习得洞悉需要时间和经验，而遗憾的是，一次错误的判断就能导致……哦，对了，你已经听过这个故事的结局了。”

欧文毫不怀疑塞弗恩国王和那个残酷屠敌的王子是一丘之貉。他承诺了欧文却很快就失约。他可以说或者做任何事情来维护他的权力。这或许就是安凯瑞特一直想点明给他的吧。

她抚了抚丝裙，继续对他说道：“你是不是也该回去了呀? 朱厄尔很快就会醒了，你回去吃点晚饭。我希望今天晚些时候还可以见你。”

他微笑着站起身来，因为久坐让他觉得脚有点刺痛。他抱了抱她——安凯瑞特喜欢他这样的拥抱——她拍拍欧文的后背，然后又亲了亲他的面颊。

“你真是个讨人喜欢的男孩子。”她轻声低语着，手指轻轻抚摸着他的面颊。

“你想到什么好点子了吗?”他追问道。

“还没有，不过我有了一些想法。我干活儿的时候会继续想想。”她伸手去拿绣针和刺绣。

欧文回到狭窄的楼道，沿着秘密的走廊走下来。他发现朱厄尔还在房间里，轻轻地打着鼾。他等了一会儿，听着她的呼吸声，随后拿起一本书读了起来，直到老妇人被自己断断续续的鼻息声惊醒。

“我饿了，”欧文说道，合上书放到一边，“我去御膳房等你吧。”

没等她回答，欧文就迅速冲出房间，身后的斥责声随即传来，“等等我这把老骨头，小子。等一下！挎包欧文，你给我回来！欧文!”

当他冲到角落时，正好和另外一个方向走过来的当斯沃斯冲撞在一起。那个大男孩立刻嚷嚷起来，“眼睛长哪儿去了？噢，是你！基斯!”他捉住欧文的胳膊，很显然想要痛扁他一顿。

欧文几乎想都没想，抓住当斯沃斯的小手指，猛向后一拉。安凯瑞特曾教过他有关身体及其弱点的知识，这就是其中实用的一招。小手指不太容易被人抓住，尤其是有人特意想抓的时候，可是当斯沃斯倒是个例外。他痛并惊诧地尖叫着，终于松开欧文。一旦获得身体自由，精瘦的小欧文连忙飞奔向御膳房。

“你这个小无赖。”当斯沃斯低声咆哮着，在他身后狂追。

欧文跑下走廊，因为恐惧胃里扭曲地疼起来，仿佛是诅咒他没有等朱厄尔。离御膳房还有很长一段路，而且当斯沃斯的腿比他的可长多了。

欧文拐进一条侧廊，如果到达长廊尽头时还没人看着的话，他就能躲进秘门逃之夭夭喽。不过追逐他的皮靴声却越来越响了。

“回到这儿来，你这个下三滥的鼻涕虫！”

欧文疾行如风，几乎脚不沾地。他能感受到身后地面的微颤。他怀疑自己有没有足够的时间拉开门闩，而且一旦当斯沃斯看着他怎么办？怎么解释他知道的这些秘密？

担心和恐惧在他心中搅动。

惊魂不定而又迟疑不决的欧文刚转过拐角，就差点和人撞个满怀，好在他及时刹住了脚步。一只坚定有力的大手抓住了他的肩膀，而他则顾不上这些，连忙惊恐地扭头一看，恰好看见当斯沃斯飞奔到了拐角，勃然大怒使他的整个脸都扭曲了。

“待在那里！”霍瓦特公爵怒声道，“看看你们两个，跑来跑去的。”

当斯沃斯的脸都红了，气喘吁吁地说道，“霍瓦特大人！”他差点被绊倒，晃了一下停在那里，“我只是……只是……想抓住他……他偷了我的东西。”

霍瓦特的眼睛狐疑地眯了起来。很显然，他根本不相信当斯沃斯的话。“你给我滚一边儿去。”他冲着当斯沃斯吼了一声。那小子的脸都变白了，转身迅速溜掉了。

欧文已经好几周没有见过公爵了，也没有想到他这么快就会回到帝泉来。他试图结结巴巴地表示谢意，但是舌头在嘴里好像打了结一样，根本什么也没说出来。他擦了擦前额的汗，对自己很是失望。

“我刚从御膳房那儿来，”公爵很严肃地说着，“你不在那里，我倒是觉得很吃惊。每个人都说御膳房是你最喜欢的地方。”

欧文摇摇头，但是他还是什么也说不出来。他的下巴仿佛被锁住了，却没有钥匙可以打开。

“我带来一个人和你做伴。我从北方把我的外孙女带来了。”

霍瓦特嘴角微弯露出慈爱的微笑。

啊，不要了吧。欧文暗自叫苦。

我至今已从安凯瑞特那里了解到了很多事情。反过来，她也向我打听“艾思斌”内部传播的消息。其实，都是些琐事。而任何会危及我地位的消息，她都不想打听。看上去她远离朝政已多年。我不知道她为何又现身了。大概她打算毒害国王。这买卖倒不亏，人们会感谢她的。国王在北方深受爱戴，不过帝泉的民众却视他为魔鬼。安凯瑞特喜欢闲聊贵族家事。比如基斯卡登公爵的事儿。我告诉她，国王利用“艾思斌”诱骗他，让他自我暴露与鞍鞭山的叛军有牵连。聊的都是这样的小事。哦，对了，我们的御膳房里来了位新人。霍瓦特的外孙女。要说有水精灵的话，她肯定得算一个！她叽叽呱呱说个不停，真讨人厌。捉弄捉弄她，准保叫人开心。

——多米尼克·曼奇尼，御膳房的“艾思斌”

第十四章
伊蕾莎白·维多利亚·莫蒂默

公爵的外孙女一见到欧文就尖叫起来，欧文知道自己有大麻烦了。喧闹声总让他紧张，而她呢，本身就像是一股洪荒之力。她开心尖叫，喋喋不休，碰碰撞撞，仿佛刮起了一场风暴，让欧文恨不得从御膳房夺路而逃。

“啊，是你呀！是欧文呀！我知道你好多事儿，我觉得早就认识你了呢。难道你不是最可爱的家伙吗！我爱你的头发！外公，你没告诉过我他有多可爱啊！他真的好可爱。欧文，我们会成为最好的朋友的。你看，我们连个头都一样呢！不知为什么我还以为你会比我矮呢！可你看呀，我们鼻尖碰鼻尖呢！”

欧文直立如箭，感觉被女孩的热情所淹没。她握着他的手，紧接着又伸手弄乱他的头发，然后又把他拽到面前比身高。

的确，公爵的外孙女和他一样高。她褐色的头发比欧文的发色更深，用一条闪闪发光的宝石束发带拢着，长度刚刚超过肩头一点儿。她穿了一条酒红色天鹅绒连衣裙，领子与袖口饰有紫貂毛皮。欧文注意到，在她走起来窸窣作响的裙子褶边之下，是一双结实的皮靴。

她注意到他正看着她的脚，便咧嘴一笑，提起了裙摆。“你喜欢我的靴子吗？我爱这双靴子！你看这些搭扣啊带子啊，可结实了。你来拽一下试试看，根本拽不动呢。这是我的勘探鞋。你喜欢爬树攀岩吗？我可爱攀爬呢！帝泉这里根本不下雪，可在北方，雪多得是呢！这靴子可以保暖，用来踩雪也很棒呢。你不爱讲话，是吗，欧文？外公说你很害羞，对吧，外公！这倒没什么，我真的好想见你呢！”她攥紧他的手摇着，劲儿那么大，两只手几乎甩丢开了。

“让这小可怜喘口气吧，孩子！”莱昂娜轻轻笑着说。“欧文少爷，这是莫蒂默小姐。”

小姑娘看起来有点不乐意了。“没人这么叫我！”她娇嗔道。“我叫伊蕾莎白·维多利亚·莫蒂默，谢谢。”

欧文被这介绍弄得晕头转向。他说不准女孩的眼睛是什么颜色。首先，她动来动去几乎一刻不停，让他没法看清，不过它们要么是蓝色要么是灰色的。又或是绿色的。可是生动的微笑让她笑眯了眼。

“我们该有多开心呀，欧文！”她高兴地扭着手说。“我也要在这里住一段时间。是我外公说的！你和我会在一起玩，一起在城堡里逛呢。”她望着房梁，四处打量。“有这么多地方可以躲起来呀！”

“我不打扰了，你俩好好熟络一下。”公爵说，接着从御膳房走掉了。

“我亲爱的小姐。”附近一个酸溜溜的声音插了进来，是曼奇尼，看上去比平时更暴躁。“你要把这屋子里的空气都耗光了。行行好给我们留点儿吧！”

看到椅子上这个彪形大汉，她的眼睛眯了起来。她直面他的指责，毫不退缩。实际上，这让她变得有点尖刻。“你是个胖子。”她干脆地说。

曼奇尼吃了一惊，哈哈大笑。“你亲眼所见，对不对?”

“我说的是实话，”女孩说道，“你是我见过的最大个的！在北方，这么肥壮的动物，只能在水下活动。它们还长着巨大的獠牙呢！我见过它们的皮毛，但从没见过活的。”

曼奇尼满脸惊愕地盯着她。“你说这个干嘛?”

“不干嘛。只不过你让我想起了这个。”

“你像只小喜鹊叽叽喳喳叫个不停，”曼奇尼吼道，“你是成天这样，还是趁大家早晚犯困的时候开始吵?”

“我喜欢说话，”她急切地应道，“我睡着了还说话呢。是保姆告诉我的。我停不下来。”然后她转身离开了曼奇尼，再也不看他一眼，却把注意力集中到欧文身上，欧文这时正想偷偷溜到角落去找他那盒积木。她的勇敢让他大吃一惊，不过他很好奇她会怎样和国王共进早餐呢。欧文觉得，她的废话连篇肯定很快就会遭到国王的嘲笑。他把搁在长凳上的挎包拎到角落，坐下来打开那盒积木。

她跟着他，挨着他跪在地板上。

“你在干嘛?”她惊讶地问他。

“欧文喜欢排好然后又推倒它们，”莱昂娜解释说，“他很安静，莫蒂默小姐。”

女孩看着莱昂娜。“请叫我伊蕾莎白·维多利亚·莫蒂默。”

“天啊，孩子，这也太拗口了!”

“但我就叫这名字呀。”女孩又亲切地重复了一遍。“我爱我的名字。我也爱欧文的名字。欧文·基斯卡登。欧文·基斯卡登。”她叹了口气。“‘基斯’说出来多像‘亲吻’这个词啊。我真是太喜欢说这个名字啦!”

听到这话，欧文一激灵，他现在确信，在他见过的人里边，就数伊蕾莎白·维多利亚·莫蒂默最奇怪最讨厌了。她想越过他的肩头看看那盒积木，他却转身挡住她的视线。他得好好想想了，如果她进宫成为他的伙伴，那他什么时候能去见安凯瑞特·崔尼奥薇，什么时候能去上课呢？他喜欢揣好自己的秘密，所以下定决心绝不让这女孩知道这件事。

他在女孩的注视下只觉两耳发烫，便开始搭积木。她绕着他探头看，他不断转动身体挡着她的视线。他对积木有着占有欲，所以对她有点恼火。

他搭好了第一排积木，由于心里焦虑不安，积木看上去摆放得有点随意。她离开原处，转到他前面，这样就可以将积木一览无余了。他咬着牙，瞪着她。

“真有趣，”她低声说着，手支着下巴，胳膊搁在膝盖上。她看着他搭着另一排积木，终于安静了下来。

“我来帮你吧，这样快些。”她说着就把手伸向盒子。两只同时伸向同一块积木的手碰到了一起。她没去抓积木，反而抓住了他的手，还冲他会心一笑。“我们会很要好的！”她激动地凑近他低语道。

“我不要人帮忙。”欧文说得很含糊，不敢直视她的脸。

她惊讶地睁大了眼睛，很快又微笑起来。“好吧。那我就看看。”她又撑着下巴，入迷地看着他搭积木。

现在她安静下来了。这很好。开始他还担心她会喋喋不休，那样的话他没法集中精力。他抬头瞥了一两眼，注意到她鼻梁上有一层薄薄的雀斑。御膳房里在他们的周围依然喧闹，可欧文很快就什么都听不到了——当他再次沉浸在搭积木的氛围里，所有的背景音汇聚成一种温柔的平静。伊蕾莎白·维多利亚·莫蒂默沉默不语，聚精会神、心醉神迷地注视着这错综复杂的构造。

他搭好了积木，站起身来打量。

“太了不起了，欧文!”女孩瞪大了眼睛说。“接下来会怎样？你搭好了又怎样?”

他自己的问题还没解决。他想去问问安凯瑞特，听听她的建议。她安静而克制，喜欢倾听胜过交谈——和面前跪着的这个野蛮的小东西截然相反。王后的毒药师会怎么评论伊蕾莎白·维多利亚·莫蒂默？女孩一旦知道，那座刀锋般的塔楼里藏着何许人时又会怎么说？他对此非常好奇。

“推一下那块。”欧文说着指了指那块能引发崩塌的积木。

她眼里闪烁着渴望。“我吗？你真是太好了！你推倒它……就像……这样吗?”她轻轻一碰那块积木，它倒了，然后是噼里啪啦的一串响，所有的积木块全倒了。

女孩心花怒放，发出银铃般亲脆的笑声，欧文听在耳里喜在心头。她紧握双手摁在胸口，看着倒塌的积木，然后又把视线转向他。

“我好喜欢呀！真是太美了！你是怎么……我好喜欢，欧文！我好喜欢！你太有趣了。我就知道你会这样的。我想再看一次。你要再搭一次！我来帮你清理场地。”

欧文最不喜欢收拾积木，而伊蕾莎白·维多利亚·莫蒂默又这么急着出力，倒是正中下怀。不一会儿工夫，积木又都放回到盒子里，欧文开始了又一次的设计。

“你有一撮头发是白的呢。”她突然说道，一边搔了搔他乱蓬蓬的头发。“这么会这样？这是颜料吗?”

他恼怒地看着她，摇了摇头。

“你生来就这样吗?”她按了按那撮头发，定睛瞧着。“太妙了。就像你的脑袋有一部分已经是老人了。那你一定真的很聪明呢。我爱厨房。这里真好闻。刚出炉的面包味道好极了。”她微微后仰，心满意足地吐了口气。

“我爸爸死了。”安静片刻她又接着说道，伸手抓起一块积木仔细研究起来。“我不知道这是什么意思，不过他不会回来了。妈妈哭得停不下来。我爱爸爸。他对我很好。他送给我小马驹和连衣裙呢。还有这靴子！他死了，这不怪你，欧文。我也没有生你爸爸的气。”

欧文看着她，感觉很不安。“我哥哥……死了。”他轻声说道。

她就事论事地点点头。“他是因为叛国罪被杀的。这也不能怪你。我外公为你难过。他说你被迫离开家人。你孤单一人，不好意思说话。”她伸手摸摸他的膝盖。“我们会做朋友的。我可喜欢你了。你真可爱！”

欧文说不清心里是什么感觉，不过耳朵却又开始发烫了。

第十五章

安凯瑞特的金玉良策

让欧文失望了，伊蕾莎白·维多利亚·莫蒂默与国王的第一顿早餐居然出人意料地波澜不惊。他一直在纳闷，她到底用了什么魔法，竟然能对国王的唇枪舌剑以及暴躁的臭脾气都完全免疫？“无所畏惧”，应该是唯一能够描述她的词汇了。她无所畏惧地把所有的食物都尝了个遍，无所畏惧地享受着她眼中的饕餮盛宴，还能在每一口狼吞虎咽间无所畏惧地侃侃而谈。她迫不及待想见国王，并且胆大包天地建议，应该在大厅里造一座大大的喷泉，要有玻璃墙的那种，再多多地放些大大的鱼，这样就可以一边享用美食一边欣赏大鱼畅游啦。

欧文猜不透国王会如何回应她的请求，而国王塞弗恩只是半恼半嬉地瞅了瞅她，随后便安抚她，去瞧瞧皇家的养鱼塘也不错。伊蕾莎白欣然应允，还屁颠屁颠地蹿到欧文身边通报了这个好消息。

伊蕾莎白·维多利亚·莫蒂默似乎在大厅里相当地自在，像是自幼就从未离开过一般。今天她穿了一身黑银双色的新衣裙，每天她都会换套新的来穿。欧文瞪大双眼瞧着她，有那么一点点儿的敬佩在心中油然暗生，不过这也让他有些沮丧，自己怎么就没有如此气概呢？

为什么他在陌生人面前总是那么语无伦次、羞羞答答的呢？总这样还不算，他还搞不清为什么自己会是这个熊样。

“欧文大人，您觉得如何呢？”国王的声音突然在他的耳边响起，“你也想让大厅里有好多鱼吗？”

欧文觉得一股寒意冷不丁地从头窜到脚，身体似乎被施了速冻术，冰封在原地动弹不得。汹涌的恐惧在其体内嚣张蔓延，张开血盆大口要把所有的一切吞噬。经常语无伦次的欧文此时连一个字也挤不出来，他感到说话的力气都已殆尽。

国王冷哼一声便扬长而去，又在不断地插拔着他那柄随身短刃。

欧文这才发觉双膝无力，禁不住马上就要屈膝跪倒。心中升起一股强烈的冲动，真想痛痛快快地放声大哭一场。他深感屈辱，他羞愧地低下头，双目投向地面。恍惚间，一人走上前来，欧文感觉到一只手搭在了自己的肩头。举目观瞧，他认出是霍瓦特公爵，正双眼充满怜惜地望着他。公爵并没有说什么，不过，肩头的安抚胜过千言万语。随后，公爵便跟随国王而去，与那暴君耳语一番。欧文并没有听清两人在讨论什么，不过他确信在耳语声完全消失之前，“塔顿庄园”这个词一定经公爵之口吐露过。下午晚些时分，欧文决计用他的积木搭座高塔，一座从来没有那么高的塔。但是积木并不争气，屡屡中途倒塌。这让欧文很是懊恼，不过他并未就此罢手。一旁的伊蕾莎白·维多利亚·莫蒂默则趴在地上，手里摆弄着几片积木，嘴上喋喋不休地念叨着什么。好在欧文一心放在建塔上，伊蕾莎白的话也就左耳进右耳出了。御膳房里又开始欢欣鼓舞地热闹起来，一阵让人开心的香味让专注的欧文都流出了口水，那是从烤炉里传来的脆皮派的诱惑之香。莱昂娜做出来的酥皮儿最棒了，他从来没有这么渴望过。欧文可是不止一次地想鼓起勇气做把坏孩子，只啃掉脆皮派周遭的酥皮儿，而留下中间的面团。

“怎么样?”莫蒂默女孩又发问了。欧文瞥了一眼趴在那儿瞧着自己的小姑娘，心中开始给她起了个新名字——莫蒂默女孩，谁让她的名字怎么那么长。

欧文有点儿讨厌莫蒂默女孩总是喋喋不休地跟他没话找话，可这位还自我感觉良好，还没完没了了。“什么怎么样?”欧文心不在焉地应付了一句。“我在问你呀，等我们结婚了，你是想住在北方还是住在西边呢?”

欧文双目圆睁，震惊地盯着她。“我们要结婚?”

“那还用说。我觉得吧，咱们还是应该住在北方。我喜欢雪，那儿还有山。欧文，那儿的山可高可大啦，遮天蔽日的，中午之前你甭想瞧着太阳。山上终年白雪皑皑，还有峡谷啦，河流啦，瀑布什么的呢。”说着说着她还心驰神往地叹了口气。“北方是世界上最棒的地方了。要是你坚持不肯的话，住在西边也可以，不过我会很难过的。”

“为什么我们要结婚?”

她放下积木，“你总有一天要结婚的，欧文，别傻了。”

“这我知道，但是……”

“每个人都要结婚的，就算是国王，他那么乖张决意的人，也是要结婚的。他妻子也是北方的，你知道吗？她真是个可人儿呢，以前常常给我编辫子，她逝去时我难过死了。他们的小王子是害热病死掉的，当时才 10 岁，比现在的我们才大 2 岁。我以为总有一天我会嫁给他的。”莫蒂默女孩摇了摇头，似乎在甩掉悲伤。“不过，我喜欢你多一点儿。”

“可是……”

“我是认真的，欧文·基斯卡登，回答这个问题很难吗？住在北方还是西边？你必须要学会抉择，我看咱们还是先住在北方，之后再去西边。这样的话，你可以比较一下哪边更好些。我觉得自己应该一直会更喜欢北方多一点儿，不过，我还没在西边待过呢。”她望着面前散布的积木，异色的眼中充满了遐想。乍一看那双猜不透颜色的眼睛，在阳光下有些偏绿，再细观瞧又似乎变成了蓝色，紧接着又开始发灰，到最后又变回了绿色。虽然她墨黑的瞳孔始终如一，可是瞳孔四周的颜色却变化莫测，就像这个小女孩本身一样难以捉摸。

“我不想结婚。”欧文的回答斩钉截铁。

小姑娘再次把拿起来的积木放下，目光转向欧文。“可是每个人都要结婚的呀。”

“那位小王子就没有，他死了。”

“你死不了，欧文，小王子以前总咳嗽，而我从来都没听你咳嗽过，你什么病都没有。”

安凯瑞特的药让欧文呼吸顺畅了不少，有些事他是不能让莫蒂默女孩知道的。欧文看了看那双险些跪地的膝盖。“国王想要我的命。”

小姑娘一骨碌爬了起来，脸色苍白忧心忡忡。“不，他不会。这是我听过的最荒谬的想法。”

欧文再次感到热血上涌，耳似火燎。小姑娘则用充满关切同情的眼神望着他，近身上前，低声耳语，“你怎么会有这样的想法呢？”

“我是他的人质，”欧文神色黯然地解释着，“这就是我被困在这儿的原因，如果我的父母做了任何忤逆他的事，他就会杀了我。我的哥哥已经被他杀了。这些都是真的。”

小姑娘脸上残存的喜色荡然无存，取而代之的是难以平复的汹涌怒色。“我懂了，我不会让他那么做的。那样太荒唐了，没人有权杀小孩子，就算是国王也不行。”

无名之火在欧文体内阴燃。“他已经做了。”他低沉地嘟囔着。

“你说什么?”莫蒂默女孩不敢相信自己的耳朵。

“他已经做了，所有人都知道这件事。他兄弟有两个儿子，和我一样也是人质。他已经把他们杀了。”

“那不是真的，”小姑娘愤怒地嚷了起来，“你不要对所有的风言碎语都信以为真，欧文。”她一把抓住欧文的手，紧紧地攥着，指甲都陷进了肉里。“你别信那些谎言。”

欧文挑衅般地瞧了瞧她。“你爷爷可是一清二楚呢。”他环顾着御膳房，一股黑暗阴郁的感觉将其紧紧缠绕，挥之不去。“在这里，我们俩谁都不安全。”伊蕾莎白·维多利亚·莫蒂默起身就走，大踏步地出了御膳房，深色秀发随着铿锵的步伐在其肩头频频跳动。

欧文很高兴她终于走了，不过却算不上满心欢喜，似乎还有那么一丝的留恋。

午夜时分，毒药师的尖塔里，欧文和安凯瑞特下着巫哲象棋，并谈到了那位城堡新客——心直口快的公爵外孙女。欧文倾其所知，把所有的事一股脑儿地告诉了她。安凯瑞特就是喜欢这样一边下棋一边聊天，而欧文则必须边想边说。

“我可不想娶那个莫蒂默女孩。”欧文在讲话的同时封住了安凯瑞特的一次进攻。

“她对很多事都会固执己见的。”安凯瑞特的声音有点儿的幸灾乐祸。“这是北方人的特质，他们都那么固执，而且心直口快。”

“他外公就不那样，”欧文有些郁郁寡欢，“他总是三缄其口。”随后他便做了个鬼脸儿，因为这时他才意识到毒药师下了一步“击双”。既然无论如何都得被吃掉一子，欧文决定牺牲弱小的那一子为好。然而在准备行棋之前他又收了手，接着下出了一步“围魏救赵”，率先发动了攻击。

“干得漂亮，欧文，”她称赞道，“以攻制攻，绝妙之策。霍瓦特在表示效忠，在宫廷里他不能口无遮拦，毕竟这里不是他的地盘。如果你有机会和他北上的话，也许能窥视到一个不一样的他。”

“那里就是她提到的我们婚后去的地方吧。”这个话题让欧文成了霜打的茄子。他抬头望向毒药师。“她会逼我娶她吗？”

安凯瑞特撅起嘴唇，略加思索。“不，欧文。对于女孩子来说，憧憬婚姻是很正常的。不过她在这种事情上还真没什么选择权，女孩子很少有权自己选的。”

这席话让欧文略感宽慰。倒不是他有多么讨厌莫蒂默女孩，只是他觉得这太怪异了。怎么两人刚刚见面她就那么确信要以身相许呢？

“她真勇敢。”欧文说出这句“赞誉”的同时封堵了安凯瑞特的进攻。然而毒药师的下一步棋就把他将死了。他很享受巫哲象棋，对于推算每局中的千变万化更是乐此不疲。就算输了棋局，安凯瑞特的赞誉之词也能让他心旷神怡，对于城堡新客自然也就宽容谅解了不少。

“她似乎热衷于在大厅里建一座养鱼塘，多搞笑的点子啊！”

欧文帮忙摆好棋子，就像喜欢下棋一样，他也同样热衷于摆棋。所有棋子都规规矩矩地摆好之后，就意味着回归原点重辟新局。这会让他觉得世界似乎……*变得更美好了*。

欧文手上摆着棋，目光则投向了安凯瑞特。柔和的烛光映衬出一张秀美的脸庞。“你觉得我该信任她吗？”欧文问道。

安凯瑞特斟酌良久才又重启朱唇。“时间太短，还不好说。”

欧文也是这么想的。他俩结识不久，而且小姑娘肚子里藏不住话，有什么都会像倒蹦豆般地讲出来，这就有点冒险了。欧文跟安凯瑞特讲了自己的担忧。

她摇了摇头。“爱说话并不意味着就靠不住，那只是她的性格和你有所差异罢了，而我们现在讨论的是她到底可不可以信任的问题。我亲爱的欧文，这个还真需要日久见人心呀。你觉得她现在最信谁呢?”

欧文这回来了精神，不假思索地抢答，“她外公呗。”

“那么她的外公又效忠谁呀?”毒药师适时追问，露出了“果真如此”的微笑。

这次轮到欧文犯难了，紧锁双眉。“国王啊。”

“那么，欧文，一定要牢牢记住这一点。”

“国王真的杀了他的两个侄子吗?”欧文心中再起疑云。

安凯瑞特低下了头，目光停留在地面上。“我真的无法确定，”她如实回答。“毕竟我当时远在他处。”

“但是所有人都说……”安凯瑞特抬起头凝视着他的双眼。欧文就没有再说下去，硬生生地咽回去了后面的话——“……是他杀的，所以一定是真的。”

安凯瑞特付之一笑，不过看不出丝毫欣喜，几乎只是一个苦笑而已。“欧文，根据我的经验，当每个人都在认定一个事实的时候，它偏偏可能就是个弥天大谎。”她又伸手抚乱他的头发。“牢记这一点。千万不要人云亦云，要有自己的判断。”

这话说得有点古怪，不过欧文还是将它牢记于心。

“安凯瑞特，你现在想好计策了吗?”

她把眉毛一挑，“营救你的计策吗?”

欧文迫不及待地点了点头。

她抚平衣裙，跪坐在他的面前，项链上的珠宝在烛光中熠熠生辉。欧文连忙略倾其身，急切地望着她的脸庞，表示愿听其详。

“我还真有那么一条小小的金玉良策呢。”她坦言道。

“金玉什么？是条新项链吗?”

她温柔地笑了笑，“不是，那不是黄金宝玉……嗯，也可以这么说吧，那也是黄金宝玉，黄金般的点子，宝玉般的主意。不过还只是块玉胚，还没成型呢，需要精雕细琢啊。好点子都是这么养成的呢。”

“你会告诉我吗?”

“我还需要细细雕琢一番，欧文。新点子通常都很脆弱，就像美玉一样，一不留神就会碎掉。一句讥讽、一个哈欠……甚至不经意的蹙眉都会将其扼杀于襁褓。”

欧文听得云里雾里，不得要领。也许是看到了他疑惑的神情，安凯瑞特继续给他解释，“你看过幼苗的生长吗？或是待绽之花？它们一开始都是那么幼小纤弱，不过成长的轨迹会渐渐磨砺它们的韧性，让它们不断变强壮大。新点子也是如此。”

“我明白了。”欧文豁然开朗，不过心中还是有点儿小遗憾，他还是很好奇到底是什么样的金玉良策，即使才刚刚是弱苗嫩蕾也好。

也许是看透了欧文的小心思，她又安慰道，“我把现在能说的都告诉你吧。如果你要达成一个心愿，首先你应该知道你到底想要的是什么，然后再从目标开始反推出达成的步骤。活命并不是你的最终目标，我要做的就是改变国王对你的感知，要让他觉得你弥足珍贵，就像一块宝玉一样。这样的话，他自然舍不得将你毁掉了。”

听了这番话，欧文再次振奋起来，脸上洋溢着兴奋的神情，“就像一条金玉良策般弥足珍贵?”

安凯瑞特嫣然一笑，“正是。对于一个统治者，他最看重什么人呢？你已经知道了。”

“泉佑异能者吗?”欧文一点便透，安凯瑞特热切地点了点头。

“是的，并且还要效忠于他。欧文，我的良策就是诱使国王相信你就是具备这两点的那个人。”

这是他听过的最奇妙的点子。“我想我很乐意成为泉佑异能者。”欧文说道。

“我确信你会乐意的，据我们所知，你也有这个可能。不过绝大多数人最早也要在十一二岁以后才会显现出那种特质，那个时候他们的天赋才会显露并且引起人们的注意。”

“可我才 8 岁。”欧文高涨的情绪又低落了下来。

“所以我的这个想法还在孕育中，我没有三年的时间可以再等。像塞弗恩这样狡诈如狐的君主，怎么才能让他相信一个小男孩是泉佑异能者呢？我还在筹划，给我一点时间。”讲到这里，她突然面色微变双眉紧蹙。虽然她没说什么，不过欧文知道她现在一定很痛苦。“我有点累了，欧文。”

“我也是。”欧文附和道，虽然他一点儿都不感到疲倦。他抱了抱她，很喜欢柔丝衣裙触碰面颊的那种丝滑感，也很享受她能让人感觉到的那种温暖和亲切。安凯瑞特吻了吻欧文的额头，随后便让他穿过暗道返回自己的房间去了。

欧文悄悄地穿行于通往房间的秘密走廊，迅速拾阶而下，脑子里却是浮想联翩。他对这条路再熟悉不过了，蒙着眼睛都不会走错。欧文在一面巨幅油画旁稍稍驻足，侧耳细听着是否有脚步声，不过什么也没有听到。整个城堡已经酣然入睡，他喜欢此刻的古堡：挂毯飒飒似轻声细语，昏黑的厅堂里满是寂静，暗黑阴影构成完美的藏匿之所。他像一只暗夜蜘蛛般潜行在通道里，甚至不再需要点着蜡烛照明。

打开房门，他立刻就发现了一点微光，那是一只大箱子上即将燃尽的蜡烛所发出的最后光芒。难道自己在离开前没有熄灭蜡烛吗?

“你去哪儿了，欧文·基斯卡登?”一声鬼祟的耳语凭空传来。

除了那位伊蕾莎白·维多利亚·莫蒂默，还能是谁呀?

第十六章
忠诚系我心

“这是我的房间。”欧文以挑战的口气说道。女孩的眼睛闪烁着顽皮的光芒。“我知道这是你的房间。那你怎么不在里边？你去哪儿啦？去御膳房里偷吃的吗?”

他摇摇头，叉起双臂。“你干嘛偷偷摸摸的?”

“我讨厌睡觉，”她坦白，“太讨厌了。还有，我没法等到早上再告诉你。”

她跪在床上，向前探了探身，黑暗中她的眼睛近乎银色。“我问过外公了。国王没有杀他的侄子。那是个谎言。不过，他确实对他们的死负有责任。况且现在也不能完全确认他们真的已经死了。在这方面我有点理不清。”

欧文揉了揉鼻子。“这说不通啊。”

“你告诉我国王想杀你。你说他杀了他侄子，但我知道他并没有。外公是不会骗我的。”

“他并没有告诉你一切，”欧文淡淡地说着，“他是大人。”

“他告诉了我一切，”她反驳说，眼中微光一闪，“他从来不骗我。

从不。你知道圣泉里的硬币吗？它们不会帮人实现愿望的，欧文。那太傻了。教堂司事会把它们铲出来的，外公告诉我的，他甚至都让我去看了。我再也不往圣泉里扔硬币了。这是个愚蠢的传统。”

欧文皱着眉头。“这只是他的说法，并不能当真——”

“不，那就是真的。”她打断了他的话。“他从不骗我。这就是他说的。我知道你想知道这些。老国王，艾瑞德堂兄，大家还没搞清楚他到底是什么时候死的呢。那时先王，明君艾瑞德过世的时候局面很混乱，而当时我们只有 6 岁，欧文，还是小宝宝呢。现在我们 8 岁了，更懂事了。我外公说，当时有一位王子住在西边，另一位住在帝泉。他们的叔叔塞弗恩被任命为护国公。你知道他的徽章，对吧？”

“野猪。”欧文点点头。想起这个徽章就让他不禁想要发抖。

“是雪色封豕，”她纠正道。“你知道吧，他的座右铭——‘忠诚系我心’。他哥哥信任他，让王子们和他待在一起。但是王后老想着要偷走他们。她召回住在西边的儿子，派士兵护送他回帝泉。当塞弗恩去迎接王子时，王后计划让她的人伏击并杀死他。你看，塞弗恩的必经之路就在王后的领地上。她就在那儿设了埋伏。但是有人警告了塞弗恩。”

欧文挠了挠后脑勺。他还站在门口。她不耐烦地叹了口气，向他招手，让他和她一起上床待着。他小心翼翼地关上门，爬上床，像她一样跪着，面对着她。

“你知道是谁提醒他的吗？”伊蕾莎白·维多利亚·莫蒂默狡黠地问道，声音很轻，显得颇为神秘。

欧文耸耸肩。“拉特克利夫？”

“不，不，不，欧文！谁是塞弗恩最信得过的人呢？就是那个因为叛国罪被处死的人！拉特克利夫的前任。”

欧文没想到。“你怎么知道得这么清楚啊?”

“我爱听故事。”她像猫一样咕噜咕噜。“不是瞎编的故事。我喜欢真实的故事。我外公全给我讲了。他沉默寡言，却洞悉一切。他知道谁可信谁撒谎。他的耳朵可一直在竖着。”

欧文想知道为什么外孙女不学外公的样儿，不过他只把这疑问藏在心里。

她揉按着膝盖，兴奋得双眼发亮。“布莱奇利大人！亡臣布莱奇利。他有很大机会可以自己当上国王，可是艾瑞德国王从不相信他，而塞弗恩却很信任他，因为他就是那个提醒塞弗恩有埋伏的人。他们在王子回帝泉的路上抢先挟持了他……和你来这儿是同一条路。这还不够刺激吗?”

他内心的困惑多于激动，可他不想打击她的热情。“于是他们就抓住了王子。”

“确实如此！这就是王后去圣母殿的原因。她的诡计失败了，她怕塞弗恩报复。她待在庇护所里，却让另一个儿子离开了那里。大家都知道她待在庇护所里那么长时间，就是因为她仍然害怕他的复仇。他俩互相憎恨。”

“我见过她。”欧文摸着下巴轻声说道。他得问问安凯瑞特这件事。

“真的吗?”她几乎尖叫起来，一把抓住他的手，使劲儿攥在手中。欧文连忙甩开了她的手。

“我从王宫偷偷溜走，”他解释着，“逃到圣母殿去了。”

她惊讶得把嘴张成个大O字，坐直了身体，这一刻仿佛她脑海中所有破罐的碎片一下子重新黏合起来了。她看着他，期待的表情转为敬佩的神色。

“你不会吧!”她敬畏地低声说。

他点了点头。“我是从城墙上的货运门偷偷溜走的，走到了那儿。拉特克利夫抓住了我，因为曼奇尼告诉他我在那儿。我不太喜欢曼奇尼。”

“他是‘艾思斌’，不过他人很不好，”她附和道，“于是你就遇到她了！他们说她用巫术来保持年轻，我可不信那些玩意儿。她漂亮吗?”

欧文觉得有点不自在。“我想是的。我不知道。”

她全然不顾他的回答。“太不可思议了，欧文——你真勇敢啊!我还以为你胆子很小，不敢干出这样的事情呢。那你也喜欢鬼鬼祟祟呗?”她学着欧文刚才说她的话，意思是他俩一样。

他不好意思地点点头。

她开始兴奋地挥舞着双手。“我们在一起总是玩得很开心！庭园里有个神秘的地方。集雨池。你发现了吗?”

他惊讶地盯着她。“集雨池是什么?”

她咧嘴一笑。“它就像一口井，不过它装的是云里落下的雨水，不是地下的泉水。外公把挡住集雨池的围墙指给我看了。他说只有那个地方我不能去。那我就更想去那儿啦!”

“我们不会惹上麻烦吧?”欧文问道。

她不屑地摆摆手。“我一直暗中活动。所以我得告诉你布莱奇利的故事。难道你不恨他的名字吗? 布莱奇利。就像你在呕吐。要是你姓布莱奇利，我才不愿嫁给你呢。基斯卡登，我好喜欢！没有莫蒂默好，不过已经够好啦。伊蕾莎白·维多利亚·莫蒂默·基斯卡登。”她兴奋得发抖。“哦，是的，布莱奇利！他不过是个说谎的下三滥!他哄骗塞弗恩叔叔让他统领‘艾思斌’，这也就意味着他得以控制王子们。然后他让王子们消失。那么谁来承担罪责？当然是塞弗恩来承担。我跟你说吧，他真是个下流胚。这是个残忍的诡计。布莱奇利杀死了王子们，这也是为什么塞弗恩以叛国罪处死他。大家都认为是国王干的，可他没有。”她看着他的眼睛，然后伸手轻轻握着他的手。“你担心国王要杀你，但我外公认为你会没事的，我相信他。你现在明白为什么了吧？国王的侄子死了，他很不安。他并不希望这件事发生。记住，他的座右铭是‘忠诚系我心’。刻骨铭心。”

欧文也不知道该信什么。可有一件事他知道。女孩莫蒂默知道的比他多得多。关于王室家族纠纷的事，他父母对他几乎闭口不谈。他只知道父亲又去打仗了，因为国王命令他去的。他很惊讶地得知父亲被认为是国王的叛徒。

他该怎样去判断哪个是真哪个是假？大家都相信圣泉中的硬币消失后愿望就能实现。但只是因为他们相信它而已，并不代表这就是真的。

“晚安，欧文·基斯卡登！”伊蕾莎白·维多利亚·莫蒂默忽然悄声说，在他的脸颊俯身一吻。随后，她跑下床，消失在门外。

第二天，莫蒂默女孩带着欧文在庭园里开始了宏伟的探险。朱厄尔对她很不满意，一个劲地要求他们停下来休息，但女孩对她根本不理睬。女孩抓住欧文的手，一路嬉笑玩闹，朝庭园的秘地跑去，把年迈的监护人远远落在后面。

这道墙毫无特色，欧文以前经过时并没有想太多。女孩把他拉到离墙更近的地方，指给他看这堵墙和旁边的建筑有多么不同。这堵墙上面既没有藤蔓也没有苔藓，这说明了一个事实：它是新建的。

“外公说墙的后面就是集雨池。”她急切地说着。“我现在还没想到办法翻过去，不过我想要是我们能爬上那座塔楼往下看，”她一边说一边指着安凯瑞特的塔楼，“应该可以找到办法。”她用手掌推推石墙，好像希望可以推倒它。“我觉得有另外一条路可以进去——也许会有那么一扇门。我试着找过进塔的路，你知道，不过没人能帮我。”

欧文强忍着内疚，因为他知道通往塔楼的路，而且他毫不怀疑安凯瑞特知道禁墙的秘密。他简直等不及了，要去问她。

等到朱厄尔呼哧呼哧赶上来，莫蒂默女孩又拽着欧文逃远了。这就像玩捉迷藏的游戏，而且更好玩。

日落之后，他等了很长时间才溜进塔楼。他想确保他的探险不会被新伙伴发现，所以他偷偷溜进秘密通道，前往莫蒂默女孩的卧室。他透过墙上一面秘密的嵌板，看到伊蕾莎白·维多利亚·莫蒂默正在用椅子和毛毯搭建一座小城堡，仅用一根粗短的蜡烛照明。欧文猜她还得忙一阵子，便悄悄溜上了塔楼。

他走进房间，看见安凯瑞特正躺在床上，双手紧紧摁住腰部。她看上去又累又难受，显然没心情玩巫哲象棋了。

“你好啊，欧文，”她打着招呼，声音很虚弱，“我把茶给你放在桌子上了。”他依偎在床边，看到旁边托盘里吃剩的食物，肚子咕咕叫起来。他总是觉得饿。

“今晚我感觉不太舒服。”她说着便温柔地伸手揉了揉他的头发。“要不明天晚上?”“你病了吗?”他关切道。

她点点头。“主要是累了。我想明天就会舒服多了。你能帮我把盘子拿到御膳房去吗？我想今晚我干不动了。”

“当然可以。”他答道，然后端起了盘子。“我能问点事吗?”

“你啥时候都行。”她轻轻呻吟着应道。

“今天我听说了布莱奇利大人的事。”

“谁对你提起他了?”她的声音里流露出了兴趣。

“名叫莫蒂默的女孩。”他回答道。

“伊蕾莎白·维多利亚·莫蒂默?”安凯瑞特以开玩笑的语气问着。“她和你说了什么呀?”

欧文知道这是个重要时刻。他想看看安凯瑞特能否值得自己完全信任。因此他打算试试她。他把故事改编了一下。他说塞弗恩命令布莱奇利杀掉了他的侄儿们。他想知道这是不是真的。

安凯瑞特沉默了一会儿，目光迷离陷入了沉思。“不，我不能确定这是不是真的，”她评说道，“我不相信国王下令处死了他侄儿。这是布莱奇利的杰作。”她皱紧眉头，一脸迷惑。“很多人确实相信是塞弗恩下的命令，所以我对这个说法并不意外，只不过霍瓦特公爵没有纠正他外孙女的想法就有些奇怪了。”她耸了耸肩，欧文倒是如释重负。

“你怎么知道他没有?”欧文说得结结巴巴的。“我只是在想……你告诉我国王是异能者，难道他不会让人相信他没有干那些事吗?”

安凯瑞特凝视着他，脸上的表情让他不由得想起了莫蒂默女孩的表情——尊敬与钦佩的表情。这让他双颊发烫。

“你肯定你才8岁吗?”她微笑着问道，“你实在是太敏锐了，欧文。总有一天你会成为一位伟大的勋爵的。你猜我又是怎么会知道的呢? 因为塞弗恩告诉王后她的儿子们发生了什么事的时候，我正好藏身在那儿，全听见了。你要知道，他们的尸体从未被找到，但是我们都认为他们死了。国王来圣母殿告诉他嫂子这消息。你基本可以肯定，他并不是个十分谦卑的人。但是，当他说布莱奇利是罪魁的同时，他也向王后承认，他对此也负有责任。他轻信了布莱奇利，让他统领‘艾思斌’。孩子们死了，是他的错。”她感觉很平静。“你想想，这真需要勇气。没人强迫他对王后说这些话。当时我就在那儿，我能确定他没有用他的圣泉魔法。他可以迫使王后相信他，但是他没有试图说服她，也没有碰过她。这就是她召我来的原因。她要确定自己没被他巧言诱骗而迷失本性。异能者能够彼此识别对方的特异功能。如果他曾经用了魔法来对付她，我会知道的。”

欧文调整了一下拿盘子的姿势。他对国王的认识开始发生了改变。他意识到自己就像很多人一样，可能是以一种不完全真实的方式看待国王的。

“但为什么他……为什么他……我不知道怎么说这个。为什么他要表现得就像他真的杀了他们一样呢？”

安凯瑞特和欧文彼此对视着。“王权会使人腐化。”她平静地解释着。“它会改变一个人。我就看到它改变了艾瑞德。大多数人怎么看你，你对自己的看法也很有可能发生扭曲。我们会不自觉地迎合别人的评价，以此来塑造自身的形象。面对如此多的恶意、憎恶却依然故我，那需要钢铁般的意志，而我认为塞弗恩国王并不那么坚强。他哥哥还更强些，可就连他也屈服了。塞弗恩正在变成大家心目中的那种人。尽管他是天生的驼背，可他年轻的时候，走路并不一瘸一拐，也不佝偻着腰。他现在走路一瘸一拐，是因为作战时负伤了。他哥哥信任他，所以他昂首直行。他的人民相信他是个怪物，他也就变成现在这个样子。”

布莱奇利大人担任“艾思斌”首领时，我还不是他的兵。他对“虚席王位”垂涎已久，自认能借助要阴谋诡计登上王位。一个人爬上权位越快，难免跌落得也越快。我相信，塞弗恩国王可能是个例外。

——多尼米克·曼奇尼，御膳房的“艾思斌”

第十七章
发现

欧文是个好奇心重的孩子。他有许多问题，当他想知道答案，就会刨根问底。莫蒂默女孩指出了那堵新墙，从此这堵墙在他心里挥之不去。她建议从毒药师的塔楼俯瞰——虽然她并不这么称呼它——激起了他寻找秘密入口的兴趣。如果直接问安凯瑞特，可能会很容易，不过他想自己试着找到它。

他借口换衣服，偷偷离开了莫蒂默女孩，潜入了帝泉王宫中蜂窝状的密道。他等不及夜幕降临，因为那会不便观察。隧道里有股霉味，不过丝丝光线还能从墙缝透进来，他也习惯了在黑暗中潜行。他小心又安静，听着从头顶或身后传来的脚步声。他有一种本领，可以听出事物有什么不对劲的地方，然后小心通过。当一名“艾思斌”的想法对他很有吸引力。

从安凯瑞特塔楼墙体上的箭孔看出去，尽管禁区长满了树，却可以一览无余。在禁区的中心有个巨洞。这是他见过的最奇怪的水井。井有八个侧面，每一面都有几排沟渠，越往深处越窄，就像漏斗。起初他还以为这是一排排长椅，就像是塔顿庄园花园小剧场里的那样，不过不是半圆形的，而是整圆形的。井洞中央是一颗巨大的八角星。八角星旁边环绕着碎石和卵石，小股的水流从周围汇入八个角。

这看上去是个非常有趣、值得探索的地方。怎么找到进去的路呢？

欧文花了点时间，在他认为可能是入口处的周围，搜索了多条隧道。他意识到，要找到入口，还得更勤快些，他决定等到黄昏之后再找。晚饭后，他在厨房里消磨时间，按他所见过的图样搭积木。莫蒂默女孩在旁边好奇地评论着，他却选择不回答，因为他想给她惊喜。他渴望夜幕降临，这样他就可以开始探索了。如果要去探索新隧道，他要有一支蜡烛才行，因此他一定要早点吹灭他的蜡烛，以节约宝贵的蜡。

当天晚上，他走在王宫墙壁间的黑暗隧道中，想起自己在王宫度过的第一夜，想起自己曾经多么害怕新声音。如今他对这些声音已经越来越适应了，而且能区分出熟悉与陌生的声音了。隧道很窄，只容一人通过，却能联通王宫的大多数区域。大部分隧道都与它们沿循的走廊一样高，有些地方台阶牢牢嵌入石壁，从这里可以抵达更高层。而在另一些地方，隧道更窄，人只能侧身通过。这对曼奇尼也许是个问题，不过对一个八岁男孩说尺寸正好。想到这里欧文不由得傻笑起来。在不同的节点，隧道会连接到塔楼梯井，不过有些塔楼有自己的密道。

欧文摸索着墙壁，感觉到石块间的凹槽。他数着地上的石块，以此帮助自己定位。在每一个岔路口，拐角处的扁石上都刻有标志，这也便于人在黑暗中寻物。他通常只走环绕城堡的主道。今晚，他打算探探新路。他手举插着蜡烛的粗短青铜烛台，向前探索。此时城堡里日常的声音开始减弱，他深入探查新隧道，希望能找到藏着园井秘密的那条隧道。

他变得越来越焦虑。他不知道自己徘徊了多久，但他知道安凯瑞特会在塔楼等他。他希望可以向她吹嘘自己的发现，证明自己学会了功课，可以靠自己找到秘处。但他找不到通往水井的路，便寻思先打道回府，等另一晚再找。

每走一步，他心中的不安便增加一分。但他是个倔强的孩子，真的很想找到那条路，因此还是坚持搜索。他没法完全确定自己的位置，当想到自己也许迷了路时，顿时心烦意乱起来。

他身后过道里传来一声轻响，是脚步声。不是墙外走廊的脚步声。而是隧道内某人靠近的声音。就在他身后。

欧文更加心乱如麻，额头冷汗直冒。回去已不可能了。隧道狭窄，无处躲藏，欧文只好赶紧往前走，希望能找到逃往王宫主廊的路。因为夜游大厅而受处罚，总比在“艾思斌”通道里被逮住要好多了。他小小的心脏一个劲地狂跳，眼前愈发漆黑一片。

他再次听到脚步声，更近了。

他开始慌了。安凯瑞特警告过他可能会发生这种事。她告诉他，独自在隧道里闲逛是很危险的，他需要非常小心，要十分留意那些不对劲的声音。比如他身后的脚步声。

欧文前面的通道变窄，两侧的墙像箭头一样合拢了。通道突然到了尽头。这是条死胡同。

他惊恐地喘息着，回头看了一眼。还是一无所见，脚步声却更响了。他内心惊悔交加。他需要理清思路，但是恐惧淹没了他。他上下扫视着墙壁，看看有没有可以攀爬的梯阶。什么也没有。甚至隧道顶也缩小了，虽然它仍然很高。

他嘴干得像片沙地。胸口的剧震宛如万马奔逃。他再次环顾四周，然后看到了被忽略了的门闩。通道的一侧有一个隐蔽的门。他差点一拉门闩将门打开。幸好他没这么干，否则他的毒药师学徒生涯会就此结束。内心某种微弱的声音，也许是安凯瑞特的声音，及时警告了他。宫中所有的暗门都安装了窥视孔。对他来说，门上的窥视孔通常都太高，可这里的窥视孔却便于蹲伏者窥看。欧文移开盖子，透过窥视孔往里看。

这是国王的卧室。

因为欧文看到国王在里面。

壁炉里烈焰熊熊，闪烁的火光将国王那张胡子拉碴的脸染成了橙黄色。国王盯着火焰，一条胳膊撑在壁炉架上，另一条胳膊弯曲着，手里托着王冠。他仿佛要把金光闪闪的王冠扔进火里烧掉。

卧室里有无数藏身之地。一张巨大的四柱床，竖着染色橡木巨柱，精雕细刻，做工精美，闪着金光。毛茸茸的斗篷和长袍。几把毛绒沙发和椅子，其中任何一把都能藏起一个小孩。有床头柜和衣柜，甚至还有大衣橱！而只要不被抓住，欧文连粪坑都肯跳呢。但如果他推门的话，也许门会嘎吱叫，那么国王转身就能看见他。他简直不敢想象国王会说什么。绝不能让这事发生！

脚步声越来越近，他现在可以看到过道墙上闪烁的光。欧文的选择每分每秒都在减少。他首先掐灭了蜡烛，隐身在黑暗中。黑暗就是藏身的毯子。但对一个手持蜡烛的人来说，这却行不通。到底谁来了？但愿是安凯瑞特来找他了。不过他不能指望这样的好运。他害怕得浑身发抖。

忽然他灵机一动。隧道尽头的两面墙贴得很近。他知道拿着烛台是爬不上去的，便把它放在地板上。然后他挤进两墙间的最窄处，撑着墙壁，手脚并用爬了上去。他瘦小又结实，爬得很快。他看到火光越来越近了，心跳得就像铁匠抡起重锤在胸膛里敲打。持烛者从拐弯处现身了。

是拉特克利夫。

欧文的恐惧倍增。“艾思斌”首领，宣誓效忠国王的人。他不慌不忙地朝欧文走来，刹那间欧文以为他看见自己了。他在劫难逃了。欧文的头已经抵住了隧道顶，他站立的地方和拉特克利夫的头几乎齐平。欧文往下滑了一下，他赶紧继续攀爬，直到感觉隧道顶抵住了自己的后颈。

“这是什么?”拉特克利夫饶有兴趣地盯着地上冒烟的烛台。他快步走近，把它从地上拾了起来。烛芯还在冒烟，蜡还在滴淌。欧文觉得自己快晕过去了。他一认出这人，就屏住了呼吸。

拉特克利夫举起蜡烛凑近鼻子嗅了嗅，脸上掠过一丝严厉又愤怒的表情。他看了看那扇暗门，那里依然明显地开着一条缝，于是他急忙转动门把手，手里还拿着欧文的烛台。

“谁在那里?”塞弗恩怒吼着把暗门打开。

“是我。”“艾思斌”头子答道。“陛下，您刚才在接见某人吗？我在门口地上找到了这个。”

“就我一个人，”粗暴的回答来了，“孤魂作伴。”

“陛下，有人在监视您!”拉特克利夫越说越惊恐。“蜡烛芯灭了，蜡烛油还在滴。您是……您是在考验我吗，陛下？是您留下这个，看我会不会告诉您是吧?”

“当然不是，迪肯!”国王越讲越生气。“你已经反复证明了你的忠诚。也许是你的某个‘艾思斌’，”他大加嘲讽。“想趁我在做着爱抚公主这一类垃圾事的时候逮住我吧。我不喜欢那些‘艾思斌’，迪肯。我需要他们，却讨厌他们。”

拉特克利夫怒气冲冲。“要不是他们，您在鞍鞭山就败了，陛下。”

“要不是他们，我侄儿就不会死，”他痛苦地反击，“用不着别人提醒我。看来我们的队伍里又出了叛徒。我没把烛台放那儿。你也没有。那么你认为是谁放的?”

“可能是她，”拉特克利夫故作惊惧，压低了声音说道，“我想她又在城堡里自由活动了。据说有人看见她了。”

国王疲惫地叹了口气。“我动用了举国之力，为什么却连一个弱女子都找不到？她在我身边神出鬼没，想要扳倒我。就连我哥哥也不告诉我她是谁。”他怒哼了一声。

欧文的手脚开始抽筋。那扇通往国王卧室的门还开着，就在他下方。如果他摔下去，他们肯定能听见动静并且发现他。

“她可能还在屋里，”拉特克利夫推测着，“我叫卫兵进来搜一下吧。蜡烛还是热的呢。”

“来吧，”国王应允，“要是你们抓住了毒药师，我想立刻处死她。你听到了吗，我的乖乖？你想趁我睡着时出其不意地抓住我吗？叫我的卫兵来，拉特克利夫。务必告知所有‘艾思斌’，在我看来，谁帮她谁就是谋反。你躲在这里吗，我的小乖乖？嗯?”

两人开始在房间里噼里扑噜地搜寻着，沉重的脚步声也在外面的隧道里响起。恐惧让欧文颤抖，他的膝盖和手臂都在痛苦中尖叫。拉特克利夫将国王的卫兵召入卧室，他们开始迅速而彻底地搜查。如果欧文之前真的躲进房间，那肯定会被抓住。吵闹了几分钟后，搜索行动取消了。欧文肌肉刺痛，不停颤抖，却不能放弃。他保持绝对安静，在隧道最窄处，蜷缩在暗门上方的角落里。

另一个声音加了进来，一个年轻女人的声音。“您还好吗，叔叔?”爱丽丝公主慰问道，声音中满是关切。“有人要谋害您吗?”

她的嗓音让欧文感觉一阵宽慰。他有些日子没和她说过话了，得知她还在王宫，他满怀感激。可知道这些，却对他抽筋的肌肉毫无帮助。塞弗恩的笑里满是自嘲。“我只是一个驼背战士啊，我的小丫头。没人想要害我。回去睡觉吧。”

“到底是谁啊?”爱丽丝催问，声音急切。

“我们认为是你母亲的毒药师。”拉特克利夫满怀怨恨地说道。

爱丽丝的声音很坚定。“我想她不会害您的，叔叔。”

“那我应该就此安心喽?”他吃吃笑着说。“你知道她是谁吗，小丫头？要是你知道她的事，一定要告诉我哦。”

欧文的五脏六腑因为恐惧而痉挛。*不要！*他想大声喊。*是我！不是她！*

“我不知道她的名字，”爱丽丝有些犹豫，“不过我见过她。”

“最近吗?”拉特克利夫追问，声音有些激动。

“不是，”她的回答很简单，“早在父亲去世前，我就没见过她了。我母亲并不想您死，叔叔。”

“少听点儿对你们有好处，”国王怒吼，“你们全是废物。该走了。出去。”

欧文不知道发生了什么事，但他很快就意识到，这是国王在对卫兵们说话。门砰的一声关上了。

然后是国王沉重的叹息。“小丫头，当着大家的面说话不要那么随便。我能从你脸上的表情看出来，你还想说点本不该说的事儿。”

“对不起啊，叔叔。”她温顺地应着。“我知道您担心谣言。我倒无所谓。这不过是……”她停了下来。

“是什么，小丫头?”他近乎温柔地轻声问道。

“陛下。”拉特克利夫用示警的口气说道。

“安静，伙计！她是我侄女。她是这灰暗世界唯一的亮色。这么多毒药中唯一的蜂蜜。说吧，小丫头。”

“您已经知道了。”爱丽丝说得很不自在，声音颤抖。“我母亲向您提议的事。我并不……反对，叔叔。”

他用拳眼抵唇咳嗽了一声。欧文仅从声音就听了出来。“没那么简单啊，小丫头。事情从来不会那么简单。现在你该走了。走吧。”他声音平静地哄劝着她。

欧文听到门打开又关上了。接着是拉特克利夫的声音，显得很紧张，“又该谣言四起了。”

“我就知道，”国王口气冷淡，“我嫂子第一个计划失败后，就希望能把爱丽丝公主嫁给我的对手，这样她就能成为锡尔迪金的女王，从而延续家族血脉。正是这个阴谋让我在鞍鞭山受了伤。凭圣泉起誓，爱丽丝完全能靠她自己成为女王。如果没人反对的话，她或当斯沃斯都可以登上王位。但是那男孩太像他父亲了，不能把王位交给他。”

“您不会确定她为您的继承人吧?”拉特克利夫问得小心翼翼。

“不会了，”他轻声低语着，“在那一切发生之后。”

拉特克利夫叹了口气。欧文觉得胳膊都快断了，汗水从胸膛上滴落下来。可他不能放弃。他以纯粹的意志力来支撑自己，命令自己像积木块一样坚定不移。

“哦，小丫头肯定是关心您的，她可是一听到动静就马上跑过来的呢。我知道她是您侄女，陛下，不过这事儿也是有……先例的。如果您再成婚，将使江山稳固。”他吃吃笑着。“正如她所说的，她母亲渴望重掌权力，就凭这一点，也足以让她说服女儿答应这桩婚事。”

“你们在哄我，”他呵斥道，“得了。什么时候我准备好了，我会让霍瓦特去帮我物色妻子的。要是我想好了的话，一位国外出生的好姑娘，不会说我们的语言，不了解我们的习俗，那将是我的选择。可惜奥西塔尼亚公主太年幼了，那个王国倒是可以大大增强我的权力。”

“好吧，我还是让您独自沉思吧。”拉特克利夫的声音传来。当他走到门口时，欧文听到了靴子的声音。拉特克利夫进入密道，关上门，拴上门闩，盖上窥视孔。接着他就返回了隧道，慢慢被黑暗吞没，而此时欧文仍在发抖。

他等待着，直到再听不见声响，再看不见光。欧文惊恐地意识到，他将不得不在黑暗的隧道里过夜。没有蜡烛，几乎不可能找到出路。

他可不敢进国王的卧室去取回蜡烛。

我们不应该被无法掌控的事物束缚住手脚，识时务者方为俊杰。过去许下的承诺那是当时的需要，现在背弃承诺是时势的要求。“信用”或是“我保证”这样的话语全都是扯淡。据我所知，话语这个东西根本就毫无意义，只是骗取信任的工具罢了。

——多米尼克·曼奇尼，御膳房的“艾思斌”

第十八章
恐惧

欧文来到帝泉之前经历的那些恐惧，和现在相比简直太微不足道了。迷失在王宫的密道里，连根蜡烛都没有，漫无目的地在黑暗中徘徊，欧文此时才真正体验到了恐惧的滋味。他绞尽脑汁想要找出正确的路线，在无尽的漆黑中摸索尝试，甚至不惜在地上匍匐前行。然而，这些努力到头来全是白搭了工夫，他迷路了，令人绝望地完全迷失在巨大的迷宫中。漫漫黑夜无限蔓延，似乎他已经和黎明永别了。眼睛已经相当于失明，耳朵则告诉他周遭的情形——老鼠的窸窣声、木头的咯吱声、偶尔的风声。可是还有一些声音他听不太懂，只是让他想到也许是某个人的呻吟声。想象力为他适时地补充着答案——那一定就是鬼魂，死去的王子们的鬼魂，他们的尸体不是现在也没人找到吗？

胆量和勇气已经耗尽，悲惨苦痛完全占据了他。欧文觉得视力似乎恢复了，他好像可以看见前方有什么东西，近乎透明的一个形状。那是个人形，一个人形的虚影，完全由尘埃组成的、人形的虚影。那个虚影正悄无声息地向欧文逼近。欧文闭上双眼，低下了头，用双手捂住脸。他下意识地听了听脚步声，不过哪里有什么人的脚步声，甚至连一丝呼吸声都没有。他略抬起头，透过指缝窥视前方。那个东西还在，由一团飞旋的小虫和微尘组成人形的虚影，正在前面等着他呢。

欧文恐惧地呻吟着，随后就开始啜泣。他能做的只有束手就擒，等着那个东西抓住他，并将他拖入虚无的空洞。越来越强烈的惊悚使他倒在了地上，蜷缩成一团。身体由于越来越大声的哽咽抽泣，而不由自主地起伏战栗。他根本控制不住自己，什么都会比在黑夜里迷失在暗道中强上百倍。他尽情地放声痛哭着，怨恨着父母真不该给予他生命。

他自己也不知道蜷缩在地上号啕了多久，担惊受怕地在极度的痛苦中煎熬着。他也不知道会发生什么，对未知的惊恐只能让他想到最坏的结果。这之后，透过闭合的眼皮，他似乎感觉到了光亮。是拉特克利夫！此时的他几乎认为，即使被擒也将会是最幸运的结果。欧文连忙抬起头，哽咽着慢慢地平复着呼吸。烛光临近，他终于看清了来人，安凯瑞特！

欧文还不太确定，这会不会只是自己的幻觉呢？但是他还是爬了起来，如释重负地奔上前去。扑到安凯瑞特身边，欧文一下子就用双臂搂住她的腰，将面颊埋到她的胸前，生怕这一切都是他的想象。看见她太好了，真的感谢上苍，在迷途中被解救真是一种解脱啊！

安凯瑞特放下烛台，双臂搂住他的头，用手轻抚着他的头发和后颈，柔声安慰着他，一切都过去了，一切都好。安凯瑞特的体香真是太美妙了，不过即使在她的怀抱里，欧文还是惊魂未定，不断地打着哆嗦，颤抖不已，根本无法驱走浓浓的骇意。

安凯瑞特半跪下来，这样两人就可以面对面地平视彼此了。她用一只手侧托住欧文的脸颊，一句话也没有说，只是凝视着他的眼睛，目光中满是静谧的忧伤。随后她便略向前倾，吻了吻欧文的眼角，拭去那还在流淌的泪水。安凯瑞特低声念出一种欧文完全不懂的语言，一下子便让他感到疗伤般的平和。他那砰砰乱跳的心终于平复了下来，泪水也神奇地止住了。心中的惊恐已经烟消云散，真正的如释重负取而代之。温暖和善意弥漫其中，身体也随之停止了颤抖。

安凯瑞特仍旧半跪在原地，伸手拿起烛台，随后便站起身来，向欧文伸出了手。欧文连忙攥住，像攥着救命的稻草般逃离黑暗，谢天谢地，这种感觉真是妙极了。

安凯瑞特将欧文领回到他的房间，把烛台放在床边的桌子上，随后帮他盖好了被子。欧文什么也不想做，只是用崇敬的目光凝视着她，只要她开口，欧文愿意为她做这世界上的任何事。把欧文安顿下之后，安凯瑞特便半跪在床边，玉臂支在褥子上，单手托住香腮。

“我的小欧文终于回来了。”声音中充满怜爱地柔声低语着，安凯瑞特伸出手轻轻梳理着欧文额头上的头发。“今晚还真是把你吓坏了呀。”

欧文心有余悸地点了点头，心中再次泛起一丝惊恐，不过却被现在满满的幸福压制了下去。

“那就是……那就是魔法吗？”欧文直截了当地问道。安凯瑞特微蹙秀眉，“你指什么？”

“你吻了我的眼睛，还低声念出了什么，那就是魔法吗？”她疲倦地笑了笑，随后又点了点头。

“能教给我吗？”欧文急切地央求着。

“你还太小。”她溺爱地答道，柔软的手指点了点他的鼻子。

“那等我大点儿的，你能教我吗？”

安凯瑞特撅起了嘴唇，似乎这个问题戳到了她的痛处。“如果我可以的话。”略作犹豫，她算是答应了。

“我再也不想成为‘艾思斌’了，”欧文坚决地晃着脑袋声明着。随后他便觉得眼皮开始打架，突然感觉浑身好累，“真是吓死我了。”

“你在暗道里迷路了?”

欧文睡意十足地点了点头，“我找到了国王的房间，随后拉特克利夫就从后面跟了上来，我以为一定会被逮住呢，以后我再也不敢那么干了。”

“可是你并没被逮住啊，没有吧?”

欧文摇摇头表示没有，“不过，我真害怕了。黑暗中我总能看到一些东西。”

安凯瑞特把手放在他的额头上，轻抚着他的发梢。“勇气并不意味着无所畏惧，欧文。当你感到恐惧时，还能够勇往直前，那才是勇气。我知道许许多多勇敢的人，他们在战斗前的那个黑夜也会感到恐惧。恐惧会悄悄地逼近他们，并如影相随，如同饿狼盯着羔羊一般。”她顿了顿，指尖划过欧文的鼻子。“但是，一旦黎明降临，他们就会勇敢地担起肩上的重任，恐惧也会被勇气惊走逃遁。恐惧这个东西只会欺负弱者，心灵的弱者。而你不是，欧文，你有勇气，你是心灵的强者。”

欧文凝视着她，眼睛几乎要睁不开了，“不，我不是。”

她意味深长地点点头，“你是的，今晚就是你心灵的力量召唤了我，我感受到了你的求救。圣泉会对我们这些能听懂的人低语传信。今晚你没能到我那里去，我就有了很不好的预感。大多数人对这样的小暗示置之不理，而我学会了要相信这种感觉。我并不知道你会在哪儿，不过我一直没有放弃。就这样一直搜寻着，终于让我听到了你的哭泣声。”安凯瑞特一边解释着，一边用手指轻抚着欧文的脸颊。

“安凯瑞特，能不能再给我讲讲圣泉的事?”欧文眨了眨眼睛，尽量让眼睛睁着别睡过去。他想听她讲下去，可是又十分疲倦。于是他舔了舔指尖，又用指尖蘸了蘸眼皮，这样就能让眼睛更容易睁着了。

她轻抚着欧文的头发，“圣泉无处不在，欧文。现在这间屋子里就有圣泉与我们相伴，它就藏在你的眼泪里。对于我们来说它就好像水一样，没有了水，甚至一点点儿也没有的话，我们就活不过几天了。现在我就能听到它的喃喃低语，它就在这儿。它把你的恐惧和绝望传递给了我，因为它知道我能帮你。它引领我来到了你的身边。圣泉具有力量，就像涓涓溪流。坚如磐石般最强大的事物，如果假以时日，也会如水滴石穿般败给圣泉的力量。圣泉还具有魔力，我们生来就被赋予了它的力量，就是圣泉的力量让我明白该如何救你的。”

“要是想瞒过国王的话，”欧文带着疲倦的微笑问道，“圣泉告诉你什么好点子了吗?”

安凯瑞特兴奋地点点头，“原来是那么地简单，我以前怎么就没有想到呢?”

“能讲给我听吗?”欧文充满渴望地问道。他很喜欢凝视着安凯瑞特那双忧郁的眼睛，欣赏着她那可爱的微笑。在远离家乡的王宫，他感觉安凯瑞特就是他的妈妈。

“如你所知，我已经和曼奇尼联系上了，”她压低声音耳语着，“他企图除掉拉特克利夫，这样他也许就能取而代之成为‘艾思斌’首领。我一直在帮他成事，作为条件，他也要帮我的忙。有一个方法可以证明你就是泉佑异能者，欧文。那就是你在拉特克利夫之前，为国王带来情报。这并不容易，不过曼奇尼会帮我挖到一些第一手的小消息，这样就可以助你扬名。要那些能够帮得上你又不会威胁到曼奇尼的消息，要那些拉特克利夫不急于禀告国王的情报。而你就会在拉特克利夫之前告诉国王，这样你就可以被认为是一位泉佑异能者了，只有异能者才有那种洞悉的力量。”

“我……我不知道有没有足够的勇气。”欧文小声地嘀咕着。

安凯瑞特俯下身去，亲了亲他的脸颊，“那么你就要学会拥有勇气，欧文，无论如何你都要学会。”

他突然想到了伊蕾莎白·维多利亚·莫蒂默。她是欧文知道的最无所畏惧的人，她是怎么办到的呢?

想着想着那个莫蒂默女孩，他便不知不觉地陷入了沉睡。

第二天，两个小家伙又在王宫的庭院里聚到了一起。院子里有一座巨大的圆形喷泉，在围着喷泉的台沿儿上，两个顽童正在你追我赶地嬉戏着。为了保持平衡，他们还像大鸟般张开了双臂。朱厄尔叱责着他们，掉下去就有的好看了。不过两个人只顾着玩耍谁都不搭理她。莫蒂默女孩加快脚步想要追上欧文，而欧文不得不一边瞄着脚下的台沿儿瓷砖，一边瞄着小姑娘别让她赶上。可是她就要赶上来了。欧文只好紧赶几步，企图拉开距离。天空蔚蓝万里无云，喷泉里水波荡漾似乎也在和孩子们玩乐着。

“你是怎么学会无所畏惧的呢?”追逐中欧文向小姑娘求教。

“因为爸爸啊。”莫蒂默女孩乐颠颠地应着，银铃般的笑声夹杂其中。她是真的在卖力追赶着欧文。很显然，她是觉着这种玩法比看着欧文搭积木再推倒好玩多了。

“他是怎么教会你的呀?”欧文打破沙锅问到底。

“他教我爬瀑布。”她郑重其事地答道。

“什么?”欧文一个趔趄，差点从喷泉台沿儿上掉下来。

“哈哈！你就要掉水里啦！”她毫不留情地取笑着，银铃般的笑声再次响起。“我就要逮住你啦，欧文·基斯卡登！”

想得美，看我先逮住你！

“我们北方那儿有最美的高山，整个冬季都被冰雪覆盖。春天来了，冰雪消融，宏大的瀑布就会飞流直下。”

“就像圣母殿旁的那座吗？”欧文嘴上问着，眼睛可不敢怠慢，盯着脚下的状况，双臂也一直张开控制着平衡。

“那可不太一样，”她说得很是不以为然，“那些瀑布是从悬崖上倾泻而下的，气势磅礴蔚为壮观！它们滋养的河流会淌到我们脚下的这里呢。圣母殿的瀑布宽倒是很宽，不过却不够深。北方的那些可真是美呀！爸爸会带我向一座瀑布的顶端攀爬，那一路有些地方浓雾弥漫，所有的一切都是湿漉漉的，一不小心就会滑倒。不过等你爬到顶端，就可以尽情地欣赏那飞流直下的景象啦！他们甚至在那儿还造了一座跨瀑桥，那样你就可以站在最高处看着水流奔腾而下呢，就像站在云端看着暴雪倾倒一般。我都等不及要带你去看看啦，欧文！那儿的山险峻难攀，不过我却做到了，所以爸爸夸我是头小山羊呢！”她咩咩地学了几声羊叫，接着又开始对欧文穷追不舍。

“你想得美！”欧文嚷着嚷着就停了下来，他知道现在需要马上决断：是接着跑还是被逮住。此时他感到每迈一步都会头晕脑胀，但是他还是决定不能让小姑娘赶上来。

“小丫头，快停下来！”朱厄尔叫嚷着，“你要摔下来了，行行好吧，到时候小心你外公用鞭子抽你！”

莫蒂默女孩仍旧对她的警告充耳不闻，而欧文则冒险扭头瞄了她一眼。只见那小姑娘咧着嘴露出猎人般的坏笑，信心十足地向欧文扑来。欧文无奈，只好保持住平衡，加快了脚步。

突然扑通一声，欧文连忙扭头观瞧，原来她真的栽进了喷泉里。此时的小姑娘满脸惊愕，双手并着双膝着地跪在水中。欧文急忙赶上前去，看着她爬了起来，浑身湿透，深色头发紧贴着脸颊。不过，丝毫也没看出来她有任何的委屈——正相反，她似乎还觉得这一跤还摔得相当地有趣呢。

“莫蒂默小姐，快出来啊!”朱厄尔生气地吼着，蹒跚地往喷泉这边赶来。

“我的名字叫伊蕾莎白·维多利亚·莫蒂默!”她任性地冲着老太太尖叫着。随后她就一把攥住欧文的皮带，一下子把他也拽了下来。欧文心中早就有所提防，她可能会来这一手儿，不过还是着了她的道儿。根本还没回过神儿，冰凉的水就拍在他的脸上，浸透了他的全身。欧文气急败坏地爬了起来，掬起泉水就往小姑娘身上泼。莫蒂默女孩这下子更玩疯了，兴奋地尖叫了起来。

“出来！你们俩都给我出来!”朱厄尔真要气炸了，焦急地瞪着落汤鸡般的两个孩子。让欧文惊讶的是，一丝微笑竟然浮现在小丫头的脸上。

“来抓我们呀!”莫蒂默女孩得寸进尺，拉着欧文的手，噼里啪啦地蹦跶到了喷泉池的另一边。两个小家伙都湿透了，不过倒也不怎么冷，欧文还挺喜欢她的手牵着自己的手，一起向前走的感觉呢。

“要是让你外公知道了，”朱厄尔不住嘴儿地叱责着，“又是一顿好打！你听见没有？好好地抽你一顿!”

“他才不会抽我呢，”莫蒂默女孩咯咯地欢笑着，随后她便松开了欧文的手，仰头望着蔚蓝的天空，开始在喷泉池里转圈圈。没转几圈她就再次跌倒在水中，自己转得晕头转向无法行动，银铃般的笑声响彻满园。

欧文瞠目结舌地瞧着她，这个小丫头竟然敢在王宫的喷泉里跳舞？疯够的她现在终于坐了下来，深色的发梢滴答着水珠儿，微笑地望着他。这一刻，整个世界仿佛就只有他们俩。欧文假装跌倒，扑到了水里，溅起大大的水花。她又咯咯地发出那种感染力超强的笑声，这也恰好就是欧文想听到的悦耳欢笑。

后来，两人便蜷缩在面包烤炉边的毛毯里，好让浸透的全身尽快捂干。朱厄尔则喋喋不休地跟莱昂娜和德鲁叨咕着两个顽童干的好事。欧文现在觉得有些冷，在毛毯里直打哆嗦。而他又不想跑到楼上去换衣服，毕竟他可换的衣物也不多。

“那可真有趣，”莫蒂默女孩自言自语，冲着噼里啪啦的火苗摆动着光光的脚趾头，“我一点儿也不后悔。”

欧文紧抱双膝，想让自己别在发抖。“你……你说你爸爸……让你爬……瀑布。”

莫蒂默女孩连连点头，“北方那边的水可凉多了。那边有一座我们称为雾瀑的瀑布，那下面有一泡小池塘。池边小径旁有一块巨石，你可以爬上去，然后跳进池塘里。山谷那里所有的男孩女孩都这么干。”

“你也这么干吗?”欧文钦佩地问道。

她点了点头，目光迷离陷入了回忆。“那个还是有点儿吓人的，因为那块巨石太高了。不过，我还是喜欢往下跳时那种紧张刺激的感觉，就像是在飞翔一样，我都等不及了，真想现在就带你去。第一次是爸爸带我去的。他拉着我的手，和我一起跳下去。第一次和别人一起跳就容易多了。那里的水可真凉啊，就跟冰一样，那就是能流动的冰呀。你在感觉太冷之前就必须得游回岸边。爸爸说在那么冷的地方待长的话，脑子就会不清醒。但是，等到爬到雾瀑上面以后，我们就可以坐在悬崖边儿上了。吃吃野果子，再把果茎扔到下面的雾海里。妈妈可体会不到那样的乐趣，她恐高，可我不怕。有时候那上面风大，不过你只要多加小心就没什么问题啦。”

“你从那悬崖上面往下跳过吗?”欧文问道。

莫蒂默女孩愣愣地瞅着他，好像这是世界上最蠢的问题。“当然没有了！有的村民曾经尝试过，不过他们都死了。还有的人从小径上滑了下来，摔断了胳膊或是腿。不过，只是有可能受伤而已，并不意味着你就不能爬上瀑布。对于有胆量造跨瀑桥的那些人，我时常心存感激。我敢说，那肯定是相当危险的活儿了。不过他们真的干成了，现在所有人都可以站在那样的瀑布上面，欣赏着难得一见的美景啦。那种景色一定会俘虏你的心，欧文。”她的眼中满是憧憬，熠熠的光亮和渴望的神情让欧文也心驰神往，真想马上就亲自看看去。随后，她又看了看他，拍了拍他的膝头。“等我们去北方的，我带你上雾瀑。我还会拉着你的手，就像爸爸拉着我那样，咱们一起从巨石上往下跳。然后呢……你就学会无所畏惧啦。”

烤炉传来的热度让欧文面颊发烫，可是湿漉漉的衣服还是让他感觉冰冷。欧文在心中勾勒着自己站在山崖的情景，莫蒂默女孩则伴其左右。不过，一想到也许会从瀑布上掉下去，他的脑袋就开始嗡嗡作响。

“欧文，你猜怎么着!”她往欧文这边靠过来，压低了声音，“我找到了!”

“什么?”欧文晃了晃脑袋，把刚才惊骇的想法甩掉。

“我从城堡上看到那座墙后是什么啦！我是从一扇窗户向外看到的。那后面有一座小庭院，还有—”

“集雨池。”欧文望着她，抢先说了出来。

小丫头的眼睛一下就瞪圆了，“你也看到了?”

欧文点了点头。

“我想我知道怎么进去了。”莫蒂默女孩神秘兮兮地说道。

我开始怀疑，我和王后的毒药师偶然结盟这件事会要了我的命。拉特克利夫认定她昨晚临近午夜时潜入了国王的卧室。其实并非如此，因为她当时正和我在一起讨论，猜测国王的敌人或者贵族中的哪一位会最先垮台。我认为是阿西洛玛勋爵。国王已经设好了圈套来考验他的忠诚。他会失败的。我想知道什么时候会考验我的忠诚。如果拉特克利夫知道我为她做事，我会被扔进河里的。

——多米尼克·曼奇尼，御膳房的“艾思斌”

第十九章
幽深集雨池

图书馆里，欧文和莫蒂默女孩隔着巫哲象棋盘相向而坐。每一步棋都下得非常谨慎而缓慢。有好几次，欧文都可以运用他从安凯瑞特那里学到的技巧来赢得比赛，不过赢得比赛并不是目的。目的是等朱厄尔睡着。欧文往她的茶里加了点东西，现在老太太正拼命挣扎着抵抗药效。她坐在软座垫椅里，手里拿着针线活，摇摇晃晃，困得前俯后仰。

“我想她快睡着了。”欧文轻声说着，走了一步棋。

他的同伴偷偷注视着坐在椅子上的老太太。她嘴巴张开，开始打小呼噜了。

莫蒂默女孩差点笑出声来，她转过来看着欧文，迷人的眼睛似绿似蓝又似灰。她穿一件深绿色天鹅绒连衣裙，袖口与褶边颜色式样都很相配。她深色的头发梳拢在脑后。

“你说对了，”她悄悄回应，“她盯着我们时一般不会睡着。不过选巫哲象棋这么无聊的游戏，这么安静地下棋……你看看她。我们走吗？”

欧文点点头。要等好几个小时，茶中的药才会失效。莫蒂默女孩抓住他的手，却又停下来，用另一只手移动了一枚棋子。“将军!”她紧接着说，宣告她发动了一次偷袭。这表明她在无聊而复杂的游戏里也是颇有天分的。“快走!”她说完拉着他就走。

两人偷偷溜出图书馆，地毯很厚，走路时悄无声息。他们一走出大门，就开始拔足狂奔。她知道路，欧文便跟着她跑。他感觉到彼此传递着淘气的兴奋。四处都是仆人，不过他们都认识挎包欧文和莫蒂默女孩，所以只有人偶尔嘟哝几句，提醒他们当心摔跤。

他们的目的地是仆人宿舍的外廊。地板上厚厚的积尘表明这儿人迹稀少。走廊尽头有一扇坚固的大门。欧文曾经试着推过这扇门，却发现上了锁，因此他后来就不再来了。

莫蒂默女孩冲他淘气地咧咧嘴。“门上有扇窗，我把筐子拖过去，站在上边，就能看到那个秘密的地方。”

“可是门锁上了呀。”欧文拉动着铁门说道。它嘎嘎作响，却毫无松动。

“我知道，可你看那儿。看到那张挂毯了吗？一个没人使用的厅廊，为什么中间会有一块挂毯?”

欧文以前没有注意过这个，它看上去确实有点奇怪。那块挂毯挂在一根嵌入石壁的铁杆上。莫蒂默女孩使了个眼色，走过去把挂毯往旁边一拉。原来挂毯后面藏着一扇窗。

窗帘很厚，把光全遮住了，”她解释说，“而且窗户又这么脏，你瞧瞧!”

欧文看到窗上有个插销，就拉了一下。可是根本拉不动。他们对视了一眼，然后一起抓住插销，和它较上了劲。还是纹丝不动。

“我一个人拉不动，”她喘着气，“但是我想……我俩一定行!”欧文眯着眼睛，皱着眉头，拉得更用力了。插销终于转动了，而两人也一屁股跌到了地板上。她压在他身上，两人好不容易忍住神经质的傻笑。

“开了!”她兴奋地尖叫。她又跑到挂毯前，把它往旁边一拉，然后猛地一推玻璃窗。窗户吱嘎一声开了。“帮我上去!”她说着。

欧文抓住她的腰，把她扶上窗台。

“这儿到处都是藤蔓。”她在窗台上走来走去，然后抓着一把藤蔓，开始往下滑。

“那有多高呀?”欧文问道，开始越来越担心。

她放掉了藤蔓，跳了下去。从窗口还能看见她的脸。她冲他微笑。“不高！快来呀!”

欧文仔细听了一下，看有没有人走进厅廊。没有动静。他攀上窗台，轻轻一跃，跳了下去。屋外的院子有围墙环绕，藤蔓的阴影便于隐蔽。他伸手够着窗户，慢慢地掩上，确定没关死，这样他们待会儿可以再翻回来。

到处都是常春藤，爬满了墙。她凝视着墙内的院子，头上黏着一片叶子。

院子中央有个井洞。

“来吧。”她悄声说着，拉起他的手蹑手蹑脚往前走。他们观察四周，留心听有没有警报声，靴子擦刮着路砖。欧文抬头望见安凯瑞特的塔楼。

如果此刻她从窗口往外看，就能看见他们。艳阳高照，在他们脚边留下小小的身影。

“我喜欢这样的鬼点子!”她一边开心地说着一边留心四周的风吹草动，免得被抓住。

他们靠近了井洞。它就像是台阶。分流道和排水沟通往八个点，可以看出砖面略微有点往中间倾斜。这样水就能注入井内。“那么这就是集雨池喽?”欧文问道。他们到了井口外沿，凝视着幽暗的巨圆。

“这就是我外公说的集雨池。冬天时它蓄积雨水。它穿过王宫地下相当长的一段路。这就是这儿没有地牢的原因。因为王宫就建在集雨池上呀!”

集雨池。这个词欧文最先是从她嘴里听到的。幽黑的井口很宽，如果他们隔井而立，根本够不着对方的手。但他仅凭直觉就理解了它的意义。“它不是用来收集泉水的，如果宫殿建在山上，那还说得通。因为那样的话，每天从河里取水那是很困难的。

“你说对了!”她激动地说道。“集雨池是用来收集和保存雨水的。”她走下第一级石阶，还想拉他一起走，但是他抽回了他的手。

“你要干嘛?”他问着，胃里翻腾着恐惧。

“我想下去看看呀!”她又想抓他的手，可他退了一步。“哎呀，来嘛，欧文！我们就看看嘛!”

他很好奇，却不乏谨慎。在国王卧室外与危险擦肩而过，这事把他吓坏了，他觉得胆气不足。

“等一下。”他说着。他想按自己的节奏来。她耸了耸肩，急忙走到井边跪下来，注视着深渊。她的眼睛因惊奇而发亮。“你看它多深啊!”

欧文皱了皱眉头。他实在没办法让她独自享受这一切。他抿紧嘴唇，向井沿走去。

她连忙往旁边让了让，他们探身朝里张望的时候，几乎头碰头。他感觉到两人的头发互相碰擦着。这让他觉得……有趣。集雨池是半满的。他们下方平静的水面泛起了涟漪，他能看见他们变形的倒影。

井洞很深，很深。有石柱和扶壁支撑着它。离井口最近的柱子有些细微的裂痕，上面刻着些数字。数字标明水有多深。从柱顶的数字来看，他可以确定集雨池的水刚刚过半。

“那下面有好多水。”他宣告着新发现。

莫蒂默女孩把头发往耳后撩了一下，然后抓住井沿，把头探得更深。

“你好!”她大喊一声，她的声音在井中回响。欧文觉得她疯了。

“你大呼小叫干什么?”他质问道。

她抬起头来。“我想看看是不是有人在那儿。也许有水精灵呢!”

“根本没有水精灵。”欧文生硬地应着。

“不，真的有。”她反驳道。

“你见过?”

“我没见过，可并不代表他们是假的。别傻了，欧文。他们当然是真的。爸爸说的。他说在最深的海底有宝藏。有永不生锈的古剑。还有魔法戒指。有一个我们看不见的世界。海洋有着它自己的王国。”她注视着他的脸，美目顾盼，满是真诚。“我可不是在编故事，欧文。这是真的。溺水的人，就是没有做成水精灵的人。他们害怕了，所以没成。”她眼神坚定。“可我不怕。”

他看着她，胃里翻腾。他钦佩她的勇气。钦佩她的英勇无畏。而且不知为何，在她开口前他就知道她下一步的提议。

“我们跳下去吧!”

欧文忙起身后退。“这太蠢了!”

“才不呢!”她哈哈大笑。“我曾经从比这更高的岩石上跳进更冷的池塘呢。真好玩!”

他不敢相信自己的耳朵。“那你怎么出来呢?”

她耸耸肩。“我不知道。他们能把水放出去，我就能出去。我没看到什么锁链或者绳子，所以水一定是排到别的地方去了。”

“可你会淹死的！”

“我水性很好。你不会游泳吗，欧文？”

“我会游泳。”

他反驳道，已经被惹恼了。

“那就和我一起跳！”她眼睛闪闪发亮说着，又伸出了手。

他的心猛敲着胸膛，由于害怕口舌发干，说不出话。恐惧让他动弹不得，耳朵嗡嗡，双膝打晃。他觉得嘴里发苦，泪水在眼眶里打转。

莫蒂默女孩亲切地看着他。她显然还是很兴奋，不过好像已经意识到他发生了什么事。她绕过排水孔走到他面前，和他面对面。她拉着他颤抖的手。“你怕了。我知道。可你得相信我，欧文·基斯卡登。水够深了，我们不会受伤的。我不知道会发生什么事，但是我们会找到出路的。我们一起干吧！和我一起跳。我第一次跳时也和你一样。那时爸爸拉着我的手。真可怕啊！真是这样。可我们会很开心的呀。相信我，欧文！相信我！”

他凝视着她的眼睛，说不清颜色的眼睛。他说不出话来。嘴中舌头重如千钧。他被吓得魂不附体，却不想让她失望。只有这一次，他不再担心风险或受伤。就在此刻，她温暖的小手放在他掌心，他的信心却在她身上。

“我们能行！”她哄着他。

她领他回到集雨池边。他往下一望，感觉现在水面离他更远了。他们仿佛站在安凯瑞特的塔楼上。他觉得胃里一抽，快要吐了。

她紧靠着他站着，手拉着手。

“准备好了吗?”她轻声问着。

欧文猛地点点头，拼命忍住呕吐。

“深呼吸，屏住。从一数到三。”

他感觉整个身体都要抖散架了。

“一!”

真是疯了。他为什么要这样做?

“二!”

他俯视水面，深吸了一大口气，再屏住呼吸。他拼命攥紧她的手，希望让她觉得疼。

“三!”

他们纵身一跃。

第二十章
秘密

漫长的下落，比欧文想象的还要长。他已经看到了池水在四周涌起，不过还是觉得下落无休无止。池水溅起又落下的那一刹，耳鸣目眩在心中积蓄的战栗忽然一下子直贯双耳，扎入水面就像是跳进一张庞大的毯子里，冷水包裹着他，窒息着他。他拼命挥动双手噗噗地打着水，鼓满的肺终于将其浮上水面。惊慌失措的欧文还在惯性地噼里扑楞地拍着水，突然发觉水开始从耳朵里流了出来，总算可以听到莫提默女孩咯咯的笑声了。

瞬间前他还拉着她的手呢，一转眼她就已经在他面前划着水了。看到他真的一起跳了下来，女孩露出了充满调皮和满足的笑容。

“是不是大吃了一惊!”她一边喘着气，一边踩着水保持漂浮。欧文的短袍和裤子都被水浸透了，但是倒一点不影响他踩水。他抬起头，盯着头顶上的那个巨洞，阳光满满地铺洒在他们身上。

欧文急切地点点头，仍感到血液中残存着挥之不去的惊骇。他想再做一次。他可以这样做上百次。

“我给你说过这个很有趣吧。”她嗔怪着用水轻轻地泼他。“你会爱上从瀑布旁的巨石跳下来的。那水根本就不那么冷。”她伸出手把脸颊上的湿头发捋了捋。“你做到了！”

欧文羞怯地冲着她笑，知道如果没有她，他自己压根就不会做这样的事情，然后盯着上方的八角洞，“我们需要弄清楚怎么回到上面去。”

“快看，有一条小船！”

她指着一条通往方台的石阶，一条小船停在方台那里，船桨戳靠在船舷内侧。阶梯一直穿过方台延伸到一扇木门。

“这条是出去的路！”欧文高兴地喊着，心里也放松了很多，因为他注意到门和井口的高度差不多。他们只游了很短的距离就发现那条石阶是延伸到水里的。虽然浑身湿漉漉的，水一直往下滴，但是他们也顾不上那么多，径直走上台阶。

继续前行之前，他们停下来检查了一下船。那是个小小的像独木舟一样的东西，大的足以装下两个成年人。那里有一对浆斜靠在船内侧。船上的木头是漆过的，时间久了，很旧了。

欧文想知道为什么会有条独木舟在这里，但后来发现集雨池向深处还延伸了相当长的一段距离，大概有整座王宫的长度，刚好形成了集雨池的盖顶。

莫蒂默女孩半跪在独木舟旁，轻轻地敲着，想看看它到底有多坚固，然后她顺着欧文的目光也看向深处幽暗的水面。

“他们把船放到这里，是为了到达深处的彼岸并且保证不会弄湿自己。”她推测着。“快点，我们一起去看看那扇门，真希望它没有锁上。”

她抓着他的胳膊，拉他爬上台阶。由于他们的“从天而降”，池水依然荡漾拍打着低处的石阶。昏暗集雨池里怪异的回声，让欧文不禁回头看了看那深处的幽暗。

一道窄门被嵌在石头支柱里，上面只有门把手和一个复杂的锁闭机关，根本不是用钥匙开的那种。莫蒂默女孩拉扯着那个手柄，但是门还是牢牢地关着。欧文认出来这是“艾思斌”的设计，需要从外面打开。他把她的手从把手上推开并迅速地检查着锁闭机关。很快他便找到了触发机关并打开了锁。

“你怎么会……”她惊叹道，一脸崇拜地看着他。

他耸耸肩，什么也没说，不想透露任何安凯瑞特教给他的那些“艾思斌”的手法。门被拉开了，他们看到一丛常春藤挡住了去路，这也正好解释了为什么他们在庭院的时候看不到门的原因，而集雨池的井口就在不远处。

“我再跳一次!”她说着就冲出了门。他也紧随其后，看着她跑到井口跳了下去。随后一声尖叫传来，紧接着才是入水的咕咚声。

欧文还是紧张万分。不过既然他曾经做过一次，就可以自己再来一次。

“快下来啊!”她呼喊着他，“我已经让开啦!”

他盯着那个洞口，抿抿嘴唇爬了上去。他向下张望时，胃仍旧剧烈地搅动着。欧文看见她在影影绰绰的昏暗池水里打着水，让开了阳光投射的光影，正抬头望着他，脸上映射着光晕。

欧文数着自己的心跳，一，二。

在他数到三之前就停了下来，随后纵身一跃。

第二次甚至更有乐趣，他像刀锋一下扎进水里钻到深处。他一直钻到底，触摸到了池底的石头。泡泡在他四周向上涌动，而此时他才睁开了眼睛。

他看到了闪闪发光的珠宝和硬币、镶着宝石的奇异剑鞘，还有一串串的珍珠铺满了池底。一只破旧的盾牌躺在那里，磨光的盾面上露出一个巨大的凿孔。所有的金属制品竟都没有生锈。他还看到一些带塞子的小瓶。他用力一蹬池底，蹿了上来，噼里扑楞地浮出水面，心中仍旧惊魂未定。

“你做到了！”莫蒂默女孩欢呼着。“我知道你不会害怕的。我还想跳一次！”她开始游向台阶。

“等等！”他连忙叫住她，吐出一些呛进去的水，“那里……那里有宝藏！”

她从半途回转，疑惑地看着他，“你刚才说什么？”

“在最底下！”他兴奋地说着，奋力地划着水。“我真的看见了。”

她看起来还是很困惑。“我也能看到底儿啊，欧文。那里只有石头。别开玩笑了。”

欧文向下盯着看，却只能看到他自己在水中的倒影。他把头扎进水里，不顾眼中的疼痛和水中模糊的视线，迅速眨着眼睛观瞧。这次除了石头和影子他什么也没看到。他扬起脸，把水甩干，“我确实看到了一些东西！我没有开玩笑。当我跳下去时，竖直双臂保持不动，一路沉到底。我睁开眼看到了一堆的宝贝，那里还有剑呢！”

“剑?”她感到诧异。“让我试试看。”她游到台阶那儿，吃力地登了上去。随后她撩起裙子便走，衣服上的水沿路滴答着，好像她就是一片雨云似的。她赶到那扇向左半掩的门前，而欧文则让开闪着光影的那片水面。他擦了把脸，等着她的影子能出现在他的上方。

他不停在水中打圈圈，慢慢地打着水，全然不顾浸透的衣物裹在身上的沉重感。随后莫蒂默女孩就再次跳了下来，入水时溅了他一头池水。她待在底下很长一会儿。波动的水纹中可以隐约瞧见她的身影。然后她便一蹬池底浮了上来。

她一钻出水面，就泼了他一脸水。“你在开玩笑！”她愤愤不平地说道。

“没有，我没有！”欧文也很生气。他独自游回到台阶那里，大踏步登阶出门，返往井口。水顺着他的头发流到脸上，他经过集水入井的大沟小渠，石面上留下了串串水滴和湿漉漉的脚印。

他站在集水池的井口边沿，这一次充满了信心。跳下去时，他再一次尽量地保持着身体的竖直，插入水底。在下落的过程中，他尽力睁着眼，不过入水时他本能地又合上了。他的脚一碰到池底，他马上睁开眼睛，看到宝藏还老老实实地待在那里。他试着朝一处宝箱游去，因为他看到那儿有一枚镶嵌着珠宝的金戒指。如果他能拿到它并带回去给女孩看，那么她就一定会相信他说的话了。但是当他奋力取宝时，身体却不由自主地从那儿浮走，好像有什么东西向后拉着他的脚似的。肺里的空气几近耗光，憋得他十分难受。

他再次噼里扑楞地浮出了水面。

就像以前一样，当他往下看时，宝藏好像一霎那就消失了。

莫蒂默女孩盯着他，看起来很关心的样子。“你，你不是开玩笑，对吗？”

他拼命摇头，想游回水底，那样就能证明给她看了

她抓着他的手臂，“我们走吧，欧文。我对这感觉不妙。你在水底待了很长时间。我可不想溺死。我们走。”

他非常想再次游到水底。或许吐出肺中之气，就能在池底待久一点吧？再或许如果他在跳水前就吐出气的话，他就能——

“欧文！”她的语气坚定又急促。“来吧，如果我们离开太久的话，会被人怀疑的。”她伸出手拉住他的衬衫把他拖到独木舟那里。他有想推开她的冲动。在水底有那么多宝藏，那可能就是国王的宝藏啊，

是不是那就是别人在圣泉那里投下的许愿币的一部分呢？他脑子里充满了各种想法和可能性。他打算拿一些硬币，只要一把，或者是其中的一把剑。

在他分心的时候，莫蒂默女孩已经把他拉上了石阶。他的耳朵里进了水，扑唧扑唧踏在台阶上的声音听起来感觉很怪异。她不停地和他说话，但是他却听不太明白。他下定决心要再跳回水底看一看。也许可以在今晚趁她睡着了以后再回到这里，那么他就能证明给她看了。

“水底确实有些东西。”欧文闷闷不乐地说。

她担忧地看着他。“人们不小心的时候经常会溺水，欧文。哪怕是小婴儿也可能会淹死在水桶里。来吧，让我们把身上弄弄干。”

门在他们身后关上了，欧文听到咔嗒一声上锁的声音。他发现了之前错过的东西——一小段细线被墙上的石头压折着，那就是锁闭机关的触发器，他们可以在门的任何一面使用这扇门。

他们躺在石头院子里，太阳还是高高挂在天上。她挤压着衣服的下摆，他则听着挤压出水的细小声音。他们躺着那里，头挨着头，凝视着那有着一些羊毛云的蓝天。

“没有我就不要回到这里来。”她平静地说道

因为觉得有点痒，欧文用手指掏了掏耳朵。他没有在意她说的话。

“欧文？请不要在没有我的情况下回来这里。单独游泳可不安全。我爸爸告诉过我的。”

“为什么？”欧文很不服气。“我游泳很棒的。”

“我也是。”女孩应道，听起来更担心他了。“但是坏事仍然会发生。请不要在没有我的情况下回到这里来。答应我。”

“为什么一定要这样?”欧文皱着眉头问道。

“拜托，欧文。答应我你不会那么做。如果你说你不会，我就会相信你。”

他感到内心深处都阴沉了，充满了不满。她以为自己是谁，竟然告诉他应该做什么不做什么。“你会答应我，你不会这么做吗?”欧文要求她回答同样的问题。

“当然!”她说着就翻过身来，半跪起来俯望着他。她的眼睛现在和集雨池水一个颜色。她恳求地望着他。“我答应你，欧文·基斯卡登，我不会独自回到这里。这里是我们俩的秘所。我甚至都不会告诉外公我们发现了这个地方。我向你保证。”

欧文现在觉得有些内疚。他得到了她的承诺，现在他也应该做出承诺。他实在不想做出任何承诺。她的想法和感受总是直言不讳地告诉他。而欧文自己，离开塔顿庄园后，就没感受过自由，整个生活似乎都被秘密笼罩着。

“拜托。”她乞求着，伸手握住了他的手。

被迫这样做确实伤害到了欧文。但是他还是让步了，因为他多少还是觉得必须要这样做。“我会的。”他嘟囔着，语气中略带遗憾。为什么她把这件事情弄得这么复杂呢?“我答应你，伊蕾莎白·维多利亚·莫蒂默，我不会独自到这里来。这是我们俩的秘所。”随即他又幸灾乐祸地笑了笑，“我也不会告诉你外公的。”她似乎同时笑了笑又皱了皱眉头，他也知道那是不太可能的事，于是也郑重地许了个诺。

“我保证。”两人终于互许了诺言。

他盯着她的眼睛，那双奇怪而又迷人的眼睛。

他有些想和她一起去北方，看一看她口中描述的瀑布。站在跨瀑桥上俯视奔流直下的水幕。从上面翻折到瀑布下面?他琢磨着，那会是怎样的情景呢？这是对于那些冒犯了圣所或是背叛了国王的人所施的惩罚。他的哥哥欧加农可能就是这样死去的。他开始琢磨着湍急流过圣母殿的那条河，河水在瀑布顶端骤然翻折倾泻，那又会是怎样的情景呢？

“谢谢你，”莫提默女孩说着就探身亲吻了一下他的面颊，然后便握住他的手。

“我可以叫你别的名字吗？”他脱口而出。

她看起来很困惑。“还有什么，什么意思？”

他不知道怎么解释，确切地说，他是担心她会生气。“就是……你知道的……你的名字太长了。”

“你不喜欢我的名字？”她的眼睛睁得大大的，疑惑渐生。

“我喜欢你的名字。我只是不喜欢，每次我想和你说话时，都要把那么长的名字念一遍。你叫我欧文，这个名字就很短啊。我想也许在叫你的时候，也能用个短一点的名字，仅限于在我们之间。”

她盯着他，嘴唇紧紧地绷着，他可以感觉到她有些惊慌失措。“比如说呢？”她问道。

“我也不知道。这只是一个想法。我知道你很喜欢你的中间名，也许就是中间名再加上首位的名字。我刚才在想……叫伊薇。”

当他说出这个名字的时候，她紧张的表情变成了愉悦的微笑。“伊薇。首先那是女孩的名字。它意味着‘活泼’，你是觉得我很活泼吗？”

他想不出比这个更好的词汇来形容她，于是就热切地点点头。在建议之前，他也不知道名字的起源。她在这方面比他机灵多了。

她轻敲着下巴，深思熟虑着，好像做着一生中最大的决定。“好吧，我倒是不太在乎……不过我只允许你这么称呼我。一个昵称。”

她稍稍坐直了一些，尽管她的衣服都湿了，头发也有些脏兮兮的。“好吧，欧文·基斯卡登。你可以叫我伊薇。”

他们回到探入集雨池庭院的那扇窗子前，她一直都握着他的手。窗户还是半掩着，还在等着他们，欧文帮她爬了上去。伊薇先是听了听挂毯那边的动静，随后便跪在窗沿儿上帮着欧文爬了上来。两人小心地溜了进去，并关上了身后的窗户，让此行终成隐秘。

两人一起走着走着，欧文打算回去探宝的想法也渐渐淡了。伊薇絮絮叨叨说着事情，深色的头发湿漉漉的、打着绺儿，走路的时候靴子发出扑唧扑唧的声响。

转过拐角，他们撞上了一个很肥大的男人，撞得他们两个差点都摔倒。

原来是曼奇尼。欧文的心里充满了恐惧，但是他也感到一丝的刺激——他们没有在集雨池那里被抓住。

“你们在这里做什么?”那个胖男人粗声粗气地问道。“为什么你们都湿漉漉的?”

“你知道的呀，曼奇尼。”伊薇应付着，拉起欧文的手，一起荡着手臂。“我们喜欢在喷泉里面玩耍呀!”

“在喷泉里面玩是很失礼的。”他眯着眼睛说道。

“你也做过啊。”欧文驳斥着，提醒曼奇尼曾经在庇护所嬉戏鸽子的事情。男孩子说出口后把自己却吓了一跳，他敢对一个成年人讲话了，况且是他一直都挺怕的一个成年人。

曼奇尼盯着他，仿佛他突然长出第二个鼻子似的。“你终于决定说话啦，基斯卡登大人？是让莫蒂默小姐的戏谑传染了吗?”

“她叫伊蕾莎白·维多利亚·莫蒂默。”欧文挑衅地说道。他还是觉得窥视一个成年人多少有点儿顽劣。

随后，在曼奇尼还想继续盘问之前，欧文抓着伊薇的手匆匆溜掉了。

在锡尔迪金王国，存在着一种很有趣的方式来安葬逝者，跟河流和瀑布还有些关系。当一个人逝去的时候，他们并不是被葬在坟墓里或是一口石棺中——他们会被放在一叶狭长的小舟上，身旁再放些生前的物品。然后小舟便会被推进瀑布附近的河流中，任其随波逐流。根据迷信的说法，小舟顺流而下，再从瀑布翻折下去的时候，逝者就被送到了深无测的世界。这也是为什么要把硬币投进喷泉的原因。人们企图通过此法向逝者祈求，祈求保佑他们在这边的世界实现某些奇迹。不仅对亡者如此安排，对于死刑犯也会如法炮制，它是执行制裁的一种方式。叛国者会被捆绑在独木舟里，然后推舟下河，此时这种类似私法的制裁便宣告结束。如果舟中之人在翻折过瀑布后还能生还，那么就意味着圣泉宣告他们是无罪的。你可以想象，对于这种苛刻的考验，幸存之人少之又少。我从拉特克利夫那儿听说，阿西洛玛公爵没有通过效忠国王的考验。明天中午，他和他的子女们将要经受来自圣母殿瀑布的那种"推舟下河"式的考验。每逢这种事儿，观瞻之人必定不少。

——多米尼克·曼奇尼，御膳房的"艾思斌"

第二十一章
松果

安凯瑞特这晚并没有和欧文下巫哲象棋，而是教他关于药剂和药草的知识。她跟欧文解释了水苏、小白菊还有紫藤的药性，并告诉他如何识别各种植物。欧文发现自从每晚饮用她的茶后，自己的哮喘大为改观，同时他也很渴望学习更多的东西。她教他关于有害植物的知识，比如茄属植物，这个东西关键看剂量，既可以帮助难产的准妈妈渡过难关，也可以轻易毒死壮汉。在他们交流的时候，安凯瑞特对欧文和伊薇的冒险经历很感兴趣，热切地倾听着欧文的讲述。不过欧文把关于集雨池的情节略掉了，毕竟他和伊薇拉过勾的，那是只属于他们俩的秘密。他甚至还跟她说了冲撞曼奇尼的事情，而对于他所见到的宝藏，他真是太想向她倾吐了，只是那样就背弃了诺言，他只好忍住没提。

王后的毒药师听得很仔细，望向他脸庞的目光也异常专注。她如此的用心让欧文觉得很迷惑，从她那热切的眼神来看，他所讲的似乎是能够想象出来的最有趣的故事。安凯瑞特耐心地听着他讲完，随后就变得严肃起来。

"欧文，时间更紧迫了，"她郑重地说道，"国王开始清算鞍鞭山战役之前对其不忠的人了。我以为还有时间准备，再对你多加训练，不过现在看来，时间不允许了。"

欧文的心猛地一沉，一种恶心、阴郁的情绪充斥胸膛。

"大清洗之后，很多家庭会支离破碎，"安凯瑞特语气沉重，"甚至这其中，也许还会包括你的家。对于任何人来说，一想到这样的灭顶之灾，谁都不会好过的，欧文。尤其对于一个小男孩来说更是难以接受。就是因为想到了这些，你的父母才绞尽脑汁想让你活下来，平平安安地活下去。所以他们把你送到这里，或许这也是圣泉把你送到这里的原因吧。"

听到这些，欧文开始瑟瑟发抖，心中凄苦。他再也看不到塔顿庄园了吗？他的世界只能局限在帝泉王宫了吧。一想到他再也不能和伊薇玩了，他就觉得格外地难过。那么御膳房里的莱昂娜呢？还可以见到她吗？离家数月之久，现在的他已经忘记了家的模样，而现在这个新世界，这个危险的世界，却越来越变得让他熟悉。他焦虑地想要攥住安凯瑞特的双手，似乎害怕把她也弄丢了。

"现在该是我们行动的时候了，欧文。"她伸出手轻抚着欧文的头发，并从侧面宠爱地、很轻柔地拍了拍他的小脑瓜。"该是算计国王的时候了，你必须得这么做。点子是我想的，但是事儿还得你去做。你准备好详细地听听那个金玉良策了吗？"

欧文紧张地点点头，试图将心中渐浓的惧意压制下去，"国王挺精明的。"

安凯瑞特赞许地点了点头，"可他比不上我精明，听听我的点子吧。你觉得巫哲象棋里哪个棋子最厉害？是国王吗？"

"不，我觉得应该是巫哲，哪个方向它都可以走，而且想走几步就走几步。”

她点点头表示赞同，“总有那么一天，人们会忘掉巫哲这个棋子所代表的意义，也许那个时候，他们就会把这个子从棋盘上拿掉。巫哲存在的意义，是让我们能记得锡尔迪金王国的第一位先王，国王安德鲁。他收服了所有大大小小的群雄，建立了统一的王国锡尔迪金。你要知道，他之所以可以铸就如此伟业，是因为他有一位军师，一位泉佑异能者。这位异能者是个伟大的人，可以运用魔力瞬间移动到好几里格远的地方。这也是为什么象棋里的巫哲能走得最远的原因。他在异能者中是出类拔萃的，被称为国王的巫哲，这个头衔相当于其他大陆的国师，他的名字叫米尔丁。关于他的故事相当有趣，不过我现在还不能讲给你听。有的异能者具有箭术的天赋，有的是音乐，还有的甚至是奔跑。有一个故事讲的就是一位神行太保式的古代异能者。他持续跑了三天三夜，在完成了传达消息的任务后才死去。米尔丁的力量和魔力来源于圣泉，而他的异能是洞悉未来，据说这种能力几乎让他变成了疯子。这可是圣泉异能中最珍稀的能力了，欧文。”

“我不太明白。”欧文疑惑地眨眨眼睛。

“你必须瞒过国王，让他相信你具有的就是这种能力。”安凯瑞特苦笑地解释道。“现在把你的小脑袋放在我的膝上吧，然后闭上眼睛。”他们一起坐在她的床沿上，时间也不早了，不过欧文却毫无睡意。尽管心神不宁疑团满腹，欧文还是照着她说的做了。

他的头一靠在她的膝上，安凯瑞特就把欧文额上的头发撩开。“眼睛闭好，只听我的声音。”她的手轻抚着他的额头，撩抚着他的头发，声音轻柔优美，像妈妈哄着不肯安睡的婴孩一般。“我昨晚做了一个梦，一个很奇怪的梦。我梦见是在一座高塔上，那是一座山一般高的塔呢。在那上面看什么都可以一览无余，甚至连飞鸟都看得一清二楚。当我从窗户向外望去时，我看见了圣母殿。在那里的一桠树枝上，我发现了松针中藏着一枚圆鼓鼓的松果。那枚沉甸甸的松果异常饱满，从树枝上直落到河里，接着翻折过了瀑布。这就是我的梦。”

“我喜欢这个梦，”欧文微笑着说道，“除了松树油子外，我还挺喜欢松树的呢。”

“因为松树油子黏乎乎的，对吧?”安凯瑞特也笑了，手还在不停地拨弄着他的头发。“我再重复一遍这个梦，你一定要记住它。”接着她用更加轻柔的声音，把故事一字不差地又讲了一遍。看来这个故事她已经滚瓜烂熟了。她讲述他倾听，欧文似乎听到远处传来溪流的簌簌低吟，那是圣母殿瀑布的声音。安凯瑞特真是个伟大的故事大王，他似乎看到了湍流似雪崩般疾驰下落，即使相距如此遥远，他在毒药师所住的高塔里，也似乎听到了瀑布的轰鸣咆哮。他好像还真看到了一枚沉甸甸的、异常饱满的松果，扑通一声坠入水中，随波翻折过了瀑布。

“记住了吗?”安凯瑞特问道，“记住这个故事了吗?”

“记住了。”欧文应着。

“让我再给你讲一遍吧。”轻柔的声音传至耳畔，他感觉到她的身体挪了挪，变换了一下位置，她的手也不再拨动他的头发。随即她又开始讲故事，用之前同样平和的声音，分毫不差地讲着同样的故事。欧文又听到了那湍急的流水，不过这次的声音却变得越来越响。安凯瑞特把什么东西塞进他的手心，那是个硬硬的东西，布满钝齿，略微有点刺手。是一枚松果。欧文并没有紧紧地攥着，不过还是牢固地将它握在手中。接着他又听见折断小东西发出的轻微声响，随后便感觉到安凯瑞特把什么东西凑近他的鼻子，那是松针的气味。等到她讲完了故事，欧文睁开了双眼，手里仍旧握着那枚松果，鼻息中残留着松香。

“这是你的梦，欧文。”安凯瑞特将他扶起坐好，一只手放在他的肩头。“你在早上用餐的时候，一定要把这个梦讲给国王听。”

欧文惊讶地望着她，不可思议地问道：“我吗？”

她用力按了按欧文的肩膀。“你不理解梦境的含意更好。以后你会的。但你一定要在今早就讲给他，欧文。错过了今天就太迟了，拿出勇气来。”

欧文庄严地望着她，郑重地问道：“这就能瞒过国王了吗？”

安凯瑞特点了点头，目光深邃而严肃。

“我跟他讲了以后，他会做什么呢？”欧文既兴奋又紧张。

“我也不清楚，”她如实答道，“我只能推算。不过下一步棋该他走了，你知道我的巫哲棋下得还不错。”

欧文在早餐厅里紧张得坐立不安。昨天他和安凯瑞特聊到很晚，不过现在却睡意全无。通常安凯瑞特在感到疼痛的时候就会赶他去睡觉，但是不知何故，昨晚她感觉很好，所以他们聊了很久。

伊薇在他旁边一如既往地喋喋不休着，不过这次他却很难集中精神听她唠叨。

“我希望今天朱厄尔也会睡过去，不过这也许有点儿可遇不可求啊，”伊薇神秘兮兮地念叨着，“我特别想再去跳跳集雨池，尤其是下午太热的时候。不过连着两天的话会引起怀疑的，那些仆人也许会发现我们。那么今天还是算了，心急吃不了热豆腐。你想去别的什么地方再探探啊？有一段时间没去马厩了，去那儿瞧瞧怎么样？”

她等了一会儿，随后又拽了拽他的胳膊，“去马厩怎么样啊？”

“你说什么？”欧文回过神儿来，转头望了望她。

这下伊薇可不干了，顽皮地撒上了娇，“你竟然没在听我讲话！

太无礼了，欧文·基斯卡登。如果你再这样的话，我就不嫁给你啦。你大概又在做宝藏的白日梦了吧。”

欧文看见当斯沃斯走了过来，连忙让她噤声。

“什么宝藏啊?”当斯沃斯凑了过来，好奇地问道，“你刚才在嚷着什么，伊蕾莎白?”

“叫我伊蕾莎白·维多利亚—”

“我知道你的名字，”他讥笑道，“你已经提醒过我太多遍了，不是吗? 可叫一个人的时候，没人会念出这么多字。”

“至少她有一个动听的名字。”欧文根本不计后果，想都没想就脱口而出。

伊薇也是一愣，随即便情不自禁地爆发出一串嬉笑。当斯沃斯一下子就涨红了脸，愤怒地把嘴巴揪揪成一团。

“你说什么?”这个大些的男孩冷冷地说道。

拉特克利夫的突然到来算是把欧文救了。欧文朝当斯沃斯后面瞄了几眼，悬着的心终于放下，这几乎让他禁不住要长舒一口气。发现欧文的张望，那个大孩子在“艾思斌”首领跨进房间之前，一溜烟地转身退却了。他还扭头看了一眼欧文，分明在暗示着这不算完，以后会追着他清算这笔账的。

拉特克利夫拍了拍手，高声宣布着，“国王驾到! 国王驾到!”随后还急匆匆地提醒着，“今天会发生不少事，都给我打起精神，别磨磨蹭蹭的。”

“你真棒。”伊薇在他耳边悄声说道，随后还在他的面颊上轻吻了一下。

这次轮到欧文的脸涨红了。“他就是个恶棍。”欧文生硬地吐出一句，心里却开始惴惴不安起来。

拉特克利夫又简要地宣布了几句，随后欧文就听到了凌乱的脚步声，这意味着那瘸腿的国王就要进来了。国王迈步进屋之时，似乎有一只阴郁的利爪伸将出来，一下子就穿透了欧文的心。即使跳过了集雨池，甚至与安凯瑞特几乎彻夜长谈，可只是看了一眼国王和他那把悬于腰间的短刃，欧文的勇气就一下子消沉了下去。

“哇噢，草莓熟了呦!”伊薇轻哼了一句，拉着欧文便来到餐桌旁。她可喜欢王宫果园里采摘的新鲜浆果了。所有人都开始品尝着御膳房准备的各式珍馐美味——面包、水果和奶酪。而国王还像平常一样，潜藏在宾客之中，东一口西一口地浅尝即止。

“你把这里一半的浆果都掉到地上了，”国王经过伊薇身边的时候斥责着，“你就不能慢点吃吗？给厨师留点儿做果冻不好吗?”

“可是它们太好吃了呀，陛下!”她咧开嘴巴笑着说道，根本对国王的斥责没当一回事儿。随后她又抓起一块薄脆饼塞进嘴里。“呵，也就这个能堵上你的嘴。”国王取笑道，不过脸上却是愉悦的表情。爱丽丝公主今早碰巧也来了，整个早餐厅里，也就是伊薇和爱丽丝这两个人，没有被国王真正威吓过。虽然国王会时不时地取笑伊薇，不过他似乎还很尊重她的勇气，而且从未想要伤害她。

国王塞弗恩用他的灰眼珠瞅着伊薇，欧文则注意到他的瞳仁深处有着黑色的斑点。他那柄短刃又让欧文坐立不安起来，随之而来的就是小男孩的勇气更加地消沉。现在是欧文应该抓住的最佳时机，可是他却觉得舌头肿胀口难开。

伊薇抓过一支杯子，灌了一大口饮品。而此时欧文则盯着国王，积攒着勇气想要开口。国王的目光刚好和他对上，一时间渗透出些许好奇、几分兴奋。他好像意识到了欧文有话要说，便停了下来，神情有一丝警觉和兴趣。

欧文只是盯着他，双腿像灌了铅一样寸步难移，而心中却在翻江倒海。他感到喉咙干涩，真想抢过伊薇手中的杯子，将剩余的饮品一饮而尽。

国王皱了皱眉，一丝失望转瞬即逝。他随即转身离开众人，朝着拉特克利夫那边一瘸一拐地走去。拉特克利夫连忙紧赶几步迎了上来。

欧文感到一阵恶心的挫败感油然而生，缠住他的心，往下坠落，沉向深底。他失败了。

正在这时，他感到自己的手被握住了，那是伊薇的手。

“你怎么了，欧文?”伊薇关切地问道，“你看起来……很不舒服。”

就是她的手。

拉着他一起跳进集雨池。

握着她的手，他可以的。他把伊薇的手指紧紧攥在掌心，击溃即将吞噬他的恐惧。

就在拉特克利夫快要走到国王身边之前，欧文嘶哑的声音几乎低不可闻地响起，“陛下，我昨晚做了一个梦，一个很奇怪的梦。”

我陷入了罗网。我怎么会缠进去的？我告诉自己安凯瑞特不会招惹麻烦，为她提供情报对我有利。我怎么会这么不理智呢？她从我这里攫取了“艾思斌”的秘密，用来保住基斯卡登男孩的性命。我知道这点，可我不敢违抗她。她现在经常待在御膳房。谁要敢欺骗一名毒药师，就难免会吃苦头。

——多米尼克·曼奇尼，御膳房的“艾思斌”

第二十二章
泉佑异能者

欧文对国王讲完了他的梦，这个成年人却神情大变，嘲弄的敌意消失不见了。大惊失色的国王紧紧抓住桌沿才保持住平衡。拉特克利夫自始至终听着，他嘴巴张得大大的，依然以怀疑的目光打量着欧文。

“拉特克利夫，你和他说的?”国王嘶哑着嗓子低声问道。“他用什么……他用什么办法知道的?”

拉特克利夫俯视欧文，满脸狐疑。“陛下，我真不知道。这太难以置信了。”

“你安插在厨房的‘艾思斌’……是他说的吗？是他泄的密?”

“我……我想不会，”拉特克利夫应着，“这说不通啊。”

“这很说得通。”国王说着，声音冷漠，眼神灼热。他俯视着欧文，脸色欢悦起来。“那么这只是你做的一个梦，对吧？昨晚的吗?”

“是的，陛下。”欧文恭顺地答道，他仍旧牵着伊薇的手，免得被恐惧的洪流冲走，那洪流让他几乎失声。

“一个松果。”塞弗恩沉吟。他朝拉特克利夫使了个眼色。欧文依然不明究竟，但安凯瑞特说对了，没有引起丝毫混乱。

“好啊，小鬼。”国王赞道，他将另一只手放在欧文的肩上，开玩笑似地轻轻推了推他。“要是你还做这种梦，一定会告诉我的吧?”

“如果能让您开心的话，当然会的，陛下。”欧文微微鞠了一躬。

“这确实让我开心，欧文。太让我开心了。你说你几岁来着?”

“他 8 岁。”拉特克利夫抢着答道，旺盛的精力让他坐立不安。“我们还要继续实施原定计划吗?”

“圣泉已经显兆了，”塞弗恩嘲讽地大笑起来，“就这么办，拉特克利夫。马上办。”然后他又转向欧文。“好的，小鬼。好好用餐吧。”

国王一瘸一拐地离开了，欧文忽然意识到房间里的每个人都在盯着他。有仆人，有孩子，还有来向国王请示的贵族。他在满厅证人面前宣布了他的梦。许多人开始窃窃私语，毫不避讳地显示出对这个男孩的好奇。“你没告诉我你做了个梦，”伊薇把欧文拉到一边问道，“你以前做过这样的梦吗?”

他摇了摇头。“这是第一次。这就像是一种……一种幻觉。”对她撒谎，他觉得问心有愧，可他不能透露真相。没有安凯瑞特的允许，绝对不行。

当天上午，来自锡尔迪金东海岸的阿西洛玛公爵夫妇，被分别绑在独木舟上，从圣母岛上的河顺流而下，摔下瀑布，坠向死亡深渊。安凯瑞特故事的意义，此时非常清晰地呈现出来了。这是欧文平生第一次亲眼目睹公开处决。他们从王宫的低层防护墙远眺，尽管隔得很远，还是可以看到成千上万的人蜂拥而至，围观不断加速冲下瀑布的独木舟。当两艘独木舟到达终点，迅速下坠，众人都倒抽了一口冷气。目睹此情此景，欧文不知道事情的结果会怎样。

霍瓦特公爵从圣母殿回来了，手里攥着点啥。一面旗帜。欧文有好几天没见到他了。他离开王宫去执行国王的任务，这任务很可能与今天发生的事有关。欧文恍然大悟。这面旗帜上绣着阿西洛玛家族的徽章。阿西洛玛的徽章是针叶披拂的树枝上一颗巨大的松果。松果已经落入河中掉下瀑布。和欧文的梦境一模一样。

“看啊，欧文！”伊薇提醒着。外公向她展示了这面皱巴巴的旗帜。她惊奇地盯着它，再回头看看欧文。“你见过它！你在梦里见过它！”

霍瓦特眯着眼睛望着他，面无表情就像戴着面具。“大家都在议论，”他依然平静地说道，“他们说小基斯卡登也许是泉佑异能者。”

“他当然是呀，外公，”伊薇回答时眼睛一亮，“我早就知道啦。”她一把揽住欧文的胳膊。

欧文的内心涌起一种奇妙的感觉。他脸上掠过一抹羞涩的笑，但他什么也没说。

在这以后，他跪在御膳房里搭积木，却发现自己很难集中精神，因为所有的来访者进进出出，就为了看他一眼。他们窃窃私语，评头论足，哪怕他尽量不去听，还是免不了听到些闲言碎语。莱昂娜忙着向来访者解释他正在做的事。

“是的，他每天都在御膳房玩这些积木。我丈夫德鲁给他找来的。他把它们搭起来又推倒。不，他变着花样搭。有时排直线，有时围个圆。我敢保证，这准是你见过的最奇怪的事儿啦。他每天都会来，要是有半点虚假，我会遭天罚的。他是个机灵孩子。他总是那么害羞又机灵。”

“别管他们。”伊薇趴在地上，下巴搁在手腕上。“我一直相信你是异能者，欧文。你知道那有多特别吗？北方曾经有个圣泉保佑的男孩，他竟然能和狼对话。”

一阵焦虑袭上心头，他撞倒了一块积木，正在搭建的塔倒了。他恼怒地皱着眉头，又开始重建。所有关注都让他感觉良好，可是他对最好的朋友撒了谎，这滋味可不好受。他知道自己不是异能者。这是安凯瑞特耍的花招。他不在意欺骗国王，或者拉特克利夫，尤其是当斯沃斯。可是想到自己骗了她，他并不开心。

“不知道我们的孩子会有几个是这样的。”伊薇满怀憧憬地叹了口气。她抓起一块积木，仔细端详了一阵，又把它放回去了。“不是没可能呀，有时不止一个孩子会这样呢。不过一般每家只有一个。只有一个独特的孩子。你妈妈有很多孩子，所以机会就很大。我想就是那一撮白头发让你与众不同。那是圣泉的标记。”

他胃里越来越难受。他真想告诉她真相。这秘密正在蚕食着他的心。“这很罕见呢，就像掉下瀑布还能活下来的人一样少。”她接着喋喋不休着。她总爱东拉西扯，哪怕他并不想说话。“只有百分之一的人能活下来。总有士兵到瀑布下面去查看是否有人能幸存。阿西洛玛夫妇没活下来。他们淹死了。”

“太可怕了。”欧文轻声应着，继续建塔。

“这是对叛徒的惩罚，欧文。国王没杀他们的儿子。他们有个儿子，4 岁。国王把他送去了南港，由洛弗尔公爵当监护人。我不想嫁给比我年纪小的。那不合我心意。我很高兴我们同龄呢。”

那天许多人络绎不绝地来到御膳房，这让欧文很吃惊。灰白头发的王室老管家伯威克进来了好几次，大声抱怨这儿太吵，还指责大家净说废话耽误了做饭。

“你们还指望这小鬼能长——出翅膀在天上遛——弯儿呗，”他粗暴地说着，“一群讨厌鬼。这下蒙对了。谁都知道阿西洛玛是叛徒。他是从东陀来的嘛！”

"我们这儿可没人知道。"莱昂娜和他斗嘴。"伯威克，一个人从东陀来，也不代表就是叛徒。闭嘴吧!"

"叫我闭——嘴？该闭——嘴的是你！你整天都在和来这儿的人胡说八道。成天不干一点正事。事情都会过——去的。走着瞧吧。"

"我不喜欢伯威克。"欧文轻声低语。

"我喜欢听他说话。"伊薇答道，"我爱死了我们奇特的北方口音。我爸爸也喜欢听我说方言。"

欧文抬头看她。"你也会像这样说话吗?"

她咧嘴一笑。"当然喽，小家伙，这是老乡们唯一正——确——的交流方式。"她朝他挤了挤眼睛，说话又正常了。"其实主要不是看出生在哪里。我外公的口音就很明显，因为他是在北方长大的，所以经常会带点口音。他训练我像王公贵族一样说话。不过，我还是喜欢听北方话。它很好听呀。"

"伯威克总是发牢骚。"欧文嘟囔着。

"谁都会发牢骚呀，"她摆摆手说，"欧文，你还做过别的梦吗？关于……我们的?"

她期待的眼神加深了他的内疚。他脸红了，盯着积木。"我控制不了梦。"他有气无力地答道。

"如果你梦见我被推下了河，一定要告诉我哦!"她急切地说着。"你知道，有些人太害怕了，不得不把他们绑起来。我可不想那样。如果我被判处从瀑布摔死，我会想要一支桨。想想吧，那是怎样的感觉！我们一起下去，你和我。也许我们可以越过独木舟手拉着手？爸爸说那些活下来的人都是脚尖向下身体挺得笔直的。不过摔下去的人大多数都死了。我想系一根大绳从瀑布顶跳下去，再让人从桥上把我拉上来，这可能挺好玩的。可是爸爸说瀑布水流太大，很难把人逆流拉上来，这样我会粉身碎骨的。”她沉迷于自己死于瀑布的想象，眼神如梦似幻。

他把声音放低。“但你不觉得这很可怕吗？国王骗取人们为他效忠？”

她好奇地看了他一眼。“这只是流言，欧文。国王不会那样做的。”

“我想他会的。”欧文嘴上如是说着，心里却感觉越来越难受。他太想和她谈谈安凯瑞特了。

她摇了摇头。“我去问问外公。”

欧文眉头紧锁。“要是真的，那又怎样？”

她耸了耸肩，表示无所谓。“那么我会告诉国王他必须住手。”欧文毫不怀疑她会这样做。

夜色笼罩，城堡熟睡，欧文溜出房间，去见安凯瑞特。他渴望再见到她，希望她能同意自己和伊薇至少分享一部分秘密。他蹑手蹑脚走下黑暗的走廊，抽开门闩，走进了王宫中的一扇密门。走下走廊时，他没用蜡烛，因为即使在黑暗中他也能认路。他走到塔楼台阶边，才停下来歇口气，因为害怕他的心一阵狂跳。

从安凯瑞特的房间里传来了男人们的声音。

他慢慢爬上楼梯，全身绷紧，贴近地面。他准备一有风吹草动，就马上开溜。是拉特克利夫终于发现了她的藏身之处吗？不，那不是他的声音。

他又靠近了点儿，听见安凯瑞特在说话。“就那么简单，多米尼克。我想让那男孩活命。而我需要你的帮助。再给我点儿消息吧。某些连拉特克利夫也不知道的事。不要什么重要消息——不会危及到你的消息。我要的是这种消息，它能让欧文是异能者的传言变得可信。”

“你竟然要求我，”曼奇尼低声咆哮，“冒着生命危险，相信你的话。”

“她要求的。”第三个人说话了，欧文马上听出来是王室管家伯威克的声音。“就是你别再在御膳房吃东西了，去干——拉特克利夫派给你——的活吧！看看你——这一身肉哟，伙计！你简直就是想吃死自己啊！”

安凯瑞特插话了。“耐心点，伯威克。别人承受不了的事，就别哄着他去干了。如果你的朋友因为他的胃口送命，我将对此深表同情。我们不该谴责他。”

“他让王室的日常开支足足增加了四倍！”伯威克抱怨着。

“这只是小事一桩，”安凯瑞特安慰道，“一旦他成了‘艾思斌’首领，那就无关紧要了。”

“你的计划不变吗?”曼奇尼用一种警觉的口气问道。“我也许胖。我也许懒。可很少有人叫我傻瓜。当男孩嘴里冒出松果的事时，你能想象得出，王宫里的每一个‘艾思斌’都开始互相猜忌。我的保卫工作好像没有漏洞啊，这真让我吃惊。我什么也没告诉这孩子！”

“今后你也不用告诉他，”安凯瑞特安慰着，“你告诉我，我再告诉他。这样别人就没法追溯消息的来源，也就伤不到你了。这样最终受益的是你。”

欧文听到指甲搔抓胡子的声音。“我真不敢相信自己这么容易上当。这也太伤我的自尊了。”

“这也太伤你的肝了，”伯威克奚落道，“这位女士是王后的毒药师。她是王国最足智多谋的人，她本人就是异能者！我欠她很多情，这些年我一直禁止大伙儿——逛到这楼上来。她言出必行，你得信她。”“鬼才信呢，”曼奇尼咕哝着。“信任只是个蛋壳。呸！我会让自己玩儿完的。要是我能逃跑，我早跑了。可惜我的腿根本不配合啊。”

“他还在抱怨，”伯威克阴沉低语。“杀了他吧，小姐。那小黑瓶里的几滴药水就能让你摆脱他。”

“难道你们就这样给我鼓劲吗?”曼奇尼放声哀号。

“你得体谅伯威克，”安凯瑞特说。“他很忠心。多年来我一直为他保密，作为回报，他对我的行动总是睁一只眼闭一只眼。我帮了他，也愿意这样帮你。现在……你复述一遍我们要你干的事。”

“我要勇往直前。”曼奇尼恶声恶气地说着。“天——啊，他可真烦人!”伯威克抱怨着。

“让他说吧。”安凯瑞特安慰道。

“我需要给你提供一些消息，要通过拉特克利夫传到国王耳里的。但是国王必须先从那男孩嘴里听到这些消息。所以这消息，必须没谋反叛乱那么有趣，却要比御膳房奶油糖浆成本上升这事重要得多。必须是简短易记的事。能让那孩子显得更神秘的事。”他疲倦地叹了口气。“我会为此后悔的。我已经后悔了。你为什么要让我爬这么高上这儿来？是想杀我来练练手吧。”

“不，多米尼克。”安凯瑞特说。“让你来，是为了表明我相信你。这是场微妙的表演，你不用相信任何人。但我向你保证，做完这事，国王会更看重你，他会让你当‘艾思斌’的首领。而你当之无愧。我也不会忘记我的承诺，我会给你讲述我的经历。我是怎样来这塔楼生活的。不过还是留到别的晚上再说吧。去给我们找消息吧，多米尼克。把它给伯威克，他能更快地把消息传给我。”

传来一声满怀焦虑的深深叹息。“很好，女士。你真的曾经被挂在绞刑架上？无论如何那只是传说啊。你活了下来?”

“不是绞刑架，”她轻声应答，“是瀑布。”

企图抓住蛇的尾巴是件很危险的事。如果你不够快，蛇就会咬你。如果你太快，又会把蛇弄死。蛇死了的话，你就得不到它的毒液，也不能用毒液去威胁别人了。我希望再年轻十岁。我的手一直在颤抖。

——多米尼克·曼奇尼，御膳房的“艾思斌”

第二十三章
巫哲

曼奇尼和伯威克从安凯瑞特的房间里走了出来。在塔楼石阶底下有一处狭小空间，当两个人沿石阶而下时，欧文就藏在那里。他像一块石头似的不敢弄出一丁点儿动静，只是竖起耳朵听着他们经过时的交谈。曼奇尼一边往下走一边喘着粗气，不过嘴巴却没闲着，咕嘟咕嘟地像炖锅一样冒出一连串的质疑和鬼主意。

“她是怎么把你拉下水的?”曼奇尼嬉皮笑脸地想套出点儿情报，“我从来就没敢想过，你竟然是她那边儿的人。”

伯威克的回答讽刺意味十足。“难道你不觉得这个才是问题的关键吗？是的，我被拉下水了，我会成为笼中鸟的，伙计。她的确足智多谋，不过同时也悲天悯人。我心甘情愿做她钩上的鱼。我女儿怀了双胞胎，肚子大得不得了。生孩子就跟要她和胎儿的命差不多。安凯瑞特是名助产士，她不仅通晓所有的毒药，她还知道如何用小白菊和金丝桃来救人。她救了我的宝贝女儿，双胞胎婴儿也保住了。我根本还没求她，她就为我做了这些事。她只是说以后也许会请我帮忙。她帮过我，现在我也要帮她。所以国王和她相比，我选择更忠于她。现在这位国王根本不会在乎一个难产孕妇和胎儿的死活。而当时是他兄弟当国王，那位国王还会关心一名王室管家和他的家人，还把这件事告诉了他的妻子，接着他妻子又讲给了她的毒药师听。就——这样，安凯瑞特出手帮忙，救活了我的家人。我对她感激——不尽。”

“可是她在利用你呀，伙计，你肯定能看出来吧?”曼奇尼压低了声音，但说出的话却很凌厉。

“我知道啊。不过她带给我的是多年的欢愉，而非多年的悲痛。对于像我这样的灰发人，这些意味着什么你知道吗？窥探、潜行，这些和钱都没关系。钱能被别人偷走，也可能会被弄丢。但是，美好的回忆啊……对，它们可真是脆皮派里美味的馅儿呢。”

“这些对于我来说毫无意义。”曼奇尼嘟囔着。

“没意义？想想你的腰围，我以为你会非常感兴趣呢。”伯威克揶揄着他。

“我的腰围和我正好是绝配，我还挺引以自豪呢，谢谢你。大吃大喝就可以忘记一切，过去是痛苦的，最好还是忘却了吧。而未来，谁知道明天会不会看到升起的太阳呢？所以最应该的就是活在当下。我饿了，伯威克，我要去御膳房喽。”

“你当然可以啊。”伯威克哈哈大笑，欧文还听到手拍后背的声音。两个人随即从容地拐进了侧旁的一条通道，他们的声音也渐渐远去消失。欧文连忙钻了出来，急急忙忙跑上台阶。

欧文来到塔楼的房间时，安凯瑞特倚在一张桌子旁，一只手攥着桌子边沿，而另一只手则捂住胸口，似乎随时都要呕吐出来。汗水涓流面颊，呼吸急促沉重。看着这样的安凯瑞特，欧文忧心忡忡地钉在原地，不知道该不该继续打搅正在经历苦痛的她。

几缕碎发从她的盘辫上散乱垂下，当她将目光望向欧文时，他从其中感受到了莫大的痛苦。

安凯瑞特还是勉强地温柔一笑，“哎，欧文，”紧绷着嘴唇强忍苦楚，“到目前来看，我们的小策略还是奏效了呢。跟我讲讲你是怎么办到的。”她朝床边艰难地挪动了一步，看起来就像牵线的木偶。

欧文连忙上前，想扶着她的手。不过安凯瑞特似乎真的支撑不住了，把手按在他的肩头，尽量轻地靠住欧文才勉强没有倒下。

“谢谢你。”她低语着，依靠着欧文蹒跚地走向床边。一挪到那儿，安凯瑞特便不失优雅地坐在床沿儿上，双手合握埋于膝间。

她眨了眨眼睛，这之后脸色才恢复了从前的平和安宁，终于那个美丽、温和、善良贴心的安凯瑞特又回来了。不过欧文的心还是揪揪着疼，她正在受苦，这一点毕竟是他亲眼所见的。

“你病得很厉害?”欧文想听她亲口证实。

“今晚只不过是有一点儿累，”安凯瑞特不以为然地说道，“没什么大不了的。讲讲当时的情形吧，整个王宫今天就像是被捅了的马蜂窝呢!”

欧文连忙把他的所作所为都一股脑儿地倾诉出来，另外还说了自己是如何获得了勇气，才敢告诉国王他那个“梦”的。安凯瑞特全神贯注地听着，在他讲完之前一问未发。

“那么拉特克利夫是什么反应呢?”她很在意这个问题。

“他看起来很吃惊，好像挺怕我似的。”

“欧文，他并不是怕你，”安凯瑞特解释道，“他是在担心自己，他最害怕的是‘艾思斌’中有人出卖了他，这一点确实如此。接下来他会挖出那个人的，不过，我认为咱们棋先一招，不会有什么麻烦。国王怎么样？他到底是什么反应?”

“他的反应……基本上是很高兴，”欧文应道，“他还是第一次看起来挺喜欢我呢。”

安凯瑞特满意地点了点头。“像你这么小，就能显现出圣泉所赐的异能是极其罕见的。如果国王想寻找泉佑异能者为其所用的话，这对于他来说可是个好兆头。我推测下面的事情会是这样的，拉特克利夫会对你看管得更紧，他会故意把情报透露给不同的‘艾思斌’，然后看看你下一个梦猜中了哪一条，这样他就能揪出那个背叛者了。绝大多数没有远见的人都会采取这样的手段，而我的计划是让你的下一个梦所预言的事情，连拉特克利夫事先都无从知晓。”安凯瑞特调皮地咧嘴笑了笑。“要取得国王的完全信任，我们还需要尝试多次，现在你应该明白那个梦的意味了吧?”

欧文对于她的远见卓识惊叹不已，他自愧不如，怎么也想不出如此绝妙良策。“我想通了，阿西洛玛公爵的徽章就是线索。”

安凯瑞特深情地点了点头，伸出手臂握住欧文的手。“我得休息了，欧文，曼奇尼会帮助我们获得下一个线索的。”

“我知道了，”欧文不好意思地说道，“我刚才在外面听到了。”

“我很开心你能那么做，”安凯瑞特冲他挤了下眼睛，“及时躲藏说明你很聪明，下一条线索会很棘手，也许来得很急，不允许你经过一个晚上再说出来，所以你必须准备好可以马上行动。和上次一样，你当时也不会理解梦的意义，你只要记住我告诉你的话就可以了，每一词句都是斟酌再三才选定的。近期也许会死不少人，虽然国王取得了鞍鞭山战役的胜利，不过他还是觉得江山不稳。现在他在这个王国里拥有至高无上的权力和战无不胜的力量，他的敌人都在自家的地盘上瑟瑟发抖，心惊胆战地认为阿西洛玛公爵的下场只是大清洗的前奏而已。”

“我想向你请求一件事，”欧文说道，“我想把我们的秘密告诉伊薇。”他咬着嘴唇，忐忑不安地望着安凯瑞特。“我想她会帮我们的，我有勇气跟国王讲话，全是因为她和我在一起。”

安凯瑞特的表情僵住了，虽然常人难以察觉，不过以欧文对她的了解，却发现了其中细微的变化。她的眼睛很轻微地缩了一点点，微笑的嘴角只是略微向下弯了弯。

“我知道。”她轻柔地说着，低头看了看自己手，她的手还握着欧文的手。欧文看得出，她在迅速艰难地思考着。停顿良久，她才轻轻握了握欧文的手，凝视着他的眼睛再次开口。

“对于你，对于任何人，要守住一个秘密都是很难的。”她郑重其事地说道，随后便松开了欧文的手，用手指轻叩本心。“秘密在我们这里躁动，就像小鸡想要破壳而出，就像茧中颤动的飞蛾。秘密想要冲出心房被人们所知，不是吗?”

欧文注视着他，猜不出她是喜是悲。她那严肃的方式让他觉得自己说错了话。“是的。”欧文如实答道，因为他真想告诉伊薇，尤其是想到她对那个梦的反应，让他觉得再瞒下去就是一种可耻的欺骗。

她伸出手臂，将手放在他的肩上。“你想要告诉她，是因为你觉得应该对她以诚相待。她是你的朋友、你的玩伴，她可爱善良。你们彼此信任无所不谈。可是你要明白秘密的本质是什么，欧文。如果你对她讲了出来，那么心中焦虑自然可以释然。然而那会让她心中开始焦躁不安起来。秘密总是想要冲出心房的，她会忠诚于你，这毋庸置疑，不过你觉得她对你的忠诚胜过了对她外公的忠诚吗?”安凯瑞特扬了扬眉毛，“她认识你们两个谁更久一些?谁给了她更多的爱和付出呢?”

她深深地叹了口气，收回手放在膝上，用睿智的目光看着他，似乎在恳求着他。“如果你说出了这个秘密，欧文，你就得面对极大的风险。我就是我，我之所以成为现在的我，就是因为我不会轻易说出心中的秘密。在说出秘密之前，我一定要确定那个人是可以完全信赖的。我只告诉了曼奇尼计划中的一部分，伯威克也是如此。为了实现我的目标，我需要告诉他们一些事情，但是这些事不足以让这两个人出卖我们。如果你想对莫蒂默小姐如实相告，我先要确定，是否我可以信任她。那就意味着我必须要先见见她，直视她的眼睛，我必须要把她看透。当然，即使如此也是要冒风险的。不过，如果这样可以帮你积攒勇气的话，我乐意这么做。”

欧文坚定地点了点头，领悟了她的意思。“我信任你，安凯瑞特·崔尼奥薇，”他说道，“我也信任她。我想……我想她和我们是一类人。”

“那么在御膳房等着我吧。”安凯瑞特说着，轻抚着欧文耳朵上方那簇白色的头发。

第二天在大厅里，欧文发现他的世界一夜之间就大变样了。他和伊薇一进门就发现大厅里的宾客比平时激增了不少。以前从未参加过国王早餐会的一些贵族家庭，今天也是父母带着绕膝的子女们全家出席。欧文刚一迈步进来，嘈杂的大厅就安静了下来，人们都兴趣盎然地用好奇的目光望着他。搁板餐桌上添加了不少食物——大盘的煎培根、小松饼、各式面包和奶酪、一串串的葡萄和一枚枚的青梨。

片刻安宁接着便又被原来的喧闹所替代，人们又开始议论纷纷，猜测着这名少年又做没做梦。欧文已经成功预言了阿西洛玛家族的没落，人们想知道是不是又有哪个家族被“预凶”了。

“他们可真像等着吃腐尸的秃鹫。”伊薇在欧文耳边轻蔑地嘀咕着。“如果还有其他卖国贼被预示出来的话，他们就准备在叛徒灭族后留下的土地和农庄上分一杯羹。他们之前的属地都到哪儿去了？”

国王终于登场了，一时间喧嚣再次平息。霍瓦特公爵捧着一只木箱跟在国王身旁。

“那里面会是什么呢?”伊薇用胳膊肘捅了捅欧文的肋部，好奇地问道。

国王看到今天一下子多出这么些宾客就放慢了脚步，扫视着面前的众人，脸上露出疑惑的神情。不过随后他似乎就明白了个中缘由。“啊!”他的声音底气十足、洪亮有力。“我的膳食突然变得这么……受欢迎啊！嗯，好多年一成不变的饭菜突然成了香饽饽呢，不过我可是保证不了会可口啊。同样不能保证的还有我这副尊容。你们都知道，我就是不拘小节的一介武夫，可不是英姿飒爽带着翎羽帽的勇士。我想黑色最适合我不过了。不对啊，你们不是来这儿品尝美食的，你们是为一个小男孩才来的吧。”国王对他们冷嘲热讽着，满脸都是轻蔑的神情。“感谢你们所有这些人，我的勋爵和女士们，今早你们的捧场真让我这儿蓬荜生辉呢。虽然我很想，不过我不会赶你们走的。王宫曾经就是一个聚会团圆的场所呢，好吧，大家吃起来吧!可别让这堆积如山的美食浪费掉啊！快吃！祝愿你们在我吃腻了之前就都吃吐了吧。”

国王挥了挥手，做了个一扫而光的手势，指示着宾客们可以开始大快朵颐了。孩子们反应最快，一呼百应地从父母的膝前拔腿便走，呼啦啦地团团围在餐桌旁。这个情景让欧文觉得好笑，尤其是想到，原来害怕在早餐里下毒的还不只国王一人呢。国王则连忙加入到孩子们争抢食物的战团里，东挑西拣地开始了早餐。看到一张桌子差点被挤翻的时候，国王还自顾自地轻笑了起来。

“待在那儿别动，鲍恩！不用再上了，这儿的食物足够所有人吃的了！如果餐桌挤倒了，我的猎犬也会狺狺狂吠地来啃咬这些美食的！你们就是一群贪得无厌的猎狗！哎呀，马普尔夫人，你怎么还犹犹豫豫地不过来参加盛宴呢？你让你的儿子在这儿狼吞虎咽时，怎么就没有丝毫犹豫呢？坦纳勋爵……你能来可真是太好了！自从我加冕之后，你就没‘光’临过这个大厅吧，虽然你这个‘光’是‘黯淡无光’。为什么这样不苟言笑呢，爵士？这里到底发生了什么样的变化呢？”

国王似乎从尖酸刻薄地攻击折磨众人之中，获得了反常的乐趣。当他把冷嘲热讽和嬉笑怒骂在全场乱抛的时候，欧文可以隐约地听到轻微的滴水声，仿佛一只杯子正在被注满。到场的宾客越多，国王说得就越来劲儿。在人群中穿行着，嘲讽着，双眼几乎都能喷出兴高采烈的炽热火花。他的利舌宛如其腰间的利刃一般，总是锋利无比，永远猝不及防，一直在伺机出鞘。

欧文匆匆地吃了点东西，心中却很不舒服。因为他知道是安凯瑞特的计划——和自己在其中所扮演的角色——造成了这里的变化。

“喂，我的小基斯卡登勋爵!”国王突然说道，把所有宾客的注意力全都集中到欧文身上。“看看你做的好事吧。我肯定，很多人前来就是想看看你昨晚是不是又做梦了。可我觉得你并没有做什么新梦吧，要不然早就跟我说了呢。不过还是请你给这些可怜的生物们一个交代吧，让他们不再焦躁期盼为好。”

欧文摇了摇头，并收获着人们失望的表情和沮丧的瞥视。父母们开始招呼他们的孩子回到身边，叱责着他们刚才疯抢暴食的行为。

许多人开始退场，国王不失时机地揶揄着他们。“怎么这么快就要走啊，巴斯康姆勋爵！崔斯夫人，别那么急急忙忙地溜掉啊，小心你的吊袜带别弄断了！盘子里还剩了不少残渣呢！快看看他们吧，”国王低声地戏弄道，“看看他们跑得多欢。”随即他又回头瞥了一眼欧文，突然打了个刺耳的响指，把欧文吓得一哆嗦。

大厅里的喧闹也随之戛然而止。

“霍瓦特公爵，如果你愿意的话，就请吧。”国王故意说得引人侧耳，果然话一出口，一些匆匆欲逃的宾客便停下了脚步，看来是被他的话勾起了兴趣。国王盛气凌人地将双臂交叉抱于胸前，摆出一副心满意足、自鸣得意的样子。虽然国王腰弯背驼，不过现在这个姿势还是让他看起来不怒自威、引人注目。

霍瓦特公爵捧着木箱走向欧文，在欧文和他的孙女面前单膝跪地，将箱子放在平曲的膝上，随后用他那饱经风霜的手掀开了木箱的顶盖儿。

“哇噢噢噢！”伊薇开心地欢呼起来。

木箱里是一副巫哲象棋，欧文从没见过这么漂亮的象棋。棋盘上紫白双色方格相间排列，和安凯瑞特那副棋一样，也是美石所制。熠熠发光的棋子精雕细琢，静静地排列在箱子边缘的毛毡凹槽里，打磨出的色泽与棋盘相得益彰。欧文屏住呼吸，眼睛一眨不眨地盯着象棋。

“我说过要送你一副象棋，”国王阴阳怪气地说道，“这是我命人定制的，最近才从布鲁格大陆送过来。我一直在找机会送给你呢，小子。”欧文将热切的目光从炫目的棋子上挪开，随即疑惑地注视着国王。这可不是一副普通的巫哲象棋，只有国王才配拥有。

塞弗恩的眼中充满深意，“这是我，这片天下的主人，赋予给你的礼物，欧文。我从来都是言出必行，而且我期待，你也是如此。”

大厅里的孩子们又争先恐后地拥挤过来，对于这副珍稀定制的象棋，大家都想先睹为快。就连当斯沃斯也贪婪地盯住棋子不放，很显然，他是从来没得到过国王如此厚待的。

欧文心虚地裂了裂嘴，勉强挤出一个微笑。

“我们来玩吧！”伊薇迫不及待地说道，竟然神奇地恢复了对于这种游戏的兴致。

拉特克利夫很精明。他根本不相信这男孩是异能者。这太可疑，也太方便了。他在捕猎，就像狼在追踪蛛丝马迹。我认为他想毁了那孩子。他眼中怒火闪耀。如果毒药师不小心点，这孩子就会像王子们一样毙命。那两个男孩不就是前任“艾思斌”首领害死的吗？

——多米尼克·曼奇尼，御膳房的“艾思斌”

第二十四章
当斯沃斯少爷

就像欧文预言了阿西洛玛家族垮台的那天一样，崭新的巫哲棋具这个新鲜玩意儿，又让御膳房喧腾起来。巫哲棋具一尘不染，打磨出玻璃般的光泽，而厚重的棋子全是纯手工制作的。国王的礼物令众人瞩目，欧文的挎包却原封未动。

欧文向伊薇认真展示了安凯瑞特传授的策略。虽然当一名不堪一击的菜鸟并不好玩，不过伊薇更愿意用一套新的棋具来学习。而且，"你是怎么学会这些走法的呢？"她好奇地询问，欧文觉得秘密的飞蛾又在胸口扇动。他嘴唇发烫，很想告诉她，却还是忍住了。

"我一直很喜欢巫哲象棋。"他说着就用一连串招法赢下了比赛。

"你知道他们为什么把这种游戏叫做巫哲象棋吗？"她问道，这时他们开始将棋子放回原位。

他点点头，迅速解释了这个术语的由来。

"我希望米尔丁是真实存在过的，"她叹了口气说。"有人说那只是个故事。不再有*真正的*巫哲了。但我宁愿相信巫哲*是*确实存在的，而且圣泉真的可以赐人魔力。这么多故事，总会有些是真的。好喜欢和你在一起呀。”她俏皮地说。他们盯着棋盘又开始新一局。

“殿下，很高兴见到您。”莱昂娜说。虽然她的声音混在各种背景音里，但欧文的听觉特别灵敏。他猛地抬起头来，看见爱丽丝公主正和莱昂娜轻声说话。他有一段时间没和她说过话了。他的心在哀叹，想起她曾多么温柔地欢迎他来到王宫。他觉得她很亲切，希望她停下来和他打招呼。

“你为什么盯着她看?”伊薇戏谑地问。“她可真美呀。我希望我的头发也像她那样金闪闪的，而不是像木头一样暗沉沉的。她很可爱呀，欧文。你应该仰慕她。她比我们大十岁，可是还没有丈夫呢。我同情她，真的。她的未婚夫被国王杀死在鞍鞭山了。你知道这事吗?我外公和我说的。他是先锋部队的统领。”

听她这一席话，欧文感到既担心又后悔。也许安凯瑞特是对的，伊薇没法对她外公保密。要她保密，可能也太不讲情理了。

她并未察觉他内心的混乱。“发生了混战，箭弩齐射。真希望我在那儿。我想学会如何作战，可他们不会让女士进训练场的。要是你学会了作战，你得保证教我哦。国王待在山冈上，看到我外公快要战败了。然后他看到敌人毫无防备地穿过田野。于是他就率领王室骑士发动了攻击。国王亲自率领！真希望我在那儿！他们猛攻叛军，国王挥舞着长矛刺落了叛军首领。他胯下的坐骑被砍翻，他却继续战斗，只有最忠诚的骑士护卫着他。他挥舞宝剑手刃仇敌。叛军首领一倒下，战斗就结束了。群龙无首了。”她微微一叹，举棋未定。“你……怕打仗吗?”她问他。

欧文看着她，不知所措。“我还太小。”

“不是说现在，傻蛋。是说等你长大些。你十岁时开始训练。这是苦差事，不过我想我会喜欢的。就像莱昂围攻时的丹瑞米圣女！国王塞弗恩年轻时，曾被送到他叔叔的北方城堡，经受战火洗礼。”她以热切的眼光看着他。“也许国王会送你去北方呢！这不是很妙吗，欧文·基斯卡登？这样我们就能经历那些提过的冒险了。也许外公会让我一起参加训练呢。或者你和我偷偷训练也好啊！这多像是一个梦啊。”她心满意足地长舒了一口气。

欧文听见有人在他们旁边的长凳上坐了下来，感觉影子笼罩过来。他闻到了她——安凯瑞特的气息。这气息就像夹在书页中的玫瑰香。他偷偷瞟了她一眼，觉得胃又翻动起来。四周有这么多人呢。

伊蕾莎白·维多利亚·莫蒂默抬头看着新来者。她一点都不怕生，游戏时一位成人这么靠近他们，她也毫不在意。“您好，”她露出灿烂的微笑，“我是伊蕾莎白·维多利亚·莫蒂默。”

“多好听的名字呀，”安凯瑞特报以微笑，“请继续吧，别让我影响你们玩。”

“其实我们不是在玩，”伊薇神秘兮兮地答道，“欧文在教我怎么能赢。他很聪明。你知道他是谁吗？他是欧文·基斯卡登，国王监护的人。他是我朋友。”她攥紧欧文的手，眯起了眼睛。

“我敢肯定你们很要好呢。”安凯瑞特说，她笑起来温暖又诱人。

“你叫什么名字?”伊薇问。

欧文咽了口唾沫，他不知道她会如何回答。因为这个新状况，他的胃又开始翻腾了。以前御膳房有人的时候，安凯瑞特从未来过。这让他为她的安全担忧起来。

“你这么问可真体贴呀，”安凯瑞特带着迷人的微笑说，“我过去常来这儿，我回来时孀后还住在宫里呢。那时候总会有好多孩子跑来跑去。有一大群孩子呢。”

伊薇点了点头。“她现在住到圣母殿庇护所去了。从一个王后变成一个庇护所囚犯，太让人伤心啦。我外公说她永远不会被释放了。我外公是霍瓦特公爵。你认识他吗?”

“我认识的，”安凯瑞特答道，“你一定很爱很爱他吧。”

她用力点着头。“嗯，是的。他是我心爱的人呀。我爱我的外公。他带我来帝泉，让我遇见了欧文。”她拍拍他的腿。“你知道吗，我们要结婚了。他是异能者。”

“这下我知道了，”安凯瑞特得意地说，“你们最好还是继续玩吧。很抱歉打扰你们了。我喜欢和自己下巫哲象棋。”

“你愿意和我们一起玩吗?”伊薇说。“能再说一次你的名字吗?我原以为你说过，一细想你却没有。你很漂亮。我喜欢你扎头发的样式。真是太漂亮啦。我的头发还不够长，不过我长大以后，也要像这样扎起来。你叫什么名字呢?”

欧文听见了另一个声音，不由得浑身一激灵。这是当斯沃斯的声音，听口气是来找麻烦的。欧文瞥了一眼御膳房的门口，只见大男孩大摇大摆地走进来，他对人群嗤之以鼻，然后一路横冲直撞，直奔他们坐着的角落而来。

安凯瑞特面色发白。“我得走了。”她悄声说。她从长凳起身，离开他们朝面包烤炉走去。一切都发生得太快了，欧文还没回过神来，当斯沃斯已经走近并看见了她。大男孩凝视着安凯瑞特，神色一变，认出她来了。“是你?”当斯沃斯惊呼。安凯瑞特试图趁乱溜走，但男孩从人群中冲过去，拦住了她。

“我想他认识她。”伊薇关切地说。她站起身，噘着嘴，皱着眉头。“她是谁?”

当斯沃斯气得脸色铁青。“你……你还活着? 可是这怎么可能呢? 耍的什么花招?”

这样看来当斯沃斯确实认识安凯瑞特·崔尼奥薇。他认出了她。欧文内心的恐惧陡增，几乎让他窒息。

“恐怕你认错人了。”安凯瑞特轻声说，仍然试图逃跑，但年轻人挡住了她的去路，伸手去抓住她的手臂。她灵巧地闪身躲过，退向御膳房深处。欧文知道她能轻易打败当斯沃斯，可这毕竟不是一场竞技。已经有很多人开始注意他们了。

如果安凯瑞特被抓住了，欧文确信她会被处死。她来御膳房全是他的错。他必须帮她。可怎么帮呢？为想办法他脑子转得飞快。他感觉到一股细流自内心涌出，随之水流潺潺，瞬间万念注满心胸。他预见了所有可能性，迅速行动。

他抓起一枚巫哲棋子，跳过长凳，奔向当斯沃斯。要让他分心。只要引开他，安凯瑞特就可以从暗门逃走。

“快看国王给我什么啦！”欧文大声说。他冲向当斯沃斯，猛地把棋子凑到他鼻子下。

“谁在乎你的玩具！”当斯沃斯一声怒吼，试图一把推开欧文。

欧文硬把棋子举到他面前。“这不是玩具。这是国王的礼物。你可能连怎么玩巫哲象棋都不知道。”

激将法生效了，完全引开了当斯沃斯对安凯瑞特的注意。“我怎么会喜欢玩这种蠢游戏？生活又不像巫哲象棋。不就是两块石头吗，又不是两个男人，强中自有强中手。”他一把从欧文的手里抢过棋子，猛推了他一下。

“这是我的！”欧文佯怒大叫。“你嫉妒了，国王送我礼物，却只会耍弄你。快还给我！”欧文抓住当斯沃斯的腰带使劲猛拉，拼命去抢棋子。他猛拉腰带的时候，用手指灵巧地松开了皮带扣。“这是我的！”

“还给他!”伊薇怒喝。她跑到他们跟前，双拳紧握，脸蛋气得发白。

“滚开!”当斯沃斯吼道。他在头顶挥舞着棋子，用另一只手猛地一推欧文。欧文摔倒在地。

他手里攥着当斯沃斯的腰带。

没了腰带，当斯沃斯的裤子一下子掉到了脚踝上，露出了拎得老高的亚麻内裤。厨房里众人哄堂大笑，而女士们的掩嘴窃笑让少年的脸臊得发紫。欧文在硬地上磕伤了胳膊，可他的计划却成功了。安凯瑞特趁乱溜走了。

愤怒和仇恨瞬间扭曲了当斯沃斯的紫脸。他把棋子一扔，猛地跳过去，夺过皮带，居高临下、力道十足地抽打起小男孩来。

一阵剧痛吓得欧文直喘，让他像臭虫一样蜷成一团。

“住手！住手呀!”伊薇尖叫着，像猫一样向当斯沃斯猛扑过去。她疯狂拉扯他的头发，玩命地抓挠他。欧文从一番猛攻中获得片刻喘息，他只能满怀着敬畏看着这一幕，他搞不懂这可爱的小姑娘，怎么会突然变成一位复仇女神。

为了自卫，当斯沃斯也猛推了她一把。她摔了个四脚朝天，在场的人都倒抽了一口气。

欧文蜷缩在地板上，此刻瞅准了时机，飞起一脚，正好踢中当斯沃斯最敏感的部位。那张愤怒的紫脸顿时发白，年轻人摇摇晃晃，捂紧自己的下身开始呜咽。

伊蕾莎白·维多利亚·莫蒂默气得要命，准备再次扑向当斯沃斯，将他生吞活剥。正在此刻，她外公霍瓦特公爵冲进了厨房。他看见当斯沃斯没穿裤子，又看到欧文像一条挨了打的小狗蜷缩在地。

公爵不再和蔼了，他将年轻人一把揪起来，几乎是把他扔出了御膳房。欧文对此责罚几乎动了恻隐之心，可紧接着此前被压抑的恐惧、痛苦和羞耻瞬间迸发出来，他开始浑身颤抖。

“你没事吧?”她恳求道，用她衣服的褶边擦去他脸颊上的鲜血。

他瞥了一眼门口，公爵带着当斯沃斯一起离开了。他看到曼奇尼的肥嘴上挂着满意的微笑，偷偷溜回到御膳房。“艾思斌”注视着欧文，向他微微点头致敬。欧文也朝他点了点头。

“我会没事的。”他呻吟着，捂着肚子，显得所受的伤比实际更重。

他和曼奇尼一起救了安凯瑞特。他们之间有些事情发生了改变。就好像他们结成了自卫联盟。

欧文任由伊薇照顾自己。转眼间，爱丽丝公主也跪在他身边了。

“干得好。”她在他耳边低声说。

有了她的称赞，这些痛苦都值得了。

第二十五章
葡萄酒的秘密

让欧文大吃一惊的是，那天晚上安凯瑞特来到他房间。天黑以后，他根据蜡烛还剩多长来判断时间。此时蜡烛还很长，烛火还很亮，暗门却打开了，她出现了，像一个影子寂静无声。还得过好一会儿他才会去找她呢。

“安凯瑞特！”他低声呼唤，从放着巫哲棋盘的地板上站起身来。他等待时一直在下棋。

“你脸上破了个小口子。”她说，蛾眉微蹙。

他点了点头。“莱昂娜抹了点鹅油在上面。不太疼了。”

她半跪在欧文身前，平视着站在面前的他，伸手捋了捋他前额上的头发。“欧文·基斯卡登，今天下午你救了我一命。真是百密一疏，始料未及呀。”她停下来，严肃又温柔地望着他，他的脸红了。她把手放在他肩上捏了一捏。“谢谢你，欧文。我很感激。”

他咽了口口水，觉得耳热心跳。“你在帮我呢。我也必须帮你。”

她握着他的双手，吻了一下再放开。“圣泉保佑。谢谢你。跟我来吧。”

“现在还早呢。城堡里还有人没睡。”

“我知道。我们不去塔楼。我们去伊蕾莎白的房间。”

欧文震惊地盯着她。“你是说……我们去告诉她?”他激动地问。

安凯瑞特朝他会意地点点头。“在御膳房遇见她时，我仔细端详过她。我相信她靠得住。现在我们去验证一下。早知早好呀。跟我来吧。”

她站起身来伸出手，他满怀感激地握住了。他习惯独自穿越密道，但和她一起走，却平添了一份神秘的欣喜。“你会和她说什么呢?”怕声音传远，他悄声问。

“你马上就知道了。”她轻声应答，捏了捏他的手。

“她话很多，安凯瑞特。她话太多了。她很唠叨。对吗?”

“是的，她喋喋不休。该这么说。可我喜欢她这点。我看到当斯沃斯一打你，她就像猫一样扑过去抓他，就在那时候，她赢得了我的尊重。你需要像她这样的人站在你这边。你是怎么把他的裤子搞掉的呀?哎呀，欧文，你多了一个一辈子的敌人呀。我希望你明白这点。不过他和他全家早就是我的敌人了。今晚我会告诉你……和她，这个故事。”

他们走到伊薇房间的暗门口，停下了脚步。安凯瑞特悄悄滑开窥视孔，往室内窥探。室内的烛光射入暗道，照亮了安凯瑞特的明眸和玉容。那一瞬间，她的美如此令人难忘，欧文觉得认识她真是幸运。

“她还醒着呢，很好。”安凯瑞特低语。她合上窥视孔，俯下身子对他耳语。她的呼吸让他觉得有点痒。她依然散发着玫瑰的芬芳。“你先进去和她说，你想让她见一位神秘的朋友。一个一直在尽力帮你的人。告诉她你要把你最大的秘密托付给她。我会在这儿听着，看看她怎么说。记住了吗?”

“好的。”欧文低声说。终于能告诉伊薇真相了，欧文按捺不住激动，恨不得冲进去。

安凯瑞特松开暗闩，欧文推开门溜进了房间。他将门虚掩着。

“你怎么进来的？”伊薇倒抽了一口气。她穿着睡衣半跪在床上，梳理着一头深色头发。她急忙下了床，眼中闪烁着惊喜的光芒。“那是一扇暗门吗？你以前来过这儿？怎么没听你说过呢？”

“嘘！”欧文连声嘘道，高举双手尽力阻止她连珠炮似的发问。他把手指放在嘴唇上，示意她务必保持安静。她双眼发亮，兴奋得几乎跳起来。

“告诉我呀！”她拍着手说。

“我想，嘘！会有人听见的。我想告诉你我最大的秘密。但首先我得相信你不会告诉别人。”

她对他怒目而视。“你当然可以相信我！我从来没和别人提起过集雨池。你以为外公知道这事会开心？有些事你绝对不能和大人说。到底是什么？我要发火啦！”她抓住他的胳膊晃了晃。“安静！”他急忙说。“我想让你见个人。一位朋友。一个尽力帮我逃跑的人。”“你为什么要逃跑？”她问。

“因为我不想像我哥哥一样被推下瀑布！”欧文沮丧地说。“听着，你会保密吗？否则我不能告诉你——”

“我当然会呀！”她气愤地说。“我永远不会出卖你的，欧文·基斯卡登。永不。”她用手指摁住眉头苦思冥想。“你可以……如果我这么做了，你可以剃我光头！”

想到她光头的模样，欧文忍不住笑出声来。此刻她却望向他身后，惊奇地瞪大了眼睛。安凯瑞特已走进房间了。

“是御膳房的那位女士呀。”她低声惊叹。

安凯瑞特走过来，在伊薇的床沿坐下。柔和的烛光洒下，她的丝绸礼服和收拾整洁的头发显得格外醒目。她看起来像个仙女，伊蕾莎白盯着她，嘴巴变成了一个可爱的“O”。欧文第一次注意到，她们有一些共同之处——她们头发和眼睛的颜色几乎完全一样。如果伊蕾莎白·维多利亚·莫蒂默长大以后长得像安凯瑞特·崔尼奥薇，他会很乐意娶她的。

“很高兴又见到你了，我的小姐。”安凯瑞特恭敬地鞠了一躬说。“欧文告诉我，你是伊蕾莎白·维多利亚·莫蒂默，莫蒂默勋爵的女儿，霍瓦特公爵的外孙女。你出身高贵。”

伊薇的脸上绽开了一丝笑意。“你是谁呀?”她问，看上去很感兴趣，也有一点担心。

“我叫安凯瑞特·崔尼奥薇。我是王后的毒药师。”

女孩的眼睛亮到了极点。“真的吗？真好玩。那么你制毒喽？你说你是*王后的毒药师*呀。王后死了。是你……是你给她下的毒吗?”

安凯瑞特强忍着笑。“我伺候的是另一位王后，不是塞弗恩的妻子。不，我没有对她下毒。她是病死的。我教了欧文·基斯卡登很多东西，不过最重要的是怎样成为异能者。我是异能者。”

“你是吗?”她急切地问，完全被吸引了。终于不用再独自承担秘密了，欧文对此很感激。

“我是。欧文对我来说很重要。我知道对你来说也一样。如果能行，我绝不会让国王伤害他或他家人。今晚我来这儿给你们讲个故事。欧文很想告诉你关于我的事。他一直求我相信你，所以我今天先来御膳房试试看。看到你为了保护朋友，和一个大你很多的男孩对抗，我就知道你值得信任。”

伊薇自豪地笑了。“外公说我应该把揍人的事留给他。可是当斯沃斯用皮带抽欧文呢，我受不了。你看到他脸上的这些伤了吗？他的裤子掉下来，又不是欧文的错！”

安凯瑞特忍住笑，故意看了欧文一眼。

“其实，是我的错。”欧文承认。

伊薇捂着嘴，憋住笑。“你好坏呀，”她温柔地笑着说，“是他活该。”她转头盯着安凯瑞特。“如果你帮欧文，我也想帮他。”

“我想你可以的，”安凯瑞特回答道，“那我必须给你俩讲个故事。这是一个极少有人知道的秘密。这虽然是个秘密，却是真的。你们为什么不坐到地上听我讲呢？这是一个关于我死亡的故事。”

欧文瞪大了双眼。他俩在地上并肩促膝而坐。伊薇急着听故事，略微有点坐立不安。欧文也很焦虑，但原因不同——他关注的是不祥的开端。

“这是关于四兄弟的故事，”安凯瑞特简单地说，“其中三个现在已经死了。只有最小的那个还活着。他是兄弟中幸存的最后一个。他叫塞弗恩。他就是你们的国王。”她把双手叠放在腿上，俯身靠得更近，说得更轻声。“他大哥叫艾瑞德。他父亲和二哥因反叛他们的国王而死。在锡尔迪金经常发生这样的事，这是许多年前的事了。艾瑞德高大，强壮又英俊。民众很爱他。在他舅舅沃里克的帮助下，他打败了国王，自己称王。战火蔓延时，他把两个最小的弟弟送去海那边的布鲁格王国生活。那时塞弗恩才 8 岁。他那时和你一样大，欧文。他父亲在一次可怕的战斗中丧命了。就像你父亲那样，我的小姐。他非常伤心。”

伊薇点了点头，面色灰暗，流露出压抑已久的丧亲之痛。欧文不由得吃了一惊。他伸出手去按着她的手。她朝他微笑，却双目含泪。

“艾瑞德国王开始建立自己的王国。他舅舅沃里克是他主要的支持者，不仅帮他夺取了王位，还掌管着国王的‘艾思斌’。那时我还很年轻。16岁。我是沃里克的家仆，却也是一名‘艾思斌’。我侍候他的大女儿，伊莎贝尔。我们关系很亲近。但正如家庭中经常发生的那样，国王和他舅舅产生了矛盾。他舅舅觉得自己可以为所欲为，却始终未能如愿。国王的婚姻导致了误会。于是沃里克决心推翻国王。他将自己的女儿，我的女主人伊莎贝拉许配给了国王的弟弟当斯沃斯勋爵，还许诺让自己的女婿当上锡尔迪金的国王。我的忠诚，只对国王，而不是他舅舅。我一得知他舅舅的阴谋，就试图警告国王他兄弟将背叛他，但还是没来得及救他。他就被逮捕，差点被扔进河里。他舅舅沃里克本该干掉他的，却没下手。这个决定后来要了沃里克的命。”

欧文津津有味地听着故事。他年纪太小，不能理解国王和拥立者的所作所为。他对那段历史一无所知。

安凯瑞特接着说。“艾瑞德国王逃脱了监禁，带着他最小的弟弟塞弗恩，漂洋过海到了布鲁格。他们颠沛流离，寄人篱下。终于等到良机出现，艾瑞德用他从祖先那里学到的诡计，杀了回来。”

“什么诡计?”伊薇兴致勃勃地问。

“这个诡计就是：他回国后去了北方。他没要求重登王位，只请求再做北坎公。那是你外公的职位，亲爱的。所有人都对此感到惊讶，他舅舅当然很恼火。很快，艾瑞德国王就集合了众多支持者，和他舅舅开战。没过多久，沃里克和当斯沃斯勋爵就逃离了锡尔迪金。真是天翻地覆！可即便如此，艾瑞德国王也并不安心。他的仇敌逃往国外，依然在制造麻烦。他舅舅协助艾瑞德废黜了前任国王，此时却又和被废黜国王的妻子结盟，还许诺说将助其复辟。这是懦夫的行为。他为了保护自己的权力，竟然背弃了他整个家族。你认为他的女婿当斯沃斯勋爵会怎么想？这时就轮到我上场了。”

欧文和伊薇面面相觑。

“艾瑞德国王给了我一个秘密使命。那时我很年轻，还不到十八岁。他派我远渡重洋去找当斯沃斯勋爵。国王要我说服他弟弟发发慈悲，以便兄弟联手抗敌。国王下令，如果我不能说服当斯沃斯，那就毒死他。这是我首次作为王室毒药师去完成任务。这事情非常棘手。”她低着头，轻轻吸了口气。然后她抬起头来看着这两个孩子。“不过我成功了。我还留有沃里克家族的徽章，因此我得以密会了当斯沃斯勋爵。我以家族忠诚的名义说服他与王室重新联手。他舅舅带着大群敌人返回锡尔迪金时，惊悉女婿已经叛变并率军投靠了艾瑞德国王。他舅舅在战斗中丧生。兄弟和解了。暂时的。”

“在这以后，我还是为当斯沃斯勋爵的妻子工作。”安凯瑞特说。“监视当斯沃斯，确保他保持忠诚。在这段时间里，当斯沃斯越来越沮丧，他不打算成为国王，可他的野心却逼迫着他。他在家里做了些可怕的事。他不是个温文尔雅的人。他殴打妻子和儿子。但后来他知道了一些事。他从一些谄媚小人那里听到一些谣言，据说艾瑞德国王在和王后结婚前曾另娶他人。如果这是真事，那么国王的孩子就是野种，而他，当斯沃斯勋爵，将顺理成章成为下一任国王。你可以想象从此他俩的仇恨是怎样不断加深的。我不知道谣言是真是假。可当斯沃斯却确信无疑。他开始策划叛乱。”

她停了下来，抚摸着胳膊，摇了摇头。“这方面的情况很难说得清。只有圣母殿庇护所的王后知道全部真相。”她叹了口气。“国王害怕发生另一场叛乱，命令我毒死他弟弟。”

欧文盯着她。室内很安静，他能听见她的每一次呼吸。

“不止一次国王命令我对付他的敌人。我到那时才知道，要想对当斯沃斯勋爵晓之以理，只会是白费口舌。他野心勃勃，一门儿心思只想篡位。当我着手准备这项艰巨任务时，得知他爱喝酒，便在他的酒杯里下毒。不幸的是，他没喝那杯酒。他怀孕的妻子却喝了。”

安凯瑞特的肩膀耷拉下来。“毒药，”——她咽了口唾沫，努力控制情绪。“其作用不易察觉。即使是我，等到有所察觉却为时已晚。它让她早产了。我曾经作为助产士受过训，但我没能救下孩子……和母亲。我的女主人死在我怀里。”她眼神迷乱，嘴角紧抿。欧文一直想知道她为什么这么悲伤，也许这就是原因吧。

“当斯沃斯勋爵悲痛欲绝。我回到家里悔恨不已。我不忍心告诉国王我辜负了他，但我告诉了王后。她答应会保护我。因为我遵命行动，正是为了保护她的孩子和他们的权利。”她深深叹了口气，抚摸着她的裙子。“当斯沃斯勋爵因为悲痛而发疯了。他命令手下逮捕我，指控我毒死了他妻子。在国王发觉之前，我遭到审讯，被判犯有谋杀罪。我以为宫廷卫队会及时来救我，所以我没有逃走，最终被逮住了。”她悲伤地摇摇头。“我被绑上船，扔进瀑布源头的那条河里。”

她的视线转向伊薇，又转回欧文。“只有百分之一的人能从这样的坠落中生还。让我死，是违背了圣泉意志的。我脖子被摔断，遍体鳞伤，却活下来了。我的命运被严格保密。王后亲自照料我，帮我疗伤——包括身体和心灵的伤。因为当斯沃斯自作主张处决我，国王指控他谋反。他被囚禁在王宫的一座塔楼里。他们试图用葡萄酒灌死他，他们给他灌了很多酒，这本来足够杀死他，可他依然苟延残喘，断不了气。”她又停了下来，浑身颤抖。“既然他死不了，国王就命令我再次给他下毒。然后我遵命照做了。他这一生看见的最后一张脸是我的脸。”

欧文既惊讶又纠结，实在不知说什么好。他只能望着她，微微发抖。

她垂首而坐，声音漂游仿佛幽灵。“他的儿子，你认识的小当斯沃斯，今天在御膳房看到我了。他认出了我，因为我过去经常为他家效力。这么多年他一直相信我已经死了，而我就是害死他父亲的那个人。现在你俩知道了一个真相，除了你们，王国里没人知道这个。即使拉特克利夫也不知道。甚至你外公也不知道真相，我的小姐。我仍旧为被囚禁的王后效命，但我来这里并不是为了给人下毒。除非万不得已，我不愿再做那种事了。”

她仰起悲伤的脸庞，看着孩子们。欧文为她心痛。就像他对母亲常做的那样，他走到她面前拥抱着她，头靠着她的肩膀，轻轻拍着安慰她。

“那是不是说，”伊蕾莎白·维多利亚·莫蒂默颤抖着声音说，“如果国王死了，当斯沃斯就会统治我们？”

安凯瑞特久久凝视着女孩，肯定地点了点头。

“我们都干了些什么呀？”女孩悲叹。

欧文也觉得胃里难受。突然一个声音传入他耳中。从大厅传来纷乱的足音。正朝他们而来。他感觉到了石头地板上的震颤。

一见他神色大变，安凯瑞特拔出了匕首。

拉特克利夫决心要把内奸挖出来，最近在四处转悠探查得更勤了，总是问各种问题，打探各类消息。我不能再相信他说的任何情报了，因为这些不是国王已经知道了的旧情报，就是钓我上钩的假情报。如果要推进毒药师的计划，我必须要在拉特克利夫之前挖出一些新情报，最有可能捞到新消息的地方就是圣泉圣母殿了。一名“艾思斌”策马疾驰前往王宫，那一定是有新消息要上报，这个我还是能拿捏得住的。我现在急需一种药物，可以用来暂时拖住报信“艾思斌”的那种，让他胃部痉挛，只能拖延一个小时也好。不过这也太冒险了，我已经从圣母殿调离了，为什么还要考虑这样的计划呢？

——多米尼克·曼奇尼，御膳房的“艾思斌”

第二十六章
羽毛

“他们来了，”欧文对伊薇低声道。他以为安凯瑞特会连忙赶往秘门。然而，出乎意料地是，她却一个箭步冲到床头，用手中的匕首刺向一只枕头，随即将其割开。安凯瑞特将枕头抛给伊薇，大团的羽毛从枕中被甩了出来。

“用这个砸他！”安凯瑞特急促地说道。这个可不用教，伊薇是太乐意效劳了。

破开的枕头一下子就砸到了欧文的胸前，顿时房间里白色的羽毛轻舞飞扬。片刻后，另一只破开的枕头翻着跟头飞向欧文，欧文一把抓住，掷了回去。就这样，两个孩子互掷着越来越瘪的枕头，屋子里鹅绒四处飞舞。

安凯瑞特忽地俯下身形，一骨碌滚到床下。正在这时，卧房门被砰然撞开，拉特克利夫带着四名手执利刃的卫兵闯了进来。

他一进屋就被到处飘扬的羽绒哽住了喉咙，似乎北部的漫天暴雪被瞬移到了房间里。

伊薇忍不住地咯咯笑个不停，突施冷箭正中欧文的侧脸。紧接着她再发一击，欧文连忙用无芯的枕头护住头，然后就挥动着枕头扫中了她的脸。伊薇则喘着粗气装作气急败坏的样子，不过没表演多久就被炸雷般的一声吼给打断了。

“这儿到底发生了什么？”拉特克利夫咆哮着。

羽毛飞得到处都是，像花瓣般黏在伊薇的头发上、她的睡衣上，还有欧文的束腰外衣上。两个孩子站在原地不再打闹折腾，到处飞旋的羽毛也随之开始飘落，并黏在新进门的几个人身上。

一丝绒毛落在了伊蕾莎白的嘴唇上，她直抽鼻子又努嘴的，想要把它吹落，这样一来她的脸变得相当地滑稽。欧文看到她耍怪态，强忍着不敢笑，憋得自己直呼噜。

拉特克利夫怒不可遏地跺脚踩踏着地上的羽毛，秃头上都渗出了汗水。飘落的羽绒则由于湿乎乎的臭汗黏在了他的头上，这就看上去相当地可笑了。

伊薇把眼睛睁得大大地瞅着他，强行憋着即将喷出的笑，顶得下巴直打哆嗦。

这无疑是往拉特克利夫的怒火上浇油一般。“你觉得……你觉着这很好玩吗，莫蒂默小姐？很好玩？我来这儿是为了追捕这个失踪的小鬼，到头来让我看见的就只有你们两个，还在这儿撒欢儿地破坏着陛下的枕头？我问你，这事儿你信吗？我倒要问问你，你能相信吗？”

不过她的回答就是用手指着他那好像沾满了雪花的秃头，一个劲儿地咯咯笑，根本无法自抑。欧文一听此言，后怕得心凉了半截，不过现在他什么都做不了，只能跟着情不自禁地笑个不停。这样一来更糟糕，卫兵中有几个也被感染了，强压着他们的哄堂大笑，不过马上就要忍不住了。

“滚！滚出去！”拉特克利夫号叫着。“你个小无赖，滚回你的房间。我会跟伯威克说这事儿的，让你们俩收拾走所有的、每一根羽——羽—羽—”他肆意地喷射着怒火，吼到最后一个词的时候，一根羽毛正好钻进他的嘴里，一下子又把他噎住了。

其中一名卫兵再也忍不住了，尽情地哈哈大笑起来，随后其他人也忍无可忍，跟着就是爆笑一片。拉特克利夫的脸涨成了猪肝，粗鲁地一把抓住欧文的肩头，连推带拽地把他押出了房间，激起地上的羽绒再次飞扬乱舞。

欧文回头望了望伊薇，那鬼丫头正望着他吃吃地坏笑着。当他们四目相对之时，伊薇向他挤了挤眼睛，欧文也冲她眨了眨眼。

鹅绒在屋里飞旋飘舞，这让欧文心中瞬间升起一股暖流。安凯瑞特还藏在床底下，安全了。一天中两次虎口脱险啊。

她可真是个聪明的女人。

第二天早餐前，欧文独自一人在御膳房里摆弄着积木，伊薇则姗姗来迟，比平时晚了一些。她今天穿了一袭深绿色长袍，饰边镶缀的宽腰带搭配着她那双一定要穿的、最钟爱的靴子。欧文从脚步声中就猜到是她到了，莱昂娜的话就更夯实了他的判断。

“哈，另一个祸害也来了，真是谢天谢地呢。不过昨晚你们两个小家伙可闹得挺欢啊，到王宫大殿那一道儿上都飘荡着烦人的羽毛呢，可真有你们的啊。国王不高兴了。看看你，小丫头，现在头发上还留着一撮羽绒呢。”

“我故意放上去的。”她应道，连一丝悔改之意都没有。“欧文有一撮白头发，现在我也有啦。”

他一听就惊讶地连忙抬头观瞧，差点儿碰倒了精心搭建的积木塔。

莱昂娜闻言大笑起来，无奈地摇了摇头，继续辛苦地忙乎着那儿只烤炉。伊薇从桌子上抓过两块圆松饼，溜溜达达地朝半跪在地上搭积木的欧文而来。由于欧文让她知晓了心中的秘密，此时她的双眼还兴奋得熠熠生光。晃荡到长凳旁，伊薇把松饼放下，跨过长凳来到欧文身边。

欧文把心思拉回到他的高塔上，想尽快完成后再推倒。这时却发现伊薇头上的那撮白羽绒就在左耳的上方，她在头发的这边盘了个小辫儿，白鹅绒就别在小辫儿的上端。

“我们差点就被逮个正着啊。”欧文神秘地嘀咕着。

“我可是觉得从来都没笑得那么开心过呢，”她调皮地咧咧嘴笑着说道，“我永远不会忘掉拉特克利夫的那张脸，还有那秃头上的羽绒帽！我现在一想起来就又想笑！”她捂住肚子说笑就笑，引得其他人都忍俊不禁。

欧文又给高塔添了一块“砖”，这可算得上是他搭得最高的一座塔吧，不过设计上还不完美，塔身开始有些摇摆。

“拉特克利夫把你拽出去后说什么了？他有没有伤到你？”

欧文耸耸肩，“他倒没真的伤到我。我想他原本以为……能抓住她……和我们在一起。”他小心翼翼地又在高塔上加了一块“瓦”，高塔依然屹立不倒。

“当她拔出匕首时，”伊薇耳语着，“我在那一刻感到了恐惧。不过，那可真是个绝妙的主意！我倒不在乎清理掉所有的羽毛，干点儿活也值啊。”她的手悄悄地伸过来，触碰了一下欧文的手。“谢谢你告诉我，”她低语着。“你是我最珍视的朋友。”

欧文侧过头报以微笑，随后准备放上最后几块积木。他的动作极其缓慢，轻手轻脚谨小慎微，这一过程持续了好长一段时间。而伊薇则从后面靠过来，递给了他一块松饼。

然后伊薇又拿起另一块，小口啃着松饼的边缘。“南瓜味的……我的最爱呀！我就喜欢南瓜松饼，还有南瓜汤，还有南瓜挞。你以前吃过炖牡蛎吗？牡蛎很稀有，不过在北方能找到，那里还有贻贝。我们通常到秋天才捕捞。我们的厨师会做些南瓜松饼，我们就着木头大海碗盛放的牡蛎汤来吃。”她露出神往的微笑，又啃了一口她手中的松饼。“你准备好要推倒了吗？”

“你来，”欧文说道，从高塔处一边往后退一边码放好最后一段引导牌。

“真是友善的绅士呢！”伊薇大加褒奖。她又咬了一口松饼，把它放在长凳上，半跪在积木前钦佩地凝视着高塔的精妙构架。“你知道她住在哪儿吗？”

欧文点点头，“我会……到时候我会带你去的。”

朱厄尔面容愁苦地蹒跚踱入御膳房，口中嘟囔着两个孩子的不是，决绝地认为就该用柳条鞭狠狠地抽他们的屁股。莱昂娜把两人昨夜的“大闹天宫”又讲述了一遍，现在似乎整个王宫都已经听闻了这件劣迹。

“我希望把朱厄尔打发走。她那么肥，身上的味儿闻起来像……像衣橱里的霉味。呸，我得让爹爹把她撵走。”

欧文盯着她，“你的意思是想说外公吧。”

她那只刚要推倒积木的手指停住了。“是的，我想说的是外公。”

“你想念你嬷嬷吗？”欧文轻声问道。

伊薇的脸略微皱了皱。“她还是很……悲痛。她越来越烦我说话，而我只是想宽慰她而已。外公觉得还是带我来王宫为好。我想我走了她会好受一点儿吧。”

伊薇轻轻地碰了一下第一块积木，随后整个高塔便轰然坍塌了。

她开心得使劲拍着手，脸上的笑容驱走了刚才那一刻的阴霾。

“我太喜欢它们倒塌的那一刻啦！”她轻吐着一口气说道。

“他又开始折腾了，”朱厄尔呻吟着，“挎包欧文和伊薇，我告诉你呀，莱昂娜，我再也看不住那俩活宝了。我想我该到铁匠布拉德那儿去一趟，看看能不能借副脚镣把他俩铐住。”

“她太粗鲁啦，”伊薇瞄了一眼欧文，低声说道，“咱们该把她关在厕所里，怎么样？”

“那只能给我们惹上更多的麻烦。”欧文答道。

他俩开始一起收拾地上散乱的积木，把它们摞放到皮制挎包旁的盒子里。现在马上就要开饭了，两人将要面对国王并忍受“残忍虐待”枕头所应得的叱责。

“你喜欢你的绰号吗？”她一边拾掇着积木一边问道。“自从集雨池那次后，我就一直想问你了。我很喜欢这个名字，不过，如果你不喜欢，我以后就不叫了。”

欧文真诚地看着她，“你是指挎包欧文吗？”

伊薇使劲儿地点了点头。“那你以为是指什么——*基斯*？”“可别那么叫我，我不介意人们叫我挎包欧文。”

“对于我来说，你永远就是欧文·基斯卡登。伊蕾莎白·维多利亚·莫蒂默·基斯卡登，这样才听着显要高贵。”

欧文微笑着叹了口气。

“怎么了？”

“你现在习惯‘伊薇’这个名字了吗？”欧文问道。

“你叫的时候就习惯。”

“只有*我*当面这么叫你！”

她将双手放在膝上。“我讨厌别人叫我莫蒂默小姐，那是对我妈妈的称呼，我现在还根本算不上什么小姐。我从来就没有什么绰号，现在终于有了。不过，别人还得叫我全名。”

“我还是婴孩的时候，姐姐叫我巫哥文。她们现在还用这个称呼取笑我呢。”

伊薇也觉得这个名字很滑稽，咯咯地笑了起来。“比起基斯，我更喜欢这个！不过人们之间都会叫彼此的昵称。等我们长大了，你就要叫我亲爱的或是宝贝儿什么的。你知道安凯瑞特这个名字的意思吗?”

他惊讶地望着她，“不知道。”

她热切地点着头，“我知道呢，那是北方的名字，来源于一种不同的语言。安凯瑞特是我们在锡尔迪金的叫法，但这个名字来源于阿塔巴伦语，叫安格瑞蒂。来，让我们一起念一遍，安—格—瑞—蒂。它的意思是挚爱，女孩子的名字，真是太好听了。”她伸出手触摸着欧文那撮白发。

“捣蛋——鬼藏哪儿去了？在那——儿呀，又在搞破坏吗？再弄一次一片狼藉?”这是伯威克怒气冲冲的声音。“你们俩过来。看在圣泉的份上啊，怎么又搞得一团糟！快点快点。你们俩怎么和贼一样笨，看你们搞得这乱摊子，让我今天心情可真爽透了!”

欧文和伊薇面面相觑，他的说话方式真让两人情不自禁地要笑出声来。

伯威克面沉似水，怒火蓄势待发。“你们俩，快到这边来。”他似一堵高墙般矗立在长凳旁，气急败坏地发着牢骚。而在这时欧文才注意到，伯威克盛怒的背后似乎隐藏着一丝惶恐。“现在跟我来，没时间磨蹭了。”

他们的笑容突然僵住了，随后慢慢隐去。

这条消息会出乎宫中众人的意料。它能确保男孩异能者的地位。全国的人都知道伊利的施洗长老，约翰·坦默尔。他是艾瑞德国王的枢密院成员。这人生来就是掌管“艾思斌”的料，可是供奉圣泉之人是绝不能担任此职的。他足智多谋，知识渊博，却又像寒冬的坚冰一般冷酷无情。作为阻碍塞弗恩登位的同谋犯，塞弗恩国王将他关押在西境的布雷肯布里地牢。毫无疑问他卷入了引起鞍鞭山之战的阴谋。现在他被“艾思斌”擒获了。塞弗恩会淹死一个来自圣泉的人吗？我不知道。

——多米尼克·曼奇尼，御膳房“艾思斌”

第二十七章
鳗鱼

伯威克一瘸一拐，边走边回头，满脸紧张不安。

“往前走啊，你们两个。快点。”他咆哮着。欧文的心在狂跳。有了密谋的机会，伊薇显得很兴奋。

他们走到一扇供仆人进出的门前。门锁上了，伯威克从腰间取下一大串钥匙，迅速打开了锁，并示意他们进去，自己却留在门外。欧文听到身后快速上锁的声音。

安凯瑞特和曼奇尼已经在屋内等他们了。胖“艾思斌”走来走去，满脸汗水直淌。他的脖子和腋下汗水淋漓，打湿了衣服。他惊奇地盯着两个孩子，一边用方巾擦着嘴。

“是你带他们来这儿的?”曼奇尼哼哼唧唧地抱怨。“要是我们全被逮住了——”

安凯瑞特举起了手。“伯威克正守着走廊呢。如果有人来了，他会连敲两下门。没时间犹豫了。你有什么消息?”

曼奇尼神色慌张，好像随时会有人闯进来。“有一名‘艾思斌’刚经过圣母殿，”他粗声说道，摩拳擦掌，“我认出了这家伙。盖茨。

机敏的年轻人。我看见他的坐骑口吐白沫，就知道他肯定是快马加鞭赶来的。他吃了块不该吃的松饼，就病倒了。他上吐下泻，简直快把肠子都拉爆了。”

“说消息!”安凯瑞特坚持道。

“是！抱歉！拉特克利夫钓到了另外一个人。一条大鱼。一条真正的大鱼啊。伊利的施洗长老。”

“坦默尔。”安凯瑞特吃惊地吸了口气。欧文从她的神情判断，她非常仰慕此人。“不知道他怎么会被抓住的。”

曼奇尼耸耸肩，用块破布擦了擦后颈。“我只知道他是被国外的‘艾思斌’抓到的。无论盖茨带来什么消息，他总会马上告诉拉特克利夫的。你得赶快把这孩子带到国王面前，让他讲另外一个梦。”

安凯瑞特开始踱来踱去，眉头紧锁。

伊薇也皱着眉头。“我外公和我爸爸都不喜欢坦默尔。他犯了叛国罪。”

安凯瑞特将视线转向她。“你说得对，”她温柔地说，“他犯了叛国罪。别人都为叛国付出了血的代价，可伊利的施洗长老却没有。我很惊讶他居然会让自己被捕。他是我见过的最聪明的人之一……他是我的导师。”她摇了摇头。“木已成舟。既然不了解全部情况，也就不必乱猜了。仅他被捕这条消息就够了。”

“那我该怎么说呢?”欧文紧张地问。有这么多名字，他既不理解，也不敢保证能说全。

安凯瑞特转向曼奇尼。“你有什么建议?”

曼奇尼吓了一跳，看着她。“我做了我该做的!”他气呼呼地抱怨。“你想从嘴里听到的传言也就这些了。我得逃了……逃！逃离圣母殿。我撑不到下周了。”他哼哼唧唧，活动着关节。“我甚至都往圣泉里投了枚硬币，祈求好运。我简直彻底绝望了，盖茨千万不要把他腹泻不止这事和我给他松饼这事联系起来啊！他要这么做了，我就死定了。”

“你做得很好啊，多米尼克。”安凯瑞特安慰道。她停下脚步猛一转身。“欧文，你知道鳗鱼吗?”

他朝她眨着眼睛。

“他们就像蛇鱼!”伊薇插嘴说。

欧文点点头，却做了个鬼脸。“我可不喜欢它们，”他摇摇头说。“它们味道怪怪的。”

安凯瑞特笑容满面。“和贵族的孩子聊天真是有福啊！对呀，鳗鱼看起来就像水蛇。欧文，你得这么说。今天早上你待在御膳房。你听见莱昂娜说晚上给国王做鳗鱼吃。这让你想到了鳗鱼，然后你觉得自己就是一条鳗鱼了。一条被鱼钩钩住的鳗鱼。你在鱼钩上拼命挣扎，可还是被拉出了水面。岸上有一只拿着鱼竿的大老鼠。你就是那条鳗鱼。记住了吗，欧文?”

伊薇眉头一皱。“这是什么意思? 哎呀！伊利！那是条鳗鱼！(注：英文中‘伊利’和‘鳗鱼’拼写相仿)”

安凯瑞特朝她眨眨眼睛。“聪明女孩。”

传来连续两下清晰的敲门声。

“从这儿走，多米尼克。”安凯瑞特说，示意他跟着她。安凯瑞特挥手示意欧文去开门，然后和曼奇尼从另一道门溜出去并带上了门。片刻之后，伯威克打开了门，当门而立，汗流满面。

“瞧瞧你俩！总是胡闹！国王正——吃早餐呢！你们不知道吗！快来，快来。你们迟到了，麻烦的却是我，我会挨抽的。”

欧文和伊薇走出门，紧跟着他。她紧紧握住他的手，但欧文的胃真的像鱼钩上的鳗鱼一样活蹦乱跳起来。伯威克一瘸一拐的姿势愈发明显。他们往前走时，一个男人从他们前头的拐角转过来，带着国王的徽章——雪色封豕。他看见了他们，脸色一变，眯起了眼睛。

“找到他们了！”伯威克捏拳轻轻敲了一下欧文的头。“这两个就是麻烦。他们需要更年轻更灵活的人来看管。天啊！”

这人毫无反应，可他们一走，他又沿原路返回了大厅。他径直走向仆人的门，迅速拉了拉把手，可是伯威克已经把门锁上了。

他们转过拐角，走出了那人的视线，伯威克长长地吁了口气。他们走进大厅，此时早餐已经开始了。塞弗恩国王正绕着他的桌子转悠，向他年轻的客人们发动猛攻。拉特克利夫焦躁不安地站在角落里。“艾思斌”首领看见他们进来，眼中闪过一丝如释重负的表情，接着便喷射出怒火。“啊，你们终于来了！”国王冷笑着说。“通常都是大家等国王，但我知道我必须等两个任性的孩子。有你俩加入，可真叫人高兴啊。”

“请您原谅，陛下。”伯威克胆怯地说着，连连鞠躬。“对不起，对不起。昨晚他俩搞得一团糟，我正训斥他们呢——”

“你训斥他们？”国王打断了他的话，眼中露出嘲讽的神色。“哦，我想起来了，今天早上有一小片白绒毛一路飘到了我的卧室。不过我又想，这也许是从我自己的枕头里漏下来的呢。”他自顾自地咯咯笑起来，因为这恶作剧而神色稍缓。很显然他已经知道了“羽绒事件”。

“再次请您原谅。”伯威克温顺地鞠着躬，慢慢后退。拉特克利夫在他逃走前抓住了他，开始在他耳边咆哮。

“放手，拉特克利夫，”国王带着一丝愠怒说，“你们其他人要是像他们昨晚这样恶作剧，那是绝不能宽恕的。”他补充道，朝屋内其他年轻人摇了摇手指。“干嘛这么闷闷不乐呀，当斯沃斯少爷？吃的不对你胃口吗?”

此刻欧文的胃里翻江倒海。当斯沃斯还在为前一天的羞辱生气，国王的注意力转向了他。他双颊潮红，喃喃低语。欧文感到奇怪，这样的当斯沃斯竟然无数次欺负过他。

“去吧。”伊薇在他耳边低语，轻轻推了推他。

他宁愿再跳一次集雨池，也不想面对国王。安凯瑞特的话在他脑子里乱成了一锅粥。之前她曾逐字逐句地教他该怎么说呢。他们也反复练过好几次。不过那时时间还宽裕，可以在心里反复琢磨和操练。可现在完全不同了，十万火急。

“去吧!”她坚持道，更用力地推他。

他叹了口气，朝国王走去。这时，一个他不认识的男人走进大厅，东张西望了一会儿，然后直奔拉特克利夫和伯威克而去。他表情痛苦，用一只戴着手套的手摁着肚子。欧文凭直觉猜测，这就是那个刚赶来就被曼奇尼下毒的人。时间不多了。

欧文紧张得要吐。他回头瞄了一眼伊薇，看见她的目光正穿透他的眼睛。*你得做!* 她的表情发出命令。在那一刻，她的眼睛非常绿。

欧文又向前走了几步，感觉全身的骨头都要散架了。他浑身颤抖又满心恐惧。当斯沃斯抬头瞟了一眼，看见了他，压抑的愤怒顿时绷紧了他的脸。这差点让欧文信心崩溃。

“有什么事啊，孩子?”国王突然问他，降低了嗓门。他仔细打量着欧文，仿佛很关心他。他朝欧文走过来，欧文几乎没注意到他走路有点瘸。他看见握住剑柄的手，正从剑鞘里拔出短剑。他飞快地眨着眼睛，试图让自己平静下来。

“你不舒服吗?”国王的声音变得更柔和了。他用手按了一下男孩的肩膀，这突然的重量几乎让欧文双膝一软。他想逃跑，想溜走，想找一条黑暗的隧道躲起来，蜷起身体号啕大哭。怎么能让这么小的孩子做这样的事呢?

他的眼睛在流泪，真是尴尬。他没有哭，只是泪流不止。他仰视着国王的脸，看到他刚刚刮好还油光发亮的尖下巴。他还散发着一种气味，一种皮革和金属的气味。欧文几乎昏过去了。

但欧文看见伊薇绕到了国王身后，直盯着他的眼睛。她想让他说话，她的眼神狂热、坚定、无所畏惧。仿佛她正通过凝视将勇气注入他的杯中。

“告诉他!”她似乎在说。

“您……您喜欢……鳗鱼吗?”

欧文不知道为什么蹦出来这句话。国王迷惑不解地看着他。“我喜欢鳗鱼吗?”欧文点了点头。

“不太喜欢，”国王说。“你喜欢吗?”

“不太喜欢，”欧文说着，努力控制着自己。“今天早上我在御膳房。莱昂娜说她在做鳗鱼。”

国王哼着鼻子，“你要是不喜欢鳗鱼，不吃也行啊。我想……好吧，别在意。”他抬起手，失望地皱了皱眉头。

欧文的勇气和机会正在消失。“当她说到鳗鱼，”他强迫自己继续，“我开始觉得……奇怪。”

他又吸引了国王的注意。“你觉得?就像是看到了另一个视界?”他的表情急切，近乎渴望。欧文点了点头。

“拉特克利夫!”国王大声喊道，示意他赶紧过来。拉特克利夫厌烦地皱着眉，朝他们走来。伊薇朝欧文自豪地笑了。

“接着讲!”国王用低沉和诱哄的嗓音恳求道，兴奋得两眼放光。

“就像是一个梦，但我醒着呢，”欧文说，“我就是一条鳗鱼。我嘴里有个钩子，就像渔夫的鱼钩，把我拉出了水面。我扭动身体，试图挣脱，可钩子一直在拉。它让我觉得疼。我离开水面一看，根本没有渔夫。一只老鼠正握着鱼竿。一只笑嘻嘻的大老鼠。”

国王困惑地盯着他。“这是一件怪事，欧文。很古怪。”他用问询的眼神瞥了一眼拉特克利夫。（注：英文中“拉特克利夫”这个名字里包含“老鼠”这个单词）

拉特克利夫耸耸肩，一头雾水。“我搞不懂这是什么意思。这男孩不喜欢鳗鱼。没有多少人喜欢鳗鱼嘛。锡尔迪金第二任国王就是吃了太多的鳗鱼而送命的，这事儿您知道吗?”

国王将脸一板。“那是七鳃鳗，你这个蠢货。”他转向欧文，拍了拍他的肩膀。“你可以不吃。让莱昂娜给你烤只童子鸡，或者烧条你爱吃的鱼吧。”欧文点了点头，顿时觉得很饿，就从桌上抓起一个松饼。里边撒了些松仁，这让他想起第一次骑马进城时吃的那块松饼。

伊薇轻轻撞了一下他的肩。她和他并肩站在桌边。她凝视着琳琅满目的食品，精挑细选，然后选中了一个梨。

“干得好。”她悄声说，并没有看他。

他真想瘫倒在桌底来缓口气。

国王刺耳的声音在大厅回响。

“什么?”

所有人都望着他。欧文先前看到的那个东张西望的男人正站在国王和拉特克利夫身边。看上去他刚说了点什么。

然后，国王和拉特克利夫同时转身，注视着欧文。

我崇尚的金科玉律就是：收买人心，让其为你典身卖命，唯有利诱。否则就一定要有其他的什么方式，可以令其俯首帖耳。千万不要把他们逼迫到你死我活的境地。我觉得，拉特克利夫那么丧心病狂地要保住他的乌纱帽，其实有可能会更加激化它的丧失。和平和睦是再脆弱不过的东西了。

——多米尼克·曼奇尼，御膳房的“艾思斌”

第二十八章
忠诚

和安凯瑞特预料的分毫不差，国王在见识了欧文所显露的“神迹”之后，马上召集他的议事会成员齐聚一堂。所以当这些人聚集到国王的议事厅时，欧文和安凯瑞特早已躲在了一道秘门后，透过监视孔准备窥视偷听里面的情况。她将手指放在唇边，示意欧文必须绝对安静。不过她自己也因为可以隐身旁听这样的会议，而双目发出激动的光芒。欧文换了下姿势，好让见闻议事时，双腿不至于太劳累。

他只认识与会人员当中的几个，而当他不熟悉的人走进房间时，安凯瑞特会在他耳边低语，给他讲解。国王召集了拉特克利夫、霍瓦特，还有他的总理大臣加茨比，以及两位代表圣殿的高阶教士。安凯瑞特悄声解释着，鞍鞭山大捷后的这几个月里，国王并没有填补议事会的空缺。比如说，欧文的父亲就没有重获在议事会的位置，还待在自己的属地听候发落。所以议事会的规模变得越来越小。

一些议事会成员已经落座，而国王还在踱步，眼中流露出明显的不快和一些难以名状的情绪。

“陛下，所有人都已到齐。”拉特克利夫关上了门，随后向国王通报着，脸上露出谨小慎微的神情。

“你们是不是在揣测，我为什么把你们召集起来?”塞弗恩阴沉地说道，用居高临下的目光扫视着众人。“我看你们都该是被推进河里翻瀑布的人。你们心中不感到罪过吗？你们有谁在那个消息送达之前就已经知晓了的?”

一时无言以对，气氛尴尬。“陛下，知晓了什么消息?”终于有人打破沉默搭了腔，安凯瑞特确认此人是加茨比。

“跟他们说。”国王朝拉特克利夫挥挥手，粗暴地说道。扔下这句命令后，他便转身走开，把议事会成员晾在一边，自顾自地开始插拔起他那柄腰间短刃。

拉特克利夫顿时有了底气，抖擞精神摆出一副钦差大臣的架势，狐假虎威地跨步来到会议桌首，双手柱在泛光打蜡的桌面。“消息来自南港，我们逮住了约翰·坦默尔。”

一片唏嘘惊叹骤起，只有一向稳重镇定的霍瓦特没有表现出明显的震惊。

“他怎么会……”

“那个恶棍!”

“肃静!”国王斥责着，“先把消息听完，你们再叽叽喳喳。继续，迪肯。”

拉特克利夫清了清嗓子。“你们可以放心，他的确在布鲁格的港口被捕了。他从来就没有离开锡尔迪金太远。在那儿停泊着一艘船，以便其火速逃遁之用。据我判断，船应该是奥西塔尼亚国王资助的。我们的‘艾思斌’利用这艘船暗渡陈仓，秘密将其押解回来。”

“事实，迪肯，”国王训斥着，“先讲事实，不要推断。告诉他们你在坦默尔身上发现了什么。”

“遵命，主人。那是当然了。”拉特克利夫的怒火被勾了起来，不过说起话来还算斯文。“他随身带着一本小册子，准确地说，是他的私人记录。现在就在这里。”说着他便掏出一本册子，黑色皮面，只有巴掌大小。“这上面记录了事项、日期、涂鸦和凌乱的思绪。实际上很多是关于圣泉的一些荒谬的念头。不过，可以肯定的是，他正在谋划着什么。他已隐匿了近两年，这期间他一直密谋着夺权篡位，而且他并不是单打独斗，同伙还不在少数。我确信——我们确信——这上面的信息可会牵扯上不少人呢。”他拿着手中的小册子晃了晃。

“就两年吗?”塞弗恩阴寒地说道。“我都忘记了，感觉时间要比那长得多呢。”他抬手扶墙，顺势反转过身形，略微跛瘸地大踏步回到议事桌前，嘴角微皱，怒怨地说道：“是啊，两年前他设计谋害我，我的妻子，还有我的儿子。我妻子死了，我儿子也没了。毫无疑问，勾结布莱奇利并诱使其叛国也是他做的好事，无非是想达成他最初的夙愿。所有的迹象让我们不得不怀疑，他同时也很有可能，就是那个觊觎王位者的幕后推手。坦默尔是条鳗鱼，那小子说得对。”

安凯瑞特专注地听着，听到此处则嘉奖给欧文一个隐秘的微笑。

“哪个小子?”其中一位高阶教士问道。“那个基斯卡登男孩？又出了个预言家?”

国王的表情明显缓和了下来，他的眼睛变得熠熠生光，就和伊薇每每讨论到集雨池时的目光一般无二。“就是他。”

拉特克利夫举起双手。“我们还是不要草率地下结论为好，我的陛下。在排除巧合或诡计之前，还不能认定那个男孩真的具有异能。”

“两次！第一次你可以认为那是巧合，只能勉强算一次不太可能的巧合吧。那么第二次呢？你又怎么解释？他可是在你之前就知道了一些事情!”

议事厅里顿时响起了窃窃私语，大家对此事颇有兴致，互相打听询问着，其中一位还急切地央求着要了解一下整个的来龙去脉。

国王大手一挥，止住了众人的交头接耳。

“那个男孩与众不同，他可以看到另一个视界。”塞弗恩一边说一边沿着会议桌踱步，一瘸一拐地步伐很慢。“这次跟上次不同，那个视界不是以夜晚做梦的形式呈现的，而是出现在白天。他看见了一条鳗鱼被钩子钓起，而拿着钓鱼竿的是一只老鼠。”他朝拉特克利夫意味深长地望了一眼。“接着就传来了消息，坦默尔，伊利的施洗长老在布鲁格被捕了——被‘艾思斌’钓到了。那小子被选中了，我告诉你，他就是被选中的、具有预见天赋的泉佑异能者!”

安凯瑞特欣慰地笑了，捏了捏欧文的手。欧文也冲她笑了笑，心中还是不踏实，怎么也搞不懂她的计划竟如此出奇顺利地达成了?

“现在我要你们回答的问题是，”国王继续说道，“我是否有权处死本国的一位高阶教士，一位据说受圣泉庇佑的人，一根我多年的眼中钉肉中刺。还要提醒各位，他还是十年前起草与奥西塔尼亚停战协议的那一位。而奥西塔尼亚却拒绝了协议，那是对我兄弟的侮辱——是对我们所有人的侮辱！两年前，他还是这个议事会的成员之一呢。”国王用食指敲着桌面。“比他更尊贵的其他叛国者可是付出了生命的代价，然而他却可以逍遥法外，你们怎么说，议事会的大人们？让我们看看，把他扔进河里，圣泉会不会赦免这个人，怎么样呢?”

一位地位略低的贵族举起来了手。“那个孩子怎么说的?”

国王看了看他，有点儿被问得一头雾水。

“那孩子上一次的预言。您还记得吧！他说松果坠入了河流。而这次是钩子把鳗鱼从河里救了上来，对不对?”

“说得好，鲁弗斯。”另一位坐在其左手边上的高阶教士说道。

"确实如此啊！它把鳗鱼从河里救上来了！"

国王转身瞅着拉特克利夫，后者三步并作两步地赶到国王面前。"主人啊，""艾思斌"头子连忙解释，几乎难掩激动。"陛下呀，您可不能把那个男孩的胡扯当成圣泉传递的意志呀！那您可是太冒险了，那就是——"

"神迹吗？"国王轻声打断了他。顿时房间里变得鸦雀无声，不过，欧文的心却充满期待地提了起来。

"你不相信那孩子是泉佑异能者，迪肯，是吗？"

"我不信，"拉特克利夫怒气冲冲地脱口而出。他压低声音急速地说道，"我认为他只是一个被利用来哄骗您的工具而已。我的君王，如果你要是听信了他，就落入了她的圈套啊。她就会牵着您的鼻子走，蒙你骗你。那个女人还活着，我告诉你，她还在。当斯沃斯曾经提起过她的名字，可是她最近又出现了。当斯沃斯发誓说在御膳房见过她，就在御膳房里！那个小子为什么不在别的地方玩他那个蠢蛋游戏？为什么偏偏在那儿？陛下，我的朋友啊，这件事您一定要信我的！那个女人是您的王国里最恐怖的家伙，甚至比坦默尔还要危险。您问问霍瓦特，连他都害怕。"

意识到他们这是在说安凯瑞特，忧虑似电击般刺透欧文的全身。刚刚满心的期待之喜瞬间变成了令人作呕的焦虑之忧。"那么，你怎么说，史蒂夫？"国王又将目光转向了头发灰白的公爵，他正深深地靠坐在窥探孔可以瞄到的一张软包椅上。

公爵盯着桌面并用手指慢慢地敲击着，沉默良久才搭腔。"根据官方记录，安凯瑞特·崔尼奥薇被缚于舟内，跌落瀑布而死。如果她还能生还，您的兄弟倒是没告诉过我，陛下。"焦躁不安扭曲了拉特克利夫的整张脸，不过国王根本没注意到他，而是全神贯注地倾听着老公爵的话。

“不过呢?”塞弗恩听出了弦外之音，催促公爵讲下去。

“不过，”公爵继续说道，“我也对此说法心存疑惑，在北方我们会把罪人从高山瀑布上扔下去。在我们那儿的所有历史记载中，只有泉佑异能者才能够得以生还。如果王后的毒药师是异能者的话，就正如我们怀疑的那样，她也许并没有死。”说完这些，他就捋着山羊胡子不再吭声了。

国王的声音变得严肃起来。“你相信那个男孩是泉佑异能者吗?”

霍瓦特举目瞧着国王，并点了下头。

拉特克利夫现在变得怒容满面，他的意见竟和整个议事会相左，就连欧文也看出了这一点。不过国王仍然很尊重他，并没有妄下定论。

国王走回到壁炉台，来到拉特克利夫身边，把手放在他的肩上。“你的建议是什么，迪肯?”国王询问道。“你知道我信任你。”

与国王近在咫尺的拉特克利夫沉寂片刻，接着便说道，“一件事就够，陛下。只要一件事就可以立即解决您所有的疑问。”

安凯瑞特皱了皱眉，表情严肃而关切，欧文再次感到心提到了嗓子眼儿。有时候，他们的计划就像是在下着巫哲象棋，不过有的时候，比如现在，欧文会感到完全不是那么一回事儿，他们绝非是在游戏，而是在赌命斗智。

“我们去西方巡回审判，执行国王裁决的时候把他也带上。这样他就远离了王宫和这里织构的阴谋。我们需要把他和可能影响操纵他的那些人分割开。如果他真的是泉佑异能者，离开了王宫的范围还能展示异能的话，那就连我也没什么好说的了。”

国王得意地笑着。“那么如果他*真是*泉佑异能者呢，迪肯？你知道这种特殊天赋是多么珍稀吗？异能者本已罕见，能看见未来在异能者中更是凤毛麟角呢!”他的双目似乎喷发出炽热的欲望之火，他非常乐意相信这是真的。“如果真是这样，这个男孩将成为锡尔迪金最伟大、最尊贵的贵族。畅想一下吧！你的谨慎小心是对的，不过我的直觉告诉我这个孩子很特别。我的能力在他身上施展起来非常吃力。”拉特克利夫看样子还想反驳，不过随即便改变了策略。“陛下，那样的话，我的计划也仅仅能证实他是否是异能者。不过从坦默尔身上得到的消息可给了我们一个潜在的机会呀。我相信我有一个法子可以用来试探男孩和他父母的忠诚。我必须事先有所安排，不过，一旦我的计划启动，我们就对真相一目了然喽。”他微笑着，一副巨狼狡诈凶残的微笑。“交给我吧，陛下。我可是太期待我们的人当中出现一位泉佑异能预言家啦，就算他是基斯卡登家的也没什么大不了的。我希望您是对的，而我的担忧是多余的。”

“他可真是老谋深算啊，我的陛下。”加茨比赞赏地说道。

“您选他做‘艾思斌’首领真是太英明了。”欧文只闻其声的另一个人附和着。

国王看起来挺满意。“你的计划是什么，迪肯?”

“艾思斌”头子得意地笑了笑。“当然这个计划只藏在我心中，是最好不过的了。不过让我透露一点儿吧，那个男孩很快就可以看到在塔顿庄园的老家喽。”

议事会散了，众人鱼贯而出，但是安凯瑞特却一直紧锁双眉。她轻手缓慢地合上了窥探孔，随后双手便埋于膝间，关切地望着欧文。

“会发生什么事?”他追问道。

迟疑片刻，她摇了摇头，试图说些安慰的话。不过，欧文很清楚地读懂了她的心思，安慰只能使他更加担忧。

“当一个人感觉到了威胁，”安凯瑞特的声音轻若游丝，“就会狗急跳墙，很容易就做出可怕的事情来。”她又摇了摇头。“我觉得国王还没有察觉到，他的‘艾思斌’头子已经不再为他着想了。”

人的野心是不断膨胀的。如果有人天生适合掌管“艾思斌”，那一定是约翰·坦默尔。拉特克利夫设法抓住了他，说实话这吓了我一跳。这只老鼠有个礼物。他的书将会是无价之宝。不知道书里边会不会有什么事牵连到我？

——多米尼克·曼奇尼，御膳房的“艾思斌”

第二十九章
深无测

欧文在帝泉已经待了数月，按理应该入秋了，然而季节却决心返夏了。鳗鱼被偷运到锡尔迪金的那天，热浪袭击了王国，把城堡变成了砖炉。高温持续了好几天。

汗水从欧文的鼻子上滴下来，他躺在御膳房的地板上，焦躁不安地摆弄着积木。他在长凳上摆了一线积木，准备让它们倒下来，将摆在下方的积木连串击倒。他的设计变得越来越复杂了。

“太热了！”伊薇抱怨道，起身离开他，靠墙坐下。她伸了个懒腰，懒洋洋地打了个哈欠。“北方从来不会这么热呢，欧文。就算每年这个时候，山上还是有冰。你知道那儿的冰洞吗？巨大的冰洞。我还没亲眼见过呢。爸爸说我还太小，爬不上去。”

“嗯，嗯。”欧文心烦意乱地咕哝着。咸咸的汗水刺痛了他的眼睛，他气冲冲地擦着汗。他讨厌天这么热，也不喜欢自己这么心浮气躁。

御膳房的窗户是完全打开的，却丝毫不能缓解闷热。莱昂娜还是负责烘焙每餐的面包，她站在炽热的烤炉前，很不耐烦地训斥着下属。每个人都心烦而暴躁。

“我希望巡回审判时国王能带我们一起走。我听说这次是去西边。外公告诉我的。你还想再见到塔顿庄园吗？你的庄园是什么样子的？你想外公帮你给家里带个信吗？”

欧文瞪着她，心头一紧。“为什么国王要去西边？”他感到一阵恐惧。难道伊利施洗长老的事牵扯到他父母啦？忧虑开始搅动他的胃。

“国王总要不停巡视呀，傻孩子。他必须维护全国的公正和秩序。总有争议要解决。总有法律要执行。当然喽，还要收税。通常他会选个地方作为他的冬季法庭。你知道吗，处理好这些事需要好几个月时间呢。我听说他今年要去西边了。也许他会把塔顿庄园作为冬季法庭？也可能在蜂岩行宫。”

欧文的内心五味杂陈。他有好几个月没见过家里人了。无论他的父母是否做过选择，他仍在为父母抛弃他而烦恼。可是在他离开家的这几个月里，生活已经发生了翻天覆地的变化。他觉得自己不再是原来那个男孩了。

“我有个主意，”伊薇低声说，“天这么热，我们再去跳集雨池吧！”

真是绝妙的主意，欧文咧嘴一笑表示同意。他推倒排头的积木，看着积木噼里啪啦一路倒下去，声音很大，吵醒了正坐在椅子上打鼾的曼奇尼。

然后伊薇抓着欧文的手穿过厨房，开始跑起来。

“你们去哪儿呀？”莱昂娜扭头问道。高温引起朱厄尔痛风发作，那天下午她请厨娘看护他们。

“去喷泉里跳舞！”伊薇淘气地喊道。

“这不合适啊，小姐！”莱昂娜大喊。

可是两个孩子心急火燎的，哪顾得上合适不合适呢。欧文有点怕再跳一次集雨池，不过天气又闷热又潮湿，冰凉的池水实在太诱人了。况且他想起曾经见过宝藏，他想再亲眼验证一下，看看那是不是幻觉。

椅子吱嘎一响，曼奇尼起身追赶他们。“站住，你们两个！”他急忙叫道。

“快跑！”伊薇低声说，她使劲拉着欧文，逃出御膳房跑到大厅。胖“艾思斌”在他们后面使劲吆喝。欧文五脏欢腾，感觉欢笑的气泡从嘴里直冒出来。他们跑过大厅，差点迎面撞上汗流浃背、怒目而视的仆人。他们东弯西拐，一路奔跑，越来越兴奋。在王宫光滑精美的地板上，他们的足音脆响。

他们来到人迹罕至的走廊，放慢了脚步。通向集雨池院子的窗户被遮盖起来了。他们细听了一下，没听到身后有追赶的脚步声，就向那块熟悉的挂毯走去。伊薇又回头看了一眼，拉开挂毯，猛地推了一把窗户就把它打开了。欧文帮她爬了上去，然后跟着她穿过了窗口。

太阳直射在院子里，在滚烫的石头上闪闪发光。欧文和伊薇快速走到集雨池口，往里探望。光线很强烈，他们没法看得清楚。他们听见水流冲刷着柱子，但是标明集雨池深度的标记被强光掩盖了。

伊薇挠了挠头。“我们要确保水够深。”

他们走到上次发现的藤蔓覆盖的门前，可当欧文弯腰准备打开门闩时，却发现它已经半开着了。上回他没关上它吗？他记不得了。他们拉开门，拾级而下，走向水边。

“水位比原来低，”她喃喃地说，“下降了好几格，看见了吗？”

“船在哪儿？”欧文问。他马上注意到船不见了。

她转过身，看着原来泊船的地方。“我没看见。你认为这儿有人?”

“嘘!”欧文将手指举到唇边说。他在倾听有什么不祥的声音，有什么异常的事。什么也没有。他们面前唯一的光，是上方投下的光柱，照在集雨池空旷的水面上。到底是谁划走了船呢?

“我觉得它够深了。”过了一会儿伊薇说，她有点不耐烦了，开始走上台阶。

“等一下!”他喊道，追赶着她。他想在他们冒险一跳之前找出问题的答案，可她已迫不及待地要游泳了。

他们到了集雨池上方巨大而阴森的洞口。水位其实比较低，欧文看见他们的身影倒映在起伏不定的水面。

“好了吗?”她问，握住了他的手。

欧文点了点头，让她数数。

“跳!”她说，拉着他一起跳了下去。

在下落的中途，垂直坠落带来的狂野之感，让他想起自己其实本来是很害怕的，可冰凉的池水迅速撞到他脸上，他坠入深处。他的脚碰到了集雨池底。他依然紧握着她的手。

欧文睁开眼睛，看见四周是成堆的宝藏。他盯着剑柄、珠宝和项链，感到肋骨内迸发出一阵巨大的兴奋。伊薇拽着他的手，试图游上来，但他把她拉了回来，因为他还想再看看这些珍宝。这么多宝贝呀！但随之他注意到有些不对劲的地方。宝藏堆里有一个缺口。好像是有人用耙子耙过。哦不，不对。有一只箱子看上去已被人拖向台阶。拖拽的动作将一些珠宝撞倒向两边，在大量财宝间清理出了一条通道。

他的同伴猛拽他的手，他抬起头，看见气泡正从她嘴里冒出来，蒙住了她的脸。

欧文想留在水下，弄明白这些珠宝到底发生了什么事，但他们都需要呼吸。他使劲蹬了几下腿，他们开始浮向水面。他们一冒出水面，一阵巨大的轧轧声瞬间充满了他浸水的耳朵。

欧文的脸一露出水面，就拼命吸了口气，他的肺都快燃烧起来了。伊薇使劲划着水，一边急促而激动着说着话。

“欧文！你听到那声音了吗?”

欧文看了看，他们离台阶更远了。实际上，他们正飞速远离台阶。

“出什么事了?”欧文手忙脚乱地问。水正将他们拖向暗池深处。

“快游!”她喊道，开始划动双臂并蹬踢双腿。欧文也开始游，想游到台阶处的安全位置，可是水流实在太强劲了。他们被深深吸入水池的喉咙里。恐惧让他忘记了水下的宝藏。

有来自遥远尽头的光。他以前没有见过。水池里有一个开口吗?然后他听到了激流声音，瀑布声。

“欧文!”伊薇尖叫起来，他们同时意识到大事不妙。

集雨池正往河里排水。

台阶已经很远了，开口处的那一束光就像黑暗中一支越变越大的灰白长矛，激流将他们推得离安全之地越来越远。

“抓住柱子!”她大叫。她伸手去抓最近的柱子，可手指却在潮湿的石头上滑了过去。

欧文试图抓住一根柱子，成功了。他抓住伊薇的手腕，紧紧抱住她，但水流又将他们从柱子边冲开，他们再一次被卷入了急流。

巨大的洞口隐现，越来越近，他们可以听见水从洞口喷涌而出的声音。他们能不翻落下去吗？他觉得不可能，因为水流正推着他们极速前进。

"欧文！"她绝望地说，万分惊恐中抓住了他的腰。

无物可扒。无处可抓。船不见了。他的意识正疯狂旋转，可是随着水流的簌簌声，他突然感到一阵平静。他的头脑向无限可能性敞开，忽然灵光一闪。他需要一些重物。水流冲不走的重物

那些宝藏。

"抓紧我！"他冲着面色煞白的她大叫。"抓紧！"他没有逆流而上，而是顺势潜了下去。水下太暗，看不见什么，但他用手摸索着，摸到了一个拉手，箱子上的一根横档。他用一只手紧紧抓住它，感觉自己依然在滑动，因此他就用双手握住了它。空气快要耗尽，但至少不会再移动了。箱子让他们免于被冲走。为什么池底会有财宝？是谁把它放在那里的？是什么人用什么办法拖走一个箱子的？为什么？

他的肺痛苦地灼烧起来。他太想呼吸了！他感觉到伊薇的手在滑走。若他想救他们两个的命，必须立刻采取行动。他拽着拉环，将自己拉到在箱子上方，以便双脚跨在箱子两边。箱子很大，可能都快齐腰了。他拖拉箱子的时候，箱子在池底滑动了一点点，可是要把它拖走，那确实太重了。

呼吸。

一想起这个，他就开始慌了。他觉得自己就要在水里喘气了，可他知道这会让他送命的。伊薇曾告诉他，每时每刻都有孩子淹死。他需要空气！他把箱子挤进两腿间，解放双手，然后抓住伊薇的胳膊，把她拉离他的皮带。他握住她的靴子，将她举出水面。他觉得激流正在把她拖走，但他奋力坚持着，决不愿意失去她。

她尖叫起来。即使在水下，他也能听见她的声音。他眼前阵阵发黑。他意识渐渐模糊。昏睡过去了。

他快要淹死了。

他感到肌肉在刺痛燃烧。他意识到他们就在水流溅涌的洞口附近。在头顶上可以看到一大片光。欧文凝视着它，感到很平静。他的肺不再燃烧。一切都减慢了，他感到自己与水融为一体了。

呼吸。

现在这念头不再让人觉得害怕。欧文张开了嘴。

伊薇不见了。他迷惑不解地眨着眼睛。他是什么时候放开她的？他听见喷泉潺潺，几乎能闻到花园里忍冬花和各种花卉的芳香。在这么深的水底他还能闻到这些，可真奇怪。

然后一双强壮有力的手抓住了他的腋下，将他拖了上去。他的脸破水而出，空气又骤然充满了他的胸膛。美味的、发酵的空气让他的骨头都开始歌唱。

“上来，孩子！上来！”是曼奇尼的声音。

欧文迷迷糊糊，嘶嘶直喘，他看见伊薇正勾住胖子“艾思斌”的脖子，头发垂在脸上。她的裙子下垂，四肢无力的悬挂着，看上去累得不能动了。她直勾勾地盯着欧文，欧文敢肯定她正强忍着不哭出来。

曼奇尼托住欧文的腋下，把他朝台阶方向拉。水流冲激着他的身体，但水已排掉好多，水位已下降到腰间，水流的力量看似正在流失。

“该死的，我为什么要冒着生命危险来救你们两个，”“艾思斌”边走边嘀咕。“无法无天。粗心大意。愚蠢的小淘气。我还以为你是水精灵呢，姑娘，但显然你不是嘛！水精灵可不会差点淹死自己。你们是怎么知道这地方的？把它用墙围起来真是有道理啊！”

欧文根本没去听曼奇尼的粗话，他只盯着水流看。水正流过曼奇尼的膝盖。很快就能看见宝藏了。他会向他们证明这是真的。

他们到了台阶下，曼奇尼将欧文像沉甸甸的袋子一样往地上一放，转过身来坐在台阶上，呼哧呼哧直喘。“太费劲了，真是费劲啊。天哪，孩子们总是白白送命。我为什么要费心来救你们，这本来就不关我的事啊。现在我们全都湿透了。啊呸!”

伊薇冲到欧文身边，把他紧紧搂在怀里。“你怎么样了？你是怎么救我们的？你抓住什么啦？就像你有个船锚似的!”

“是宝藏。”欧文喘着气，擦拭着脸上的水。他盯着排水的池子。水已经排得比台阶还低了。

“宝藏?”曼奇尼急切地说，望着池水。

什么也没有。欧文走下台阶，寻找他们原来下水之处。井洞就在他们正上方。

他踢着池水，溅起水花阵阵，却没有在闪闪发光的池底发现任何东西。什么也没有。

“他脑子糊涂了。”曼奇尼说，依然呼哧呼哧喘着气。

欧文转过身，哀求地看着伊薇。“我看见了！“他坚持说。“我感觉到了。”

她盯着他，脸色憔悴。然后她冲过去再次紧紧抱住他，开始大哭起来。

我觉得拉特克利夫想要除掉那个孩子，采取的手法就和谋害小王子们的一样。当两个淘气包跑掉的时候，我就有了很不好的预感，于是赶紧追了上去。很显然，他们已经发现了去王宫集雨池的秘道。拉特克利夫发现了我在监视着两个孩子，而且当我告诉他两人的去向时，他的眼神很异常，随即就匆匆走掉了。这就更让我惴惴不安起来，所以我想把孩子们喊回来，但是他俩根本没听见。不一会儿我就听到了尖叫声，赶紧就把门破开了。集雨池的水正在排向河流，我把孩子们救了，把浸得透透的两个昏迷不醒的小淘气，从深池的死神口中拖了出来。那之后我花了一个小时的时间才缓过气儿来。拉特克利夫从我这儿溜掉后不久就发生了这样的事，我可不认为是纯属巧合。而且我觉得，他还想把孩子们的死嫁祸到我头上。好吧，既然如此，咱们俩就比比运气，看看是你死还是我亡吧。

——多米尼克·曼奇尼，在王宫集雨池的“艾思斌”

第三十章
诅咒

当发现约翰·坦默尔从囚室里逃脱了以后，整个王宫都炸了。城堡里彻夜搜寻，熙来攘往吵闹的皮靴声、来来去去炫目的火把光，闹得欧文根本无法安睡。在他的房间里搜查逃犯还不止一次，而是两次。那一晚他也没敢去安凯瑞特那里，因为“艾思斌”通道也被彻底搜查了。

国王勃然大怒，每个人都噤若寒蝉、如坐针毡。欧文和伊薇还心有余悸地笼罩在昨天死里逃生的阴影中。欧文还是第一次面对着少言寡语、轻声细语的伊薇。早餐时两个孩子形影不离相互慰藉，而国王则暴跳如雷咒骂咆哮。整个大厅里都回荡着他的恶毒诅咒，斥责他那些忠实奴仆无能废物，而那些人则不知所措地望着他，显然是又惊又怕。

“那么到现在为止，你们掌握了什么情况?”国王急躁地喝问着，面颊涨得通红，鼻孔里喷出的都是怒气。今天不同往日，他连胡子都没刮，黑色毡帽下露出碎乱的黑发。

拉特克利夫的表情几近绝望。“据我所知，陛下，他是依照您的命令，大摇大摆自己走出囚室的。”

国王的脸变得更加怒不可遏。“真见鬼！我为什么会命令释放他呢，迪肯？是你的人负责把他关押在塔里，很显然，是他们当中有人把他放走了！”

“那不可能！”拉特克利夫辩解道。“守卫收到一张文书，那上面还有您的印章。他们还说，您亲笔写的条子命令释放囚犯的。理由是您派遣他去执行一项秘密要务，被捕只是苦肉计中的一环呀，陛下。”他边说边压低了声音。“我的那四名守卫异口同声地发誓，绝对读过这样的条子！”

“那条子在哪儿啊，拉特克利夫？拿给我看！”

拉特克利夫先是紧皱双眉，随后才应道，“被扔到火里了，不过那四个人——！”

“就算是一打人都发誓说看见了猪会飞，我也不管！”国王大发雷霆，“我根本没下令放人，我的印戒一直戴着手上，你也看到了吧。而且，迪肯，我敢保证，我从来没有下过那样的命令！如果你总是这样把事情搞砸的话，我还要‘艾思斌’有什么用？王宫里千疮百孔到处是老鼠洞，交错纵横到处是秘道，到处是爪印抓痕，我已经受够了。而且伯威克告诉我集雨池已经干涸了，老天爷也不下雨，我们得花上好几天才能从河里汲水注满它。”国王在脸上抹了把汗，双唇扭曲愤恨难平。“为什么在我身边的都是些愚庸之辈？难道我身边就找不出一个靠谱的人吗？”

国王的冷言恶语让拉特克利夫十分难堪，黑着一张脸显得颇为激动，粗着嗓子怒火中烧地说道，“我已经尽我最大的力量了！”

国王狠狠地瞪了他一眼。“你做得还不够，迪肯。我们相识已久，而我把你看作朋友，甚至我们的妻子都成了闺蜜。但光是友谊还不够，你现在的职责超出了你的能力，老伙计。我对你委以重担，可是你却不堪重负！”

“你把我……把我……当成拉车的驴吗?”拉特克利夫结结巴巴慌不择言，几乎就要控制不住自己的嘴，准备乱放炮了。“你现在就像赶驴一样地鞭策我呢！”

国王塞弗恩低声嘀咕着。欧文和伊薇离他倒是不远，可以清晰地看到他的神情，不过却听不清他到底耳语着什么。只见他抬头盯着他的“艾思斌”头目，双眼满是肃杀虐戾。“我会另请高明来代替你的，拉特克利夫。你干的这事儿现在路人皆知了，太丢脸了。从这儿到比萨大大小小的王国哪有不笑掉大牙的？我都成了所有政客的笑柄啦。浴血奋战和圣泉的庇护让我获得了鞍鞭山大捷，也赋予了我统治这个王国的权利。但是却让一个臭名昭著的卖国贼从我自己的高塔里逃脱了，这算怎么回事儿呢?”他伸出戴着手套的一只手。“把他的小册子给我，我要坦默尔那本册子。我要亲自拜读他诽谤我的谎言。”

暴怒扭曲了拉特克利夫的脸。“我求你了，塞弗恩，”他以冲动而又近似哀求的口吻说着，试图把国王拉到掩人耳目的地方去。他的声音激烈且愤怒，不过却压得很低，生怕整个大厅的观望者听到分毫。“请别对我像对待那些人一样，一脚踢开卸磨杀驴。我不是黑斯廷斯，我也不是布莱奇利，更不是基斯卡登！我能让您信任。”

欧文紧盯着国王，真希望他别相信这个“艾思斌”头子。国王不在的时候，欧文可是见识过他的德行，根本不把任何人放在眼里。作为首领，就需要赢得部下的尊重，而不是依仗职位专横跋扈。这个道理是欧文的父亲言传身教给他的，老基斯卡登对其属下一向以礼相待。欧文觉得这样的相处方式是天经地义的，就像积木摆好就是为了碰倒一样理所当然。他似乎马上就可以听到积木倒塌的噼里啪啦声了，不过，好像是相互间信任的崩塌之音。

“把册子给我。”塞弗恩不依不饶。

拉特克利夫的脸由于盛怒更加地扭曲不堪。“我这就去取来。”

“它就别在你的腰里。”国王厉声拆穿了拉特克利夫的把戏，又向前伸了伸手。

拉特克利夫把册子拽了出来，恶狠狠地摔在国王手上。他的怒火在胸中焖烧，黑着脸随时会将怒气引燃爆发，欧文更加厌恶害怕他了。“那您的行程如何？我们还是按我之前的计划前往西境吗？”

“我们明天启程。”国王答道，语气多少缓和了一些。他在手上翻来覆去地摆弄着黑皮小册子，好奇地审视着册子的装帧。

“明天就走？怎么也得花上几周时间，后勤补给日常用度之类的才能准备好啊！”

“我是一名军人，拉特克利夫，你应该知道。我可不在乎后勤补给那些零零碎碎的在什么时候能追上我们，我要带着一支军队杀向西边。就在此时，北方部队已经策马南下了，我要给基斯卡登一个惊喜，看看我到底带了多少人去问候他。上次我命令他投入战斗，他却止步不前，拒绝施以援手，一直磨蹭到惨烈的终局。如果这次他还举棋不定，拒绝加入到我这边来的话，我会让他根本付不起这个代价。我觉得从鞍鞭山一役中学到了许多东西，该是我出手清算几个月前就该了结的账了。”

欧文没有完全理解国王的意思，不过从他的语气中揣测出此行必对其父母不利。他紧张地瞄了一眼他的朋友，发现她的双眼也由于忧虑而黯然失色。两人躲在一张餐桌后，竭尽所能隐遁身形。

“这里面……的东西，您……不会喜欢的，”拉特克利夫冲小册子点了下头心有余悸地说着，好像是面对一条蠕动的毒蛇般保持着距离，“您根本不用理会他说了什么，完全用不着在乎。”

“我已经习惯被人误解诽谤了，迪肯。”他强压愤怒，整个嘴唇都扭曲变形了。“以前还有人造谣，说我勾引侄女，谋害侄子，毒死妻子。”他反感地嘟囔着。“还记得那次日食吗，迪肯？正巧我妻子死了的那天？他们连日食也赖到了我的身上。”他的声音越说越低，简直低不可闻。“不过，那也许真是我做的呢。那天我的灵魂是黑暗的，而且我还是一个泉佑异能者。”

一时间两人沉默无语，似乎共同饮着一杯苦酒，回忆着痛苦的往事。

“陛下，”拉特克利夫率先打破沉寂，语气谦卑令人难以拒绝，“如果您再给我一次机会，最后一次机会，我会让您相信我是忠诚的。我敢肯定坦默尔的逃脱，背后一定是崔尼奥薇搞的鬼。我还没想明白，她昨晚是如何把印戒从您手指上偷走的。”

国王冷冷地瞅着他。“那是不可能的，”他说道，“因为昨晚我彻夜未眠。我现在还没宣布要撤你的职，拉特克利夫。不过我想也快了。”他扯下一只黑手套，并塞在腰间，随后伸手拍了拍拉特克利夫的肩膀。他的腔调也随之改变了，温和了许多，“你对我一向忠诚，迪肯，我很在意这一点，真的。”

欧文感觉空气似乎像水一般泛起了涟漪，汩汩的流水声隐约传至耳畔。眼中的情景更让他看得如痴如醉，国王向圣泉敞开心扉，用心灵进行着沟通。泉水幻化成形，就像是一匹坐骑一般被他召唤了出来。

“我宣布命令以后，你就会从‘艾思斌’首领的位置上退下来，你要克制你的憎恨，多想想从经验中汲取的教训。我兄弟时常教导我，每个人都有他提升的限度，一旦达成就该走下坡路了，再也无法向前一步。你有雄心壮志，你有许多许多的优良品质。你是位忠诚的参谋和朋友。不过现在这个担子对于你来说还是太重了，我必须另择良才来代替你。你可以帮我物色合适的人选，这是我给你的指示，这是我给你下的命令。”

欧文忆起了类似的情形，那时国王就是这样施展他的魔力，令他自愿走出了圣母殿的庇护所。欧文当时就感觉到了圣泉的流动，将他包裹其中。虽然此次国王的话语并未针对他，不过那时的感受和现在却分毫不差。不同的是，这次他可以清醒地观察国王动用着他的异能，却能置身事外不被卷入魔流的漩涡。他惊叹于国王处理此事的手段，他的话字字不虚句句真诚，并无半点尖刻斥责。

“快看，”伊薇在欧文耳边低语，“曼奇尼！”

欧文扭头看见了那位肥胖的“艾思斌”，正朝国王和拉特克利夫这边靠过来。他一只手放在滚圆的肚皮上，貌似贪婪地专注于搁板桌上堆积的食物，却故意往这边凑合。

拉特克利夫用渐渐模糊的双眼，直勾勾地盯着国王，看起来马上就要泪崩了。国王则双臂交叉抱于胸前，摆出大人物的架势，有意无意地朝曼奇尼走去，并敏锐地瞧了他一眼。

“啊哈，那个让我的御膳房开支激增的家伙。”国王逗着闷子。

曼奇尼夸张地深鞠一躬。“尊贵的陛下日理万机，还能注意到如此琐碎的细节，真令小人荣幸至极啊，”他谦恭地说道。“鄙人好吃，千真万确。不过，比起抹蜜面包和袋装佳酿，我对于市井流言和机密隐私的胃口更是好得出奇呢。我刚刚打听到一些情报，我想陛下应该希望我可以直接向您报告吧。”

拉特克利夫听出是曼奇尼的声音，急忙转身，愤恨涨红了他的脸。整个王宫都风传，他总是要求他的下属一有新情报就要先报告给他——而且只能报告给他一个人。曼奇尼正在打破这一潜规则，大厅里的所有人都看出了这一点，国王则对此兴致勃勃。

“什么情报呢，这位……大人?”

“曼尼奇，多米尼克·曼奇尼。我是日内瓦人，您可能不知道，我们都酷爱美食!”

“对此我还真是一无所知呢。”国王不咸不淡地说着，却用难以揣摩的眼神瞅了一眼拉特克利夫。

“好吧，陛下，我想您应该希望我直接向您报告的。”这个大胖子又向前凑近了一步，尽量压低声音避人耳目。拉特克利夫则紧张地前倾侧耳，欧文和伊薇也悄悄往前挪了挪。

“我觉得这个很值得一提，”曼奇尼继续说道，“在圣母殿的庇护所里，有人瞄到约翰·坦默尔和老王后在一起说着话儿。噢，她还不是那么老，我的意思是前王后。我曾经在圣母殿蹲点，陛下。所以在那里我有眼线，他们虽然不是‘艾思斌’，不过我们还挺熟。他们觉得我应该很乐意……啊咳……买这样的消息。当然了，我总是随身带着一袋弗罗林，以便应对这样的情况。”他轻轻抖了抖钱袋，朝国王挑了挑眉毛。

国王的表情变得既惊奇又钦佩，他现在完全忽略了拉特克利夫。“他是怎么通过庇护所大门的呢?”国王追问道，“他是乔装打扮溜进去的?门卫并没有发现符合其特征的人物啊。”

曼尼奇咧嘴一笑，神秘兮兮地向前探着头贴近国王。“有人跟我说，看见他从一条小船上登的岸。陛下，您也知道，离瀑布那么近划船是很危险的，不过我的线人就是这么告诉我的。如您所知，王宫这里有许多机关秘道呢。”

“我知道，”国王回答得很干脆，不过却带着一丝愠怒，“好吧，这样的话，他的失踪也可以解释得通了。现在的问题就是我们应该如何应对了。”

“他已请求了庇护。”拉特克利夫强行挤进二人中间，满脸愤懑怨气难平，并打断了他们的密谈。“没什么可补救的，只有严防死守，等他企图溜走的时候让其自投罗网。他会在那儿消停数月的，想要等我们麻痹大意时——”

“恕我冒昧，”曼奇尼谦卑有礼地说道，巧妙地打断了拉特克利夫的话，“不过，我倒有个主意。”

国王轻笑了一声，把手放在拉特克利夫的肩头。“咱们听听他到底有什么话说。”

“陛下，让我先跟他说几句。那样会——”

“这就是你还没想明白的地方，”国王打断了他的话，“你总是怕你的属下比你强，所以你把那些最有才能的人都赶走了。如果你总是抢走他们的功劳，他们会怨恨你的。你一直把‘艾思斌’把持在你的手里，而我看这个人既有雄心也有一些想法，就让他说吧，相信我，迪肯。我有自己的判断，而且从来如此。你的建议是什么，曼奇尼?”

欧文瞄到了曼奇尼嘴角的一丝微笑，不过比眨眼还快，转瞬即逝。“陛下，训练我的师父曾经这样教导过我，对待一个人，要么你就娇惯纵容他，要么你就彻底消灭他。如果你只是冒犯了他，他一定会报复；如果你狠狠地痛击他，他就丧失了还手之力。所以痛击一个人就应该打得他即使报复也无关紧要的程度。有一些方法可以把庇护所的人逼出来。我认识那儿的一些人，他们会……怎么斯文点儿说呢……”

“那就不用斯文了，直接说吧。”国王冷哼着说道。

“我认识的人，只要给他一个硬币，他就可以在圣母殿的圣泉里撒尿，对于伊利的施洗长老来说，不就范的话……如果您发话，陛下，坦默尔大人在晚餐前就会屈膝趴到您的面前。”

国王仔细斟酌着曼尼奇的话。

“这风险太大了，”拉特克利夫低声呵斥着，“如果人们发现……”

“人们疑神疑鬼以讹传讹也不是一天两天了。”曼奇尼耸了耸肩，不以为然地说道。

“我喜欢，”国王说道，“不过我不会下这样的命令，现在还不会。你现在的职责是什么，曼奇尼?”

欧文盯着他，察觉出他眼中流露出的某种变化。国王根本猜不到，曼奇尼竟然是安凯瑞特的人，是哄骗他的计划中的一分子。拉特克利夫虽然还能得到国王的信任，不过却丢失了国王对他的信心。曼奇尼被认为有能力统领“艾思斌”，他得到了国王的信心，却还没得到国王的信任。

“我向您保证，是很重要的任务，”曼奇尼生硬地答道，身体略显紧张地前后轻微晃荡着。“我负责监管那个小男孩，就是现在正偷听我们谈话的那个小家伙。”他朝欧文这边轻挥了一下手。

国王转身观瞧，正好瞥见欧文和伊薇东躲西藏想避开他的视线。塞弗恩很惊讶地看着欧文……或许还有那么几分赞许?

“真是无巧不成书啊，”国王说道，“欧文，我正想告诉你呢，明天你和我们一起出发去塔顿庄园。天一亮就走，准备一下吧。”

第三十一章
巡回审判

夜色降临，御膳房里的人大多数都走了，除了莱昂娜和德鲁，伯威克和曼奇尼，还有欧文。不知什么原因，霍瓦特公爵带着外孙女去了王宫里别的房间。想着回到塔顿庄园后将会发生的事，男孩满腹困惑，忐忑不安。为了安慰自己，他已经花了好几个小时，一直在精心搭建着各种积木样式，同时听着御膳房里此起彼伏的谈话。大家都在谈论国王决定在西边举行巡回审判的事。

他原来对此并不了解，所以伊薇对他解释说，巡回审判是年度大事，在那里国王的裁决将予以执行。主法官们将会对正式指控的叛国罪展开辩论，而伊薇的外祖父霍瓦特公爵已被任命为首席大法官，负责证据，掌管法庭。勋爵伯爵们将向国王提出正式建议，而由国王来定夺巡回审判判定的罪与罚。

“我不知道为什么不能坐车，”曼奇尼对伯威克抱怨，“男人运动太多不利于健康啊。”

伯威克嗤之以鼻。“国王让你——天一亮就骑马走，你就得走。我听说，管马人已经把那匹名叫‘下流’的老马从马厩里牵出来，给你当坐骑呢，曼奇尼。我认为，只有这只靴——子才够大。不过你最好别给颠下来了！”

“我的这些零件是很脆弱的，”曼奇尼托着大肚子回答。“我有好几年没骑马了。马车更适合我啊，伯威克。来嘛，你是王室管家。你肯定能搞定的吧？”

“我给你一个建议，别再喝酒窖里的袋酒了，还是多骑骑马吧。”伯威克冷嘲热讽。

“我不要你提什么建议。我要一辆车！一辆马车！顶用的玩意儿！”

“我呸！公鸡打鸣之前，你最好下——到院子里去。可能要靠吊桥绞盘才能让你上马，能干成这事我们就心满意足啦。我自己的麻烦事够多啦。”他不再搭理这个密探了。“莱昂娜——马夫会给牲口准备——饲料，国王则会在马上吃早饭。”

“我想到了这一点，到时会准备点吃的——”

“不必了。他路上会停下来，从当地小贩那里拿块饼吃。要不断收集雨水，重新灌满集雨池。至少下个月不会下雨了。不过国王计划离开帝泉去避寒。是时候了，该整理东西、打发多余人手啦，还要准备应付积雪啊……”

莱昂娜的丈夫，德鲁，拳眼抵唇咳嗽了一声。“过冬的木柴已经备了些，另外还得再砍几棵树。我们会准备妥当的，以防陛下临时改变主意。”

“好人啊。”伯威克轻蔑地说。

“这回说真的，伯威克大人。”曼奇尼哀求道。

“我不想——听这些，老弟！我自己的麻烦事够多啦！整个王室都要搬迁，却只有两周时间用来安置。我们原以为会在帝泉进行巡回审判，可是有变化啦，我们都得服从命令。在公鸡打鸣之前，老弟。穿暖和点吧。”

曼奇尼皱着眉头。“我会记住这些的，伯威克。别以为我不会。”

“啊，你当然会。你再威胁半句，仆人们就不用惦记着给你收拾羽毛床垫，也不用帮你倒骚哄哄的夜壶了。给我当心点，你威胁谁呢，曼奇尼。现在我要走了。”他瞥了一眼欧文，犹豫了一会儿，好像想说点什么，然后点了一下头，大步走出了御膳房。

德鲁走过来揉了揉男孩的头发。“我会想你的，欧文。你知道，大家都在谈论你，甚至在王宫外也是这样。民众都知道你是异能者。这算是好事呀。”他看起来既温柔又满怀同情，这让欧文更担心在塔顿庄园将会发生的事。德鲁轻轻拍了一下欧文的肩膀，离开了御膳房。很晚了，莱昂娜已经在托盘上放好了安凯瑞特的晚餐，却还是待在御膳房里做清理收尾工作。

突然，脚步声沿着大厅楼梯一路冲过来，打破了屋内的宁静。伊薇跑了进来，她深色的头发乱蓬蓬的，粉红脸蛋泪痕交错。她涕泗交流，用袖子擦着鼻子。已经过了她上床睡觉的时间了，他有好几个小时没看见她了。她看上去既疯狂又焦急，她的不安让欧文心焦发抖。

转眼间她就半跪在他身边，把他拉过来给了一个疯狂的拥抱，有一半的泪水洒在他肩膀上。

“怎么啦?”欧文问，微微后仰子看着她的脸。

她灰绿杂蓝的眸子满是泪水。“外公说我不能……不能去巡回法庭!”她号啕大哭。“他们要送我回北方！欧文！这不公平啊！你见父母的时候我想在场呢。你面对国王时我想给你勇气呢！欧文!”她满脸痛楚，用力揉捏着他的手，欧文觉得好疼。

他没想到她竟然不能同行。恐惧从头到脚将他淹没。这会让一切更糟。“外公说，”她抽泣着，“你和他一起骑马去，就像你们来的时候一样。他不想我看见……别像我爸爸一样啊……欧文！他们会怎么对待你呀?”

欧文感觉眼中的泪水在聚集。他从未见过她如此脆弱。“别像我爸爸一样啊。我不能失去你，不能连你也没了!”她攥紧手指，他们十指紧握。“我们要结婚了。我想这就是外公带我来这儿的原因。可是他说……他说不行。他说国王可能会把你全家人都送上瀑布顶。”她低垂着头，控制不住地抽泣。“这不公平啊！你可没在鞍鞭山背叛他。这又不是你的错！欧文，我受不了啦！失去爸爸已经够难过的啦。我已经很努力了，让自己勇敢起来，可是我不能连你也失去了呀！我甚至不能去亲眼看看你有什么事！这太不公平啦!”她尖叫起来。

莱昂娜连忙跑来，搂着伊薇的肩膀，轻言细语地安慰起她来。“好啦，好啦，我的小姑娘。好喽，好喽，嘘！你必须勇敢哦。我们都必须勇敢。安凯瑞特会帮忙的。等着瞧吧。你让欧文难过啦，小姑娘。”

欧文感觉泪流满面。尽管他恨父母让他走，尽管他已和别人产生了亲近之情，但他对他们的深切思念，一直像王宫的地下河，仿佛一道暗流渗透了他所有的情感。目睹伊薇的悲伤，让他觉得自己既自私又愚蠢。他甚至从未和她聊过她的烦恼，哪怕就一小会儿。而她在说什么……哦，就好像他和他的家人被悬挂在瀑布的边缘一样。他们会在一瞬间坠落。

步声再次传来，越来越坚定，越来越沉重，欧文听出来这是她外祖父和拉特克利夫的脚步声。两人一起走进了御膳房，一个人面色忧郁而严肃，另一个人一瞧见曼奇尼，就露出因遭出卖而愤愤不平的神情。

“不要!”女孩看到外祖父，马上尖叫起来。她仿佛遭人背叛，神色凄惨，但反抗的火焰依然闪耀，坚强的意志难以动摇。“我也要去!”

拉特克利夫目睹这壮观的情感，叹了口气。他哼了一声，双臂交叉在宽阔的胸膛上，同情地看了霍瓦特一眼。“你来对付这水精灵吧。这是你的事。”

霍瓦特眉头紧锁。“他是我外孙女。注意点。”霍瓦特慢慢靠近她，仿佛她是一匹容易受惊准备脱缰而逃的马。

“这不公平啊，外公!”她哭叫着。她使劲拉着欧文的胳膊，仿佛他是能让她不被冲走的锚。“好啦，莫蒂默小姐，”莱昂娜说，“别再让你外公丢脸啦。听他的话吧。”

她突然怒斥起莱昂娜来，仿佛她是敌人。“我妈妈是莫蒂默小姐，”她激昂地说，带着一丝恶意，“我是伊蕾莎白·维多利亚·莫蒂默。”

“来吧，”霍瓦特公爵温柔地说，在长凳边微微屈膝，向她伸出了手，掌心向上，恳求着。

“欧文会死吗?”她尖叫着，声音里充满了悲伤。她仰起头望着外祖父，潸然泪下。

公爵的脸坚毅、严厉而镇定，眼里却满是痛苦。他瞥了一眼欧文，然后回头看外孙女。“我不知道。”他低声说。

这下情况更糟了。仿佛一个黑洞在欧文下方张开了巨口，威胁着要吞下他。他想起第一次来帝泉时，和公爵同骑一匹马的场景。他还记得那种孤独无依，害怕说话，被人遗弃的感觉。

“好啦，孩子。”霍瓦特公爵温柔地用指尖碰了碰她，期待着她的手放上来。

她盯着她的外祖父，无法抗拒他的温柔。他不会强迫她。但如果她不服从这个天生具有权威的人，就会有严重后果。她将不再能自由自在。她将被外祖父疏远。欧文在她眼中看到内心的挣扎，从她噘着的颤抖嘴唇上看到内疚和痛苦。

她最终站起身来握住外祖父的手。拉特克利夫哼了一下，大步流星地率先走出了御膳房。欧文看着伊薇离开，觉得心都要碎了。她回头看了一眼，嘴唇颤抖着。莱昂娜抹着眼泪，轻拍着欧文的肩安慰他。又一滴眼泪落在他的鼻尖。

突然，伊薇做出一件让他们大惊失色的事。她抓住外祖父腰上的匕首，奋力一拔。然后她飞快地放开了手，回到欧文身边。她用空着的手，握住黏着白色羽毛的侧编发辫猛地一割。没人来得及阻止她。

她将匕首一扔，给了欧文一个最后的拥抱，她将湿润的嘴唇紧压在他脸颊上，把割断的辫子用力塞入他的掌心。

“要勇敢啊!”她在他耳边低语。痛苦和绝望消失了。她往后退了一下，她眼中的急迫之情灼伤了他的眼睛，如此强烈的意志，几乎摧毁他，将他化为齑粉。她把辫子紧紧捏在他手里，指甲深深地抠进他的肉里。她绷紧的嘴唇在剧烈颤抖。她几近疯狂。

然后她又吻了他一下，转身走回她外祖父身旁。她对匕首踢了一脚，匕首当啷当啷一路滚过御膳房。她离开时，就连曼奇尼也满怀敬畏地注视着她。

拉特克利夫恨我，这一点毋庸置疑。他的权力正在流失，会有一个人新星般冉冉升起来取代他。不出意外的话，那个人就是我。当一个人站在悬崖边上摇摇欲坠时，你只消轻轻一推，有时候就完全足够了。他透露说，我们到达蜂岩后“艾思斌”就都到霍利韦尔客栈集合。他能告诉我，只是因为他觉得我应该是跟不上大部队的，反正我也没想跟得上。他还暗示，在坦默尔的小册子里提到了基斯卡登家族——那小子的双亲。要是我能接管这件事该多好啊，真想看看到底写了什么。我敢肯定，安凯瑞特希望我能把它偷出来。除非她已经先出手了。

——多米尼克·曼奇尼，御膳房的“艾思斌”

第三十二章
虚弱

夜已深，御膳房里只剩下了欧文和曼奇尼。屋内昏暗不明，面包烤炉里明灭的炭块儿和钩子上悬挂的一只灯笼维持着仅存的光亮。欧文已经搭好了他的积木杰作，不过他却不想立刻将它推倒。他觉得如果积木不倒，也许他就用不着非得明早赶奔西边了，用不着面对他的命运——还有他的家人。他捋了捋那撮白头发，感觉着它的柔顺和温度。小小白发让他忆起了那个惊险而又开心的夜晚：在伊薇的房间里，两人弄得满屋鹅毛轻舞飞扬，而拉特克利夫则站在纷飞飘落的鹅绒里暴跳如雷。一想到拉特克利夫的秃脑壳儿上沾满羽绒的情景，欧文就想笑。不过，就连这样逗乐的回忆也没让他笑出来，黯淡的前景和窘迫的困境让他无论如何也开心不起来。

曼奇尼坐在他常坐的地方，双手扣住腰带，皮靴合着某个曲调缓慢地轻叩着地板。他在等安凯瑞特，而且看起来相当地自鸣得意。

“我从来没真正喜欢过孩子，”曼奇尼一边啃着手指甲一边自言自语，抑或也是说给欧文听，“我会是一个恐怖的父亲。”

“我同意。”欧文阴郁地说道，声若蚊蝇，轻微得也就刚好让大胖子听清而已。

“以前我一拼错字母，爸爸就用鞭子抽我。他总是逼着我，学习语言要优秀，学习法律也要优秀，搞学问也要出类拔萃。我只是想取悦他。”他抽了抽鼻子摇摇头。“你知道吗，我烦心的时候、脑袋空了的时候才会喝酒。这件事尘埃落定后，我可能就回老家了。小伙子，也许你也会喜欢上那儿的，有水的地方很多，可以让你畅游个够。”他又叹了口气。“或许我当时不该把你救上来。”

欧文盯着面前的这个人，心里感到一阵恶心。曼奇尼也瞅着他，两人目光相对，谁也不吭声。

临近午夜时，她终于来了。

秘门轻轻开启，安凯瑞特就和几个月前的第一次一样，拿着蜡烛出现在二人面前。欧文站起身形朝她走了过去，眼前的安凯瑞特面色苍白、憔悴疲惫，似乎拿着那小小的蜡烛对她来说都是很大的负担。

“你拿到那本册子了吗?”曼奇尼问道，歪着嘴不屑地笑了笑。

安凯瑞特摇了摇头，把蜡烛放下，根本没理会那个为她准备的盛装食物的托盘。“国王正在读着那本册子，他昨晚也是彻夜研读，几乎是手不释卷。”

曼奇尼冷哼一声，“我还以为，你想让我在那个时候去把它偷来呢。”

欧文瞅着这个慵懒的密探就气不打一处来。安凯瑞特似乎看透了他的心思，抑或她是真能看穿人心。于是她便对欧文安慰地微微一笑，不过却充满了悲伤和疲惫。她轻轻地抚摸着欧文的头发，可他却似乎嗅到了玫瑰凋零的味道。

“会发生什么事?”欧文喃喃地问道，“他们明天要带我回家，可我却害怕回去。”

她双手托住欧文的面颊。“欧文，我答应过会帮你的。”

“你还答应过会帮我呢。”曼奇尼打趣地挖苦着，“我是不知道会怎么样，小子。不过我想她这次也是黔驴技穷了。”他气鼓鼓地嘟囔着，还不解气似的咚咚跺着那一双笨重的肥脚。“如果连你都偷不到，那我怎么又能办得到呢？你这盘巫哲棋已经山穷水尽了，而国王那边还有太多的棋子可用，太多的后手没出呢。我们这边子力不够啊。最好就此罢手吧，你救不了这孩子。”

欧文扭头狠狠地瞪了曼奇尼一眼，不过却发现他眼中闪烁着狡黠的光芒，原来他正试图用激将法，想让安凯瑞特承认或是透露一些事情。

一丝微笑在安凯瑞特的嘴角转瞬即逝。“那么你是不想再帮我了？你以为可以靠一己之力就爬上拉特克利夫的位置吗？”

曼尼奇不以为然地耸耸肩。“实际上，我可以。国王今天差不多已经把他解职了。而且国内的对手如果全被肃清了以后，他就会把手伸向我比较了解的那些对他大有好处的外邦。”

“你必须取得他的信任，多米尼克，”安凯瑞特加重了语气，“他被出卖了太多次，而你又是日内瓦人。要改变他对你的成见就不能按常理出牌。不过就像我承诺的那样，我还是可以帮到你。我需要和约翰·坦默尔谈一次，但不能是在庇护所里。”

曼奇尼轻笑着。“难道不是你帮他逃脱的吗？我一直以为是这样。”

当她摇了摇头时，欧文也感到很吃惊。

“我并没有直接参与，我只是帮他开了门锁，而且因为你，国王将圣母殿严密监视了起来。施洗长老坦默尔只不过是从一间囚室换到了另一间而已。他不会待在那里很久的，他需要自由。你准备好接受下一项任务了吗，多米尼克？或者你准备现在就放弃了？”

他眯着眼睛看起来挺为难。“我想我算是玩完了，”他的话听起来很不吉利，不过也算是答应了安凯瑞特，“不过你要是打算说服坦默尔统领‘艾思斌’，我们就分道扬镳。”

“国王不会信任施洗长老坦默尔的，”安凯瑞特给他吃了定心丸，“这一点你不用怀疑。我们得搞到那本册子。”

曼奇尼摇了摇头。“天方夜谭。”

她半跪在欧文身侧，摸抚着他的肩头，目光越过欧文瞥了一眼曼尼奇。“你无法取得国王的完全信任，障碍太多了。不过，终有一天，欧文会统领‘艾思斌’，而且他会需要你的，而你也需要他。你们的命运会羁绊在一起，我离开后你一定要帮他。”

曼奇尼看起来很震惊，嘴巴一时间都合不拢了。“但是，我以为……我们说好的……是让我统领‘艾思斌’！”

“你会的！”她笑了笑。“不过要假手于欧文。国王会派你去跟随他，你还看不出来吗？这就是暗示你可以在他身边，并且做他的参谋。你要帮他收集情报，可以让他活下来的情报。我已经为你们的命运织构了千丝万缕的联系。你们彼此需要对方才能如愿以偿。我不能跟你们一起去了。”

欧文一听大惊失色。“你不跟我们走吗？”

“我去不成了，欧文。”她说道。“我病得很厉害。连下台阶到御膳房来都很困难。曼奇尼会去的，他能帮上你，你也一定要帮他。”

欧文眨着眼睛硬生生地止住眼泪。“我不要他帮我。”

“你在集雨池那下面就应该这么说，小子。”曼尼奇严厉地喝道。

“他已经帮过你了。”安凯瑞特安慰着，“欧文，他救了你的命，是他不顾一切地冲下去把你救上来的。他去那儿就是为了你。他把你和伊蕾莎白·维多利亚·莫蒂默从险境中拖了出来。”

曼奇尼走了过来，一堵墙般地站在两人面前俯视着他们。“我还不想和这个小家伙纠缠在一起呢！”他悻悻然地说道。

安凯瑞特抬头望着他。“他不会总这么小的，多米尼克。”她又开始轻抚着欧文的头发。“你还记得上一次圣泉眷顾的那个这么小的孩子吗？”

曼奇尼冷哼一声。“那个丹瑞米圣女只不过是奥西塔尼亚国王玩的把戏！”

“不，多米尼克，”安凯瑞特郑重地说道，“她的确是泉佑异能者。她虽然只是个小丫头，不过却带领着军队终结了锡尔迪金在奥西塔尼亚的势力。很多人还记得她，霍瓦特公爵就是其中一位。她的传说这几个世纪以来从未断止。欧文……我们的欧文就会成为新的传说。还记得阿金克普之战吗？锡尔迪金国王击溃了两万敌军，而只自损八十。他迎娶了奥西塔尼亚公主，在她父亲死后就成为了奥西塔尼亚的统治者，他同样是泉佑异能者。”

曼奇尼直晃脑袋。“但我们只是把这个孩子伪装成异能者啊！你指望我能永远包住这个谎言吗？一直能把国王瞒下去？我不可能……”

安凯瑞特闭上了双眼，轻柔地喘着气，似乎在经受着剧痛。“你必须做到，多米尼克。因为我告诉你，告诉你实话，他就是泉佑异能者！”她重新睁开了眼睛，目光似刀子般盯着面前的“艾思斌”。“我很清楚自己在说什么。他能听见圣泉的声音，他能感觉到圣泉的存在。他必须学会如何把潜能挖掘出来。在这一点上，他需要帮助。异能者的觉醒真的需要另一个异能者的引导。我命不久，只能引导他到此为止了。”她转身面对欧文，用手顺着欧文的胳膊轻抚着。“这也是圣泉把我送到你身边的原因。从你刚出生时我们的牵绊就已经开始了。欧文，习得异能经年日久，要学会控制你的力量，学会补充能量的方法。那需要经受意志和自律严酷的考验，这些是绝大多数普通人根本承受不了的。而你却通过那个，已经开始承受了，就算很轻微，却能说明你就是与众不同的，和我始终坚信的一样。”她凝视着欧文用积木搭的作品，难掩欣慰的微笑。“不过对于像我们这样的人来说，严酷的考验甚至都不能算是负担，我们很享受这样的磨砺。”此时的欧文心中却是翻江倒海，他抓住安凯瑞特裙子上的丝物和身前的系带。“你就得去！我……我没有你就做不到！求你了，安凯瑞特！求你！我做不到！”

安凯瑞特怜惜而又坚定地看着他，手放在他的肩头。“你必须要做到，欧文。”

泪水从欧文的眼角渗出。“不！我已经失去了伊蕾莎白·维多利亚·莫蒂默，我已经失去了父母，我不能再失去你了！我需要你的帮助！你不在我身边告诉我说什么，我就不知道该怎么做！”

“这孩子说得对。”曼奇尼阴沉地说道，“我的才智替代你太勉强了，而且我们的交易你并没有做到善始善终，你答应过我把你的事讲给我听！你答应过要告诉我那个传言！”

她叹了口气，用颤抖的手拍了拍欧文的肩膀。“我讲给他听了，”她对曼奇尼说道，“如果你想知道，就必须让他活下去。”

曼奇尼咬牙切齿却又无可奈何。“你耍我。”

“不，”她反驳道，“我从来都是言出必行，是以我的方式兑现诺言。不过，所有你们这样的人都明白，骗诓诓骗者，加倍得开心。”

听到安凯瑞特如是说，曼奇尼竟然大口大口地喘着粗气，这让欧文很不理解。曼奇尼望向她的目光充满了疑惑……还有尊重。她的话里必定包含着某些可以直刺曼奇尼心底的东西，令其瞬间就乱了方寸。安凯瑞特慢慢站了起来。

曼奇尼结结巴巴地说着，“你是我见过的最狡诈的、最有心计的、最有谋略的……最出色的间谍!”他勉强挤出一丝笑容。“你读过我的日记，即使我是用日内瓦文的密语写的，你还是读懂了。”

安凯瑞特微微屈膝施了一礼，嘴角洋溢着得胜的微笑。

“吉人自有天相。”他哈哈大笑地回应着，心绪似乎豁然开朗。“好吧，小伙子，我希望塔顿庄园的厨子还不赖，酒窖也能不错。我去睡啦。”他自顾自地轻笑着，恍恍荡荡地走向了台阶。

曼奇尼走后，安凯瑞特重新俯身半跪在欧文面前，目光直视着他的眼睛。

“有些事我没告诉你，”欧文局促不安地说着，“有关集雨池的事。”

“什么事?”她问道，像母亲般抚平他束腰外衣前面的衣褶。

“我和伊薇曾经去过那儿。当我跳进水中时，我发现了宝藏。”他把宝藏的事一五一十地讲给安凯瑞特听——起初如何的可望而不可即，可后来他却借助宝箱的重量阻止了他和伊薇被水流冲走。

王后的毒药师用心地倾听着，目光极其专注地望着他的脸。这倒引起了欧文的兴趣，猜测着她对此事如此重视的原因。从她那投入的眼神中看，似乎在聆听着最有趣的故事。安凯瑞特安静地听他讲完，随后神情便郑重严肃起来。

“那些宝藏是真的吗，安凯瑞特?”全部讲完后欧文询问着，期望着她会说是。

安凯瑞特伸出双手，摩搓着欧文的双臂两侧，随后又紧紧拉住他的胳膊。“你甚至连它都能看得见，这意味深长啊，欧文。人们会在水中看到许多东西，有时会是对未来的一瞥，有时会是对自身死亡的窥见。我不知道你看到的到底是什么，也不知道为什么你能看到，同样不清楚那到底是真实还是幻象。不过我敢肯定，那是圣泉在试图和你交流。你的能力甚至比我的预期还要迅速地成长着。你的人生即将有所改变。”

他还不确定自己是否已准备好。

“请跟我去吧。”他央求着。

安凯瑞特舔了舔嘴唇，随后痛苦地长舒了一口气。她低头盯着地板好一会儿，随后轻声说道：“我会尽力的。”欧文一听心中一阵狂喜。

“你真会去？噢，安凯瑞特！”欧文急切地说着，一下子用胳膊搂住她的脖子，用最大的力气紧紧地拥抱着她。

她俯下身享受着他的拥抱，轻轻拍着他的头。欧文在一整天不断积聚的惶恐在这一刻开始慢慢消退了。

马车，马车——在这个该死的国度里，出行就应该坐马车！

——多米尼克·曼奇尼，驽马“下流”背上的“艾思斌”

第三十三章
草莓

火把点亮的庭院里充满了欢声笑语，原来大家都在观看肥硕的曼奇尼试图爬上一匹肥硕的驽马。欧文也想留下来看看热闹，不过霍瓦特公爵却另有打算，小男孩执拗不过只好依从。夏末的余烬难见冷却，漆黑的夜晚依然闷热潮湿。欧文被安置在公爵的马鞍后面，总觉得短衣和兜帽碍事又不舒服。

国王催动坐骑来到霍瓦特这边。

“怎么没看见拉特克利夫?”霍瓦特低沉地询问着。

国王拉紧手上的一只黑手套。“昨晚他就带上几个‘艾思斌’先行一步了，为咱们先探探路保驾护航。”

“今晚我们在哪个村庄扎营？斯托尼斯特拉特福?”

国王冷哼一声。“我可没那个胆量，孀居王后在那儿附近有座庄园。那里正是两年前布莱奇利警告我，王后伺机叛乱的地方。”他的脸色因为回忆而变得难看起来。“你必须要认真履行巡回法庭的职责，我的朋友。准备好吧。”

“忠诚系我心。”公爵应道，低下头表示遵命。

欧文很纳闷，国王所说的职责到底指的是什么。不过，一旦继续往下想就令他心中烦闷，对家人的担忧久难平抑。国王一行众人策马穿过石桥奔赴圣母岛，马蹄的嘚嘚声几乎盖过了瀑布激流的隆隆声。庇护所里灯火阑珊，但新日黎明还要几个小时才能到来。当他们路过高大雄伟的庇护所时，欧文发现数十名佩戴雪色封豕徽章的士兵在紧闭的大门前巡逻警戒。在国王经过时，许多人都将枪头朝下行长枪礼。街头上看不见摆摊的小贩，更没有熏肠可买。不过欧文却隐约瞄见，一些怯懦的面孔从拉上的窗帘后向外窥视。

很快，圣母岛和帝泉城就被他们甩到了后面，放眼望去，前方是山丘、树丛和道路的世界。欧文从塔顿庄园过来时，周围的情形只是一念而已，甚是模糊，可现在则大不一样了。大部队中的很多人佩戴着霍瓦特公爵的徽章，那是箭穿狮口的图案。雪色封豕徽章依然随处可见，他们是国王的嫡系，曾随他在鞍鞭山战役中出生入死。到处是刃缚鞍侧，到处是坚甲固盾，看起来就是剑鸣鞘匣蓄势待发的架势——攻击或是抵挡攻击。

行军的速度是残忍的，骑马的颠簸足以将骨头挫碎。欧文骑在伊薇外祖父的马鞍后，折腾得时而清醒时而迷糊。正午时分，急行军终于在一小片高大的紫杉林里稍作歇息，众人纷纷下马打尖。果腹之物则是从早先途经的多个城镇中的一座里征集而来的。

紫杉树干看起来就像是无数根粗大的绳子拧成一股的通天巨藤，枝繁叶茂的枝干则似无数长矛漫天四射。欧文想起来以前曾读到过，紫衫木是制弓的良材。产生这一念头的时候，他正坐在巨树蔽日的树阴下，啃着冷冰冰辣乎乎的碎肉饼。

霍瓦特公爵就待在他的身边，啃着便餐一言不发。公爵拿起皮制水囊灌了一大口，随后递给欧文。欧文感激地接过来，漱了漱火辣辣的舌头。

欧文不住地抬头望向巨树，因为这儿的树木还不少，而且气味也很特别。他喜欢待在户外，对于伊蕾莎白·维多利亚·莫蒂默还有点儿小嫉妒，她的爸爸可是经常带着她徜徉在北部群山之中呢。而欧文的爸爸则把作为父亲的关注都给予了他的哥哥们，总把欧文当成娇弱的小娃娃，打猎也不带着他。

“这棵树多大年纪了？”欧文询问着须发斑白的老公爵。

霍瓦特看起来很惊讶，倒不是这个问题有多出奇，而是欧文竟然有勇气敢问出口了。

“比锡尔迪金还要老。”他粗声答道。

欧文吸了吸鼻子。“那怎么会？一棵树比这块大陆还要久远？”

公爵被他逗乐了，拂去银白山羊胡上的一些食物碎屑。“不是这块大陆，小子，是这个王国。这棵树比这个国家还要久远。差不多五百年前，奥西塔尼亚人入侵了这片土地，并用武力取得了统治权。不到一百年前，我们以牙还牙，对他们的家园也做了同样的事情，把他们打得够呛呢。随后他们又把我们驱逐了出来。”他摇着头叹了口气。

“丹瑞米圣女。”欧文轻声说道。公爵再一次面露好奇之色。

这个名号让他下意识地皱了皱眉，随后又认可地点了点头。“那时我还是个小孩子，年纪也就你这么大。我现在还能记着她。”

“她是怎么死的？”欧文虽然知道，但还是想听听公爵怎么说。他在安凯瑞特提到这个名号之前就听过她的故事。

公爵低下头看着地面，就像是感到了羞辱一般。“他们不敢把她的命运交给瀑布来抉择，小子。据说如果把她绑缚小舟内，她就会弃舟入水，并逆流而上从瀑布逃脱。所以她不是死于瀑布，而是亡于严冬。能够驯服水的只有严寒，那是唯一可以让水静止的事物。”他又抹了一把长满胡须的嘴巴，并陷入了久远的回忆之中。“她被押送至高山上并被锁在那里，中间就移动过一次。她支撑了数日，不过后来还是死掉了。”

欧文现在一点儿也不觉得饿了，一想到在冰寒山顶上被冻死的惨状，就让他战栗不已。

踩在碎石岩屑上嘎吱嘎吱的皮靴声，把欧文从恐怖的遐想中拉回到现实。国王塞弗恩来到二人这边，靠在虬枝盘曲的紫衫树粗壮的树干上。数小时的马背颠簸却似乎让他精神抖擞了起来，看上去也不再那么阴沉愠怒，给人更多的感觉是平和了不少。

“在给这小子讲圣女的故事？”国王歪着嘴笑道。他从腰间解下皮制水囊，高高举起仰脖儿痛饮。喝完水他又用前臂抹了抹嘴，心满意足地长舒了一口气。“你活得够久，史蒂夫，所以你经历过那段岁月。那时的锡尔迪金是由一个半疯半癫的男孩统治的，不过他的叔父才是真正掌权之人。这样的故事里总会出现那么一位叔叔的。”他又幽默自嘲地加了几句。

霍瓦特语气温和地轻笑道，“是啊，我的陛下。咱们真要驻扎在塔顿庄园吗？”

“不，我可信不过这小子的爸爸。我们会驻扎在那座王室城堡里，蜂岩。然后我们在那儿召见基斯卡登公爵。到时候如果他来，那就……”他说到这儿就不说了，而是对欧文幸灾乐祸地笑了笑。“我们拭目以待吧，怎么样？”

“您不会把‘艾思斌’托付给那个日内瓦人，不会吧？”沉吟半晌，霍瓦特继续问道。

“我考虑过了，”塞弗恩耸了耸肩回答道，“我有像坦默尔那样的智囊来效命于我吗？”他的脸开始阴沉下来，下巴由于愤怒而绷得紧紧的。“告诉你吧，我已经读过了他那本小册子。”他用带着黑手套的一根手指勾着装水的皮囊，来来回回地悠荡着，水囊几乎快要碰到了他的腿了。“那本册子的名字叫《国王塞弗恩盗取锡尔迪金王位记》。”说出这个名字时他愤恨地皱了皱眉头。欧文则目不转睛地盯住他的脸。“当我读着他的长篇大论时，我发誓，就连我都几乎被他说动了。他讲着一个令人不得不信的谎言，让人感觉他就是一位哲人，而不是……不是一位施洗长老。我认为，他写这个的目的就是想把它散播出去，在大众中广为流传。我们逮住他的那个城市就是一个主要的贸易枢纽。想象一下吧，他已经把谎言传播到了多远的地方。”他猛拉腰间利刃，随后又用力一掼将短剑送回鞘中。“但是真正让我恼火的，史蒂夫，是他如何把那些他做的事掩盖过去的，他那些罪行。”

“您是指什么?”霍瓦特询问道。

塞弗恩前倾其身，面部抽搐似乎背部剧痛。“我还没把他说我的那些事全告诉你。他说我出生时脚先出的娘胎，还长着牙。还说我亲吻谁就是想杀谁。我还从一开始就谋划着害死我的侄子们。”他气得喘气都嘶嘶作响。“我并不在意这些谎言，我还能从一个寄人篱下的家伙嘴里盼他说我什么好？一个不止一次，而是两次犯下叛国重罪的叛徒，我是根本不报任何指望的。我不在乎他说谎，让我最为震怒的是，他竟然完全不承认他参与了谋反。你还记不记得加茨比告诉我们的事实，就是坦默尔勾结他人，企图在枢密院早会的时候谋杀我？你还记不记得我是如何指控黑斯廷斯犯下叛国重罪的？而他不是也在议事会的所有人面前，坦白了全部的罪行吗?”他攥紧一只拳头，竭力控制着情绪，又沮丧而无奈地抬起手臂，将拳眼贴在嘴唇上。“当时你都在场，史蒂夫。而在他的小册子里，这位神圣的伊利的施洗长老却谎称，当时是我让他到他家的园子里去取草莓!”他看起来气得几近癫狂。“我差点就被人要了命，我的妻儿不是被扔到河里就是死得更惨，他却说我让他取草莓？而且他还说，他离开取草莓的时候，我就突施黑手杀了黑斯廷斯。我从来就没让坦默尔取什么果子，他始终都在场！这是个彻头彻尾的谎言，还竟然出自供奉圣泉之人的口中。”他似乎相当地不自在，身子向前晃了晃险些栽倒，勉强站定后他就开始焦躁地踱着步。“关键的事情，史蒂夫，事实是在我读它的时候，我就想相信他的话。”他轻蔑地咕哝着，“我竟然想要相信那些关于我自己的谎言。这些真是人们对我的看法吗，史蒂夫？真这么看我？老实说，我不是指那些敌对的人们，我指的是平民百姓，他们也相信是我谋害了自己的亲侄子？是我搞阴谋耍诡计，窃取了侄子的王位？我是取得了王位，没错。但那也是在静水的施洗长老告诉我们那件事之后啊，他告诉了我们俩！是他说的，我兄弟和他妻子的婚姻不合法，这样他们所有的孩子便成了私生子并自动失去了王位继承权。我会相信我兄弟是那样的人吗？我当然相信！他就是个浪荡公子！就因为我的另一个兄弟当斯沃斯知道了这个秘密，他就把我们的亲兄弟给杀了。看在圣泉的份上，真的是所有人都这么看我吗？都认为我夺取了王位后就谋害了自己的亲侄子？”他的脸因为盛怒而扭曲狰狞，他一直昂着头似乎在向天发问，根本没低头看霍瓦特一眼。其实他心中早已有了答案，并不是真的要公爵有什么回应。

“陛下，我的须发都已斑白，”霍瓦特用低沉、哄劝的腔调说着，“人老智深吧，所以我觉得自己有资格感悟到人的本性。以我的经验来看，凡是越容易说动大多数人相信的新事物，把这种劝诱植根在人们心中就越困难。最后，真相总会大白于天下的。”

国王交叉双臂抱于胸前，摆出一副大人物盛气凌人的架势。他用好奇的眼神望了一眼老公爵。“真相会大白的。”他应道，淡淡的语气让人觉得他不太认可公爵的说法。

他们的兴致被奔过来一匹马吸引了过去。那是一匹大汗淋漓、口吐白沫、傻大肥笨的丑八怪，背上驮的是呼哧带喘、衣衫不整、筋疲力尽的多米尼克·曼奇尼。

“你来得正好，恰巧我们也该出发了，”国王轻蔑地冷哼着。

“我……我的……王啊……”大胖子呼哧呼哧地想快点缓过气儿来。“你们的……速度……太可怕了，我的马……骨头……要散架了，它可经不起……这么折腾。我请求……陛下……放慢。”

“你的马，还是说你的骨头要散了呀?”国王轻笑着说道。他拍了拍霍瓦特的肩膀。“出发吧，伙计们。我的兄弟在位时，我曾领命奔赴这个国度的每一个角落。他说过，一名军人就应该熟悉每一寸踏过的土地。哪里是沼泽，哪里是浅滩，哪里有瀑布。就在那边，”他用手指着，继续说道，“是一处河口，名为斯特劳德。在那闷湿河口的前端有一座小城堡，名为克劳斯泰。在我第九个生日时，我兄弟封我为公爵，并将那座城堡赐予了我。”他低头望着欧文，仔细端详了一番。而欧文则恰恰就要过第九个的生日了。“忠诚系我心，至死不渝。”

国王拍了拍双腿。“那里就是我们今晚驻扎的地方。”

霍瓦特从牙缝里挤出一声口哨，这让欧文觉得那一定是段很长的路。

国王幸灾乐祸地说道：“要跟上呦，曼奇尼大人。或者至少到那儿之前，别累死你的马或是你自己噢。”

塞弗恩·阿根廷首先是一名战士，我认为各国君主都未能充分认清这件事。不过也许他们已经认识到了，所以他们都对他满怀畏惧。我们一天之内骑行了三十里格，在不同的城堡里换了三次马。直到午夜刚过，我们才赶到克劳斯泰，可随着时间的流逝，国王的劲头却只增不减。我累得几乎昏过去。如果让我猜，国王打算出其不意地直扑西境，因为我们马不停蹄，比鸽子飞得还快。即使安凯瑞特比我们先动身，我还是没搞懂她怎么能率先抵达塔顿庄园。

——多米尼克·曼奇尼，杂色老马背上的“艾思斌”

第三十四章
蜂岩

西境的行宫，别名蜂岩，其中原因不明。其选址原因却一目了然，它高踞城堡山上，可以俯瞰诺特布里城及其周围的山谷、农场。这是一座令人印象深刻的城堡，一座皇家城堡，在大门和吊桥两边都建有矮胖的圆形塔楼，整座山被厚实坚固的高墙围住。山的四周巉岩危耸，使城堡固若金汤，易守难攻。它并不华丽，却安全可靠。现在堡场上到处是战马和士兵，士兵高举着旗帜，佩戴着雪色封豕徽章。欧文看到，城墙上弓箭手驻守，锦旗悬壁，国王的旗帜猎猎飘扬。

小男孩从城堡的一头探索到另一头，混乱中没有人注意他。他很快意识到，这里比帝泉小多了，风却凛冽凶猛。从堡垒远眺，风景宜人，但塔顿庄园离得太远了，根本看不见。

欧文忐忑不安，不知道安凯瑞特怎样才能找到自己。帝泉的王室侍从及行李车几天内是到不了这里的。这导致大部分士兵都聚集在庭院周围。如果他们中间有女人的话，会特别显眼，不过欧文相信她准有办法。

他在垛墙上闲逛，此时一位佩戴霍瓦特徽章的扈从发现了他，将他带到国王会见公爵的王宫。骑士和仆人从客厅进进出出，传令官们随时候命。作为这里唯一的孩子，欧文看着高大魁梧的汉子们，觉得很不自在。他想念伊薇，希望她和他一起探索这座城堡。他也想念他的积木，还有积木给予他的安宁。大人们在交谈，欧文发现国王行李附近的桌子旁边放着一副巫哲象棋，他欣赏着精美的棋子，情不自禁地玩了起来。

然后他注意到有一本黑皮书搁在箱子上。他突然感觉肚中仿佛满是蠕虫，正不断蠕动翻滚。这本书似乎在召唤他，轻声催促他打开它。他瞥了一眼霍瓦特公爵和国王，国王正背对着欧文，一个劲地喋喋不休。国王正以习惯性的紧张姿势抽拉着剑柄。他看起来高大又强壮，他的姿态与手势掩盖了一肩比另一肩略高的事实。

欧文又回头瞥了一眼这本书。他非常渴望阅读它。若要偷书，此刻机不可失。如果能从中得知一些他家人的情况，或对他家人有利的事情，那么他怎么办？他知道伊蕾莎白·维多利亚·莫蒂默会怎么做。他把手伸进口袋，用拇指抚摸着她赠送的断发。然后，他慢慢朝床边走去，鼓起勇气告诉自己仅仅是好奇而已。他伸手摸到书的封面，手指微微有些颤抖。

他又回头看了一眼，见其他人还在专心谈话，便小心翼翼地打开书，开始阅读起来。

塞弗恩国王窃取锡尔迪金王位记（未完待续）

约翰·坦默尔大师　著

艾瑞德国王，四世，他活了 53 年 7 个月零 6 天，在位 22 年 1 个月零 8 天，第 9 天死在帝泉，留下了许多美好的事物……

—他是被毒死的—

听见心灵的低语，欧文吓了一跳。颤抖的感觉在心中弥散。他一读这本小黑书，温柔的潺潺声就开始充盈双耳，只不过一直很轻微，他并未察觉。然后一个念头猛然爆炸击中了他。艾瑞德国王是被毒死的。

欧文眨了眨眼睛，感觉头晕目眩，焦虑不安。他接着往下看。

其身后子嗣即：太子艾瑞德，13 岁少年；越克郡公爵厄里克，10 岁。伊蕾莎白，长女，王国最美丽的公主，以其财富和优雅足以成为女王。赛利亚，不幸的美人。道德高尚的布里奇特。盛名高贵的艾瑞德国王，死在他的帝泉王宫里，葬礼隆重，万民悲恸。他的遗体被放入皇家驳艇，托付给了河流，祈祷他能实现成为恐怖亡灵的预言，从水墓归来。他的遗体被圣泉带走了，从此不见。

—艾瑞德不是恐怖亡灵—

声音再次向他耳语，欧文又吃了一惊。他的胃紧缩扭曲，心却像身旁火盆中的炭一样熊熊燃烧起来。欧文全神贯注地看着，房间里的声音一概听不见。他的眼睛盯牢书页。

他接下来读到国王如何夺取王位以及陆续发生的战争。关于这段历史，他早已从安凯瑞特那里知道了不少。

王国里许多在韦克菲尔德的贵族被杀，仅留下三个儿子——艾瑞德，当斯沃斯，塞弗恩。这兄弟三人，皆有王者之气度，高贵杰出，野心勃勃，不善合作。艾瑞德，为他父亲之死报了仇，获得王位。当斯沃斯勋爵是一位优秀而高贵王位继承人，如果不是他自己的野心和敌人的嫉妒挑拨他们兄弟反目成仇的话，他本来在各方面都是很幸运的。由于听信了王后和她家族权贵的说辞，国王因此憎恨他的兄弟，或者说，憎恨当斯沃斯勋爵自大的篡位野心，并以叛国重罪指控了他。最终公爵被剥夺财产，并处以死刑。他没有被扔进河里，而是被淹死在一桶酒里。艾瑞德获悉他的死讯，悲惨哀叹，伤心忏悔。

—当斯沃斯是被安凯瑞特·崔尼奥薇毒死的。他对权力和财富的渴望，使他疯狂追寻集雨池里的宝藏。当斯沃斯不是恐怖亡灵—

哪怕王宫大墙在他周围坍塌，欧文也不会注意到的。他完全沉迷在书里，无法移开视线。他继续读着。

塞弗恩，第三个儿子，我们正在对付的对象，在智慧和勇气方面不逊于他的兄弟，但在身体与武艺上却差他们很远：身材矮小，四肢变形，弯腰驼背——他左肩远高于右肩——外表难讨人喜欢，举止又粗野好战。他恶毒，易怒，嫉妒，就连他的出生都有悖常理。根据真实的报道，他母亲生他时难产，不得不剖腹产子，他是脚先出的娘胎，还听说他出生时已经长了牙。他在战时是一位能干的首领，他的性情更适合战争而不是和平。他深藏不露，道貌岸然，面容谦卑，内心傲慢；他对痛恨之人却表现出友善，抑制不住地要去亲吻他想杀害的人；他残酷无情，并非诚心作恶，常因野心使然。他亲手杀戮——

册子突然被抢走，拉特克利夫在他头顶挥舞着这本小册子。“陛下，您看见这孩子在看什么吗？看看他，他吓傻了！“然后他用册子敲了一下欧文的头，又猛推了他一把。

霍瓦特公爵走上前来，挡在欧文和拉特克利夫中间。

“你说他在看它？”国王问道，他突然显出关心和感兴趣的样子。

“难道您没看见吗？”拉特克利夫尖刻地说。

“我看见了。”传来另一个年轻得多的声音。当斯沃斯出现在门口，满怀恶意地朝欧文笑了笑，欧文对他怒目相向。在欧文的脑海里，他看见有一人在水桶桶底不断抓挠着，好像想去够一个抓不住的宝物。仅仅这景象，就足以让他浑身战栗。

可是国王走上前来，挡住了他的视线。“你在看我的册子吗？”

欧文被逮住了。无法抵赖了。他的舌头仿佛黏到了上颚上。恐惧使他想退缩，但他把手伸进口袋，握住了伊蕾莎白的发辫。“我想下巫哲象棋，”欧文说，他总算开了口，“可是大家都在聊天，所以我自己先玩起来了。然后我看到了这本册子。”

“你能看懂吗？”国王怀疑地问。

欧文点了点头。

“里面说的话很难懂啊，孩子。这不是小人书。你真的明白里边的意思吗？”

欧文看着国王，国王也正目光炯炯地盯着他的眼睛。“我……喜欢书。”他害羞地说。

国王从拉特克利夫手一把抢过册子，然后开始翻阅它。“一般情况下我也喜欢书。可是这本册子……谎话连篇。尽是关于我的谎言。”

“我知道。”欧文点着头说。

国王的眉头皱了起来。“你说你知道是什么意思？”

欧文眨着眼睛，感觉越来越困惑。他是怎么知道的？他该怎么描述他阅读时听到的声音？

“我……我感觉到了。我阅读的时候。”欧文简短回答道。“我能感觉到哪些是假的。”

国王眯起了眼睛。“我们晚点再谈这事。”他喃喃地说，然后把册子塞进他的腰带里。“当斯沃斯，陪这孩子下棋。”

大男孩对这命令狠狠皱了皱眉头，欧文走向棋盘，暗自叫苦。当斯沃斯生着闷气，他拿起白棋将它排好，却放错了位置。欧文看见当斯沃斯，内心非常痛苦，可他咬紧牙关忍着，他知道当斯沃斯并不在乎棋子放错了位置。

“塔顿庄园有什么消息吗？”国王压低声音询问拉特克利夫。“艾思斌”头子或当斯沃斯进房间时，欧文显然没有注意到，他已经完全被小册子吸引住了。欧文开始安静地移动棋子，他盯着棋盘，耳朵却敏锐地听着国王的谈话。

“我恨这游戏。”当斯沃斯怒火中烧。

我恨你，欧文差点冲口而出，可他还是及时管住了自己的舌头。

“陛下，根据您的要求，我在蜂岩已派人将您的召见传递给了基斯卡登公爵。正如您所想的，他想知道召见的性质。我说，您正在举行巡回审判。然后他很冒失地问他能否作为一名法官参加巡回审判。”拉特克利夫暗自发笑。

“你和他说什么啦？”国王兴致勃勃地问道。

“我说，当然啦，霍瓦特公爵是首席大法官，要是他接受召见，就会知道更多了。”

“你认为他会来吗，迪肯？”国王轻声问。

“如果他不来，他就犯了叛国罪。如果他来了，他将被判谋反。无论怎样，我们都吃定他了。”

“西境有三个河口海港，”国王说，“南部有莫尔德和兰辛，北部有布莱克浦。不经我的同意，谁也不能从那里出海。奥西塔尼亚国王不会允许他的臣民帮助基斯卡登的。”

“他唯一能去的地方就是庇护所。请放心，我们有‘艾思斌’监视所有的人和地方。他就连上个厕所都逃不过我们的眼线。”

国王的声音里带着笑意。“谢谢你，迪肯。干得好。是时候让这孩子和他父母再见一面了。你和他们说过我是带他一起来的吗?”

“当然啦，陛下。他们知道公开叛国的代价。”

“他因为在鞍鞭山的所作所为而有罪。史蒂夫，如果他要召集家臣旧部，或从边境召回军队，要花多长时间?”

霍瓦特嗓音沙哑。“陛下，您认为他会这么做吗?”

“蜂岩原有一千人，这一整天到的人会更多。还有一千多人将从北方来加入我们。基斯卡登能召集多少人? 能有多快?”

“到明天也只有几百人。也许只有一半。他要召集旧部残兵，也许得花两星期时间，而且如今您已严阵以待，我不觉得他们现在还会追随他来对抗您。您没有给他足够的时间做出反应。”

国王轻声笑了。“我有意为之。狼到了门口。羊在咩咩叫。接下来你怎么办呢，基斯卡登? 这棋该你下了。”欧文走完最后一步，五步之内击败了当斯沃斯。他的胃正绞成一团。当斯沃斯则因为失败而气得直哼哼，低声地诅咒着。

晚餐后欧文往卧室走，脑子里一直琢磨着今天读到和无意听到的事情，他意识到他的父母并未通过忠诚考验，而自己也已是命悬一线了。

突然他惊讶地停下了脚步。

在他房间的地板上的，是他遗落在帝泉的挎包。地上的积木拼出了他的名字：欧文。

我师父传授给我若干箴言。如果一位王子无法惹人爱，就应设法让人怕，以免遭人恨。只要他不染指臣民的钱财和女人，就可以免遭民众仇恨。若他必须以诉讼取人性命尤其是贵族的性命，务必依理行事。但最重要的是，他必不得贪恋他人财物，因为男人会对财产损失耿耿于怀，却对父亲的死忘得更快。历史明示，许多国王在窃人钱财后丢了王冠。讽刺的是，尽管掠夺土地比杀戮苍生带来的麻烦更多，但要找到理由杀人却更难。这就是必须瞅准机会一击毙敌的原因所在。西境的巡回审判就是这样的一个杀人借口。

——多米尼克·曼奇尼，在蜂岩筋疲力尽的“艾思斌”

第三十五章
泪井

黄昏已过，火把依然烈焰熊熊，将堡场照得宛如白昼。蜂岩内，彻夜宫车辚辚，络绎不绝。到处都是佩戴雪色封豕徽章的士兵，但欧文还是设法穿过了堡场，尽量躲开催他去睡的大人。自从看到拼出他名字的积木，他一直在找安凯瑞特。

庭院中央有一口用石头和灰浆砌成的雕花水井。欧文爬上井沿朝幽深处探望。他能听见细微的潺潺水响，可是井太深，看不见水波微光。

他身后响起皮靴声，警告他有人来了，他连忙从井沿下来，看见曼奇尼走过来，手里拿着一枚闪闪发光的弗罗林。

“还想许个愿?”胖男人咧嘴笑问。他将硬币递给男孩，让欧文想起他们很久以前在圣母殿的相遇。

男孩摇了摇头。

曼奇尼努起嘴，会意地点点头。“我同意。这样会白白浪费一枚好硬币的。我是说，瞧瞧这个。我可以买几块松饼，获得一小时的满足。也可以扑通一声让它掉进井里，什么也得不到。如果愿望是马，乞丐准会骑上去的，嗯哼?”曼奇尼在井沿坐下，靠着欧文，把两只胖乎乎的胳膊交叉在胸前。他轻轻咂了咂舌头。“坦白地说，小鬼，我不知道她怎么能进得来。门口的卫兵只允许‘艾思斌’进出。行李陆续送来了，我们却空等一场。听说你的父亲大人从塔顿庄园骑马赶来了，有上百人护送呢。他在离城大约一里格的地方安营扎寨。这看起来对他不妙啊。”

欧文的神经更紧张了。“我相信她。”他轻言细语。

“信任是一只漂亮的盘子，小鬼。可我们谈的是国王的信任。如果我处在塞弗恩这个位置，出于私利，我会利用巡回审判摧毁我所知的威胁。盘子也许漂亮，但也容易打碎。就算你再把这些碎片拼起来，它也不能盛饭菜了。你父亲在鞍鞭山打碎了国王的信任。你哥哥已为此偿命。‘艾思斌’们正在打赌，赌你父亲明天将被扔进河里。”他拍了拍欧文的背。“我讨厌听到坏消息，但我不知道安凯瑞特有什么法子能让他回心转意。”

愤怒在他的心中翻腾，欧文愠怒地看了曼奇尼一眼。“可她比你聪明多了。她会想到法子的。”

曼奇尼嗤之以鼻。“哼，就算她能溜进城堡，也逃不出去，我告诉你吧。”

“你听起来很自信呢。”是安凯瑞特的声音，从井口飘向他们。欧文吓了一跳，曼奇尼大吃一惊，他连忙往前一探身子，才没掉进身后的井里。

欧文对王后毒药师的信任再次被证实了。他斜靠在井边，凝视着它黑暗的咽喉。“是你在井里吗?”他低声说，他的声音在井中回荡。

“是我。”她答道，声音亲切而疲惫。

“我看不见你。”欧文说。

“可我能看见你，”她答道，“平安无事。”

“我开始相信关于圣泉的全套屁话了。”曼奇尼从震惊中稍稍缓过神来，粗言秽语地咕哝道。“你在哪里？”

“城堡底下有蜂窝状的隧道，”她悄声说，“这就是城堡名叫蜂岩的一个原因。这是座著名的城堡，欧文。或者说臭名昭著。有几个国王从这里开始了他们的统治。有时候研究过去能帮助我们创造未来呢。多米尼克，我要你找的东西找到了吗？”

欧文扒着井沿，心中燃起了希望。

密探厌恶地皱着眉头。“找到了，但不是好消息，安凯瑞特。看来国王明天想处死这小鬼全家。我正和他说这事儿呢。‘艾思斌’全都在为这事打赌，投钱下注呢。”

“谢谢你。是的，看来国王明天很可能要发表一份声明了。这就是我需要确认的消息。你知道巡回审判什么时候开庭吗？基斯卡登必须什么时候到，才不会判谋反罪呢？”

曼奇尼皱着眉叉着手。“十小时内。我听说他驻扎在一里格远的地方。”

“多米尼克，我需要你去找他。我骑马去那么远的地方，不可能准时赶回来。你必须去找基斯卡登，告诉他明天来参加巡回审判。他可不能迟到。”

“他为什么要听我的？”曼奇尼说。

“因为是我派你去的。他会信你的，因为他妻子信任我。你就相信吧。你必须说服欧文的父亲独自前来，不带随从，不带武器。他必须完全仰仗国王的仁慈。”

欧文不禁打了个寒颤。

曼奇尼满脸狐疑，仿佛在说：“你是说真的？”“千真万确。你必须帮我把这消息带到。就在今晚。如果你现在出发去他的营地拜访他，黎明前就赶得回来。看看你能不能说服他和你一起来。巡回审判他绝不能迟到。你愿意做这事吗？”

“我可是冒着掉脑袋的风险啊，”曼奇尼咕哝着，“你不告诉我你的计划吗？我没能拿到那本册子。国王总是随身带着它。”

“他正吃力地消化着册子中的内容。我需要知道册子里写了什么。”

“但是国王不会放手的。”曼奇尼说。

“不止他一人看过那本册子。那些‘艾思斌’在哪儿？拉特克利夫在哪儿？”

“什么？”

“拉特克利夫在哪儿？”这回问得更坚决了。

“那个……所有‘艾思斌’都待在镇上的霍利韦尔旅馆。离城堡山很近，位于……”

“我知道。”她打断了他的话。她的声音听起来更疲倦，更痛苦了。“去吧，多米尼克。去提醒基斯卡登。”

密探嘟哝着，起身离开水井，向火把走去。欧文很感激他走了。

“你感觉不舒服吗？”欧文朝井中低语。

长时间的沉默。“我病得很重，欧文。我们的时间不多了。”

欧文焦躁不安。“我希望我能有办法帮上忙，”他痛苦地说，“今天我在国王的床上看到那本册子。我已经开始读它了，可是拉特克利夫把它抢走了。”

“你真聪明。”她说，听上去很开心。“仅凭你看的那本册子，你就能断定约翰·坦默尔是异能者，是吧？”

“是啊，”欧文说，“安凯瑞特，什么是恐怖亡灵？”

她沉默了一会儿。“你怎么知道这个名字的?”她最后问道。“是册子里写的吗?”

“也可以这么说,”他回答道,依然迷惑不解,“我读小册子时,听到了这个名字。我听到两次。那个声音说艾瑞德国王不是恐怖亡灵。然后说当斯沃斯勋爵——不是说男孩,而是说他父亲——也不是恐怖亡灵。这是什么意思呢?”

“我也不能确定,”安凯瑞特声音轻柔缓和,“总的来说,这是一种迷信。是关于深夜耳语者的。这是关于锡尔迪金首位国王的传说,在奥西塔尼亚入侵我们土地之前,他是统治者。我和你谈到过他的巫哲象棋。米尔丁是异能者,他能看见未来。传说他消失之前曾留下了预言,他说,锡尔迪金的首位国王有一天会回来。他会死而复生,回来统治锡尔迪金和奥西塔尼亚。这个预言名叫恐怖亡灵,因为他回来的时候,将会战争频发,杀戮不断。这个传说没有文字记录,但人们相信它。这是谣言夹杂流言,端出的一盘谎言大餐。艾瑞德国王宣称他自己就是恐怖亡灵。这不过是许多人用来称王的一种计策而已。但预言的本质就是如此。大多是一种推测。我知道奥西塔尼亚人对这个预言心怀恐惧。对他们来说,这确实很可怕。既然是这样,欧文,我就没法告诉你什么是真的,什么是假的。我不知道。”

欧文抚摸着冰凉而光滑的井石。他一直盯着井底深处,希望能看见她。“你真的在下面吗?”他问道。

“是的。”她应着,声音里带着笑意。“好吧,你说你希望能帮上忙。”

“我行吗?”他问,更加充满希望了。

“欧文,你自己就是最大的帮助。你就是那个救你全家的人。”

他将身子探得更远,几乎都要掉进井里了。“真的吗?怎么办呢?”

“你去告诉国王你的家人犯了叛国罪。”他的希望瞬间枯萎。

“听我说呀，孩子。其实巡回审判的判决早就定了。那本册子里一定有足够的证据来定你父母的罪。我什么也做不了。国王已经拿定主意了。他会利用霍瓦特公爵来实现意愿，颁布裁决。不管明天在巡回法庭说什么，你的家人都会被宣判谋反，他们将被剥夺财产和公民权。你明白这个词的意思吗?”

“不明白。”欧文痛苦呻吟。他恶心想吐。

“被剥夺财产和公民权，意思就是丧失了土地和权利，紧接着就是因谋反或其他重罪被处死。这意味着国王将剥夺你家在西境的封地，处死你全家。然后他会宣称将公爵领地收归王室，或赐封他人。这就是即将发生的事情。这就是明天将要发生的事情。我需要知道的是那本册子里写了什么。因为今天晚上你会做个梦，欧文，你要在巡回审判开始之前和国王分享这个梦。你要承认你家人谋反的罪行。展示你的法力，不仅会震惊国王，而且其实你也帮了他。这会为你赢得信任。至于巡回审判，欧文，是对你忠诚的考验。而你父母在这方面早就失败了。几个月前，你父亲在鞍鞭山没有尽早为国王而战。你父亲现在对国王已经没用了，因为国王再也不信他了。塞弗恩想知道的是你是否会对他忠诚。”

欧文觉得泪水刺眼。“可我不想家里人死!”他深吸了一口气，内心痛苦万分。

“我知道，我知道，”安凯瑞特安慰道，声音因痛苦而沉重。“但是你能救他们啊，欧文。听着。不要让你的悲伤左右你。我会竭尽所能来帮你。”她的声音越来越微弱。欧文努力抑制着呜咽，他多想深入黑洞去安抚她啊。

“听我说……”她轻声说道，声音很温柔。“你的梦将会揭露你父母的谋反行为。我会找出黑皮册子里有什么，然后今晚我可以告诉你。它会进一步巩固你能预见未来的先知名声。”

“可这怎么行呢?”欧文问，他被搞糊涂了。“我父母做的事情是发生在过去呀。为什么我所知道的这些事情，能让国王相信我可以看到未来呢?”他听见越来越近的皮靴声，一抬头，看到霍瓦特公爵正愁容满面地走来。

“他来了。”欧文紧张地悄声说。

“仔细听着，”安凯瑞特说，“即使有人被指控，罪名成立，国王也可以显示仁慈并宽恕他们。我们可以创造未来。你的梦将预言，国王会原谅你家人并将他们驱逐出境。流放。这是你必须告诉他的梦。我将在今晚解决细节问题。我会在黎明前找到你。”

“在你梦里，”她悄声说道，声音飘出井洞。“大老鼠死了。”

基斯卡登公爵已经垮了，现在就是一副躯壳而已。他仿佛就站在瀑布的边沿，望着下面奔腾的、随时会瞬间带走他小命的激流。他可能还要披枷带锁，根本不可能从激流中幸存。他简直太想跟这个完全陌生的人好好聊聊了——而且还是一个日内瓦的外邦人！他最懊悔的是什么？当然是坦默尔在册子里泄露了他妻子在所有这些事中所扮演的同谋角色。她帮忙伪造并负责收取与叛军间的通信，而那个自称为王的叛军首领后来却毙命于鞍鞭山之战。他们整个一大家子人都会在巡回法庭后被丢进河里。对了，除了其中一个。基斯卡登已经动身前往蜂岩城堡了，去祈求不可能得到的宽恕。

——多米尼克·曼奇尼，巡回法庭上的“艾思斌”

我很震惊。当我回到客栈时，才发现这里已经炸锅了。安凯瑞特死了。很显然她是追踪拉特克利夫才来到这个“艾思斌”大本营的。我只听到了些只言片语，但也猜测出来，她把药粉吹到了拉特克利夫脸上，企图毒害他。不过她却被我的同僚们发现了，差不多一打人对付一个弱女子，很轻松地就合力刺死了她。他们的衬衫和短剑上都沾着斑斑的血迹。拉特克利夫大难不死，只是脖子上受了点儿伤——太可惜了——他现在已经屁颠屁颠地到国王那儿邀功去了。他们把她的尸体运进了城堡，她到底想要达成什么目的呢？我真想不通。我亲眼看见了她的遗体，就放在医疗间冰冷的石板上。每个人都躲得远远的，连碰都不敢碰她一下。她的脸色如同大理石一样苍白，就是这样的，苍白而美丽地死去了。

——多米尼克·曼奇尼，监视难逃一死男孩的“艾思斌”

第三十六章
白猪

欧文从睡梦中醒来，感觉到女人的手指在轻碰着他的头发。屋内漆黑一片，但这正好预示着孕育中的黎明即将到来。现在正是鸟儿将要歌唱的时刻，正是新的一天马上露出尖尖触角的时刻，正是纵身跳水前深深吸口气的那一刻。

蜂岩里王室的房间陈设考究，给人以陌生的感觉。欧文眨了眨眼睛确定不是在做梦，又愣了一会神儿，试图忆起自己到底在哪儿？在塔顿庄园？在帝泉？他发现安凯瑞特竟半跪在他的床边，面颊贴在褥子上，手指心不在焉地拨弄着他的头发。她苍白的脸上挂着疲惫呆滞的笑容，接着便突然浑身打了个哆嗦。她连忙把脸埋在褥子里，竭力控制地闷声轻咳着。随后她才抬起头，再次深情地端详着欧文。

“安凯瑞特。”欧文轻声念叨着，感到揪揪着的心渐渐放松了。他又用手擦了擦眼睛。“我本来想一直等你，没想睡着，可等着等着就睡过去了。”

“没关系的，欧文，”她安慰着，“是我……来晚了。”她笑了笑。

“你的脸色很苍白。”男孩关切地问道，心中忧虑顿生。

她看起来并不在意此事。“我感觉很累，需要好好睡一觉，就像你刚才那样睡一觉就没事了。”她用手轻轻掐着他的脸蛋，又用拇指亲昵地刮蹭了一下。“我可以讲讲你的梦吗？你能记住吗？”

欧文热切地点点头，凝视着她的双眼，渐渐看得失了神。

“我讲完以后，”她轻声说着，“你就去告诉国王，要马上就去。你需要勇敢，小欧文，能做到吗？”

“我有伊薇的辫子，我能像她一样勇敢。”欧文坐了起来，却注意到她并没有起身。安凯瑞特仍旧半跪在床沿儿边，双臂支撑着让自己挺起上身。

“非常好，仔细听好。你今晚做了一个梦。在梦中，三只金鹿来到了蜂岩城堡，这些鹿全都俯身跪拜在一头白猪的身前。随后一只持刀的老鼠逼近金鹿，企图杀死它们再吃掉。不过白猪则晃动猪鼻不让老鼠伤害它们。猪走到河边，金鹿尾随其后。除了一只鹿外，其他的都上了船。最小的那只金鹿和猪待在了一起。小船逆流而上——向上游而不是向下游而去——驶往一片鲜花盛开的土地。”

说完这些，安凯瑞特挺了挺身体，痛苦地轻吐了一口气。她眨了眨眼睛，目光变得游离而茫然。“欧文，随后那头猪嗅了嗅老鼠，却在它的皮毛里发现了一枚金币。白猪变化成一头封豕，长出了獠牙。它用獠牙挑起老鼠，将其抛入河中。老鼠最后被淹死了。”

安凯瑞特拨弄欧文头发的手指变得松软无力，随后手腕便放下垂到褥毯上，头也耷拉到了一侧。

“安凯瑞特？”欧文担忧地呼唤着。

“太困了。”她耳语着。她快速地眨眨眼睛，然后便抬起了头。她的目光似乎凌厉专注了起来。“现在就去告诉国王你的梦。这很重要，欧文。只有这样才能救你的家人。”她温柔地看了一眼欧文，目光中满是怜爱和辛酸。安凯瑞特抬起虚弱无力的手指，轻轻拂过欧文那簇白发。“去吧，然后告诉我发生了什么。”

“我回来时你还会在这儿吗?”欧文忧心渐浓地问道。

“我会的。”她应道，悲戚地笑了笑。

欧文一骨碌滚下床沿儿，着急忙慌地快速套上衣服，伸手摸了摸口袋确定伊薇的辫子还在，随后便出了房间在厅廊里徘徊。

他看见曼奇尼轰然跌倒在走廊里，胳膊弯儿里夹着一壶酒。

“快带我去国王的房间。”欧文用力扯着他的衣袖，着急地央求着。

曼奇尼看起来面容憔悴，精神也不好，垂头丧气的样子，脾气更是急躁了许多。他慢慢睁开眼睛，可怕地喘着粗气。“是你?”他说这话时显得很痛苦。

“在哪里呀? 我要告诉国王我做的梦。”

“什么梦啊?”曼奇尼困惑地问道。“再也没有什么梦了，再也没有希望了。什么都毁了，一切都失去了。”他轻微地晃了晃空酒壶，听听里面还有没有残酒摇动的声音。酒瓶已经空了，没剩下什么。

“安凯瑞特让我一定要说!”欧文抓紧大胖子的肩膀催促着。

曼奇尼困惑得整张脸都揪揪着。“谁说的?”

“安凯瑞特!”欧文强压着怒火，腹诽着这个胖子的榆木脑袋。

曼奇尼向前探过身。“你……见过……她?”

“她就在我房间里。”欧文手指一弯朝身后自己房间的方向指了指。

曼奇尼脸色骤变，丢掉空酒壶连忙爬了起来，慌张间还把酒壶都碰碎了。“她还在? 就是现在? 可是怎么会?”

“嘘!”欧文示意他噤声，因为他听到有人来了的皮靴声。

曼奇尼抓住男孩的手大踏步地穿行于厅廊。他走得有点摇晃，不过总算还认得路。和他们迎面相遇的是几名夜间守卫，佩戴着雪色封家的徽章，手中拿着火把。

一名士兵盘问二人。“谁在那儿?”

“这是基斯卡登家的那个小子——*那个男孩*！他又做了一个梦，必须要禀告国王!”

士兵惊讶地看着欧文。“跟我来，孩子。”

曼奇尼如沐春风面色红润，看起来相当地兴奋。他们转回来路，快速地前往国王的寝宫。一进门欧文就看见了霍瓦特公爵和拉特克利夫都在里面。拉特克利夫的脖子上缠着渗血的绷带，旁边还有几个人在气愤地喋喋不休。令欧文惊讶的是，爱丽丝公主也在场，她在睡袍外披了件长袍，穿着拖鞋在屋子里踱步，头发散乱忧容满面。

“启禀陛下,”士兵止步，顿足立正，高声禀告，“在走廊发现了这两个人。这个男孩又做了一个梦。”

国王看起来怒火正盛，听到士兵的禀告时急转回身。不过当他看到是欧文时，激动得涨红了面颊。

“又一个?”国王询问道，声音中一下子就透露出好奇的关切。他朝欧文走了过来。

“陛下,”拉特克利夫止住了国王，“那个可以再等等。您曾许诺过给我回报，我对您一直忠心耿耿，现在请兑现您的诺言。我要塔顿庄园!”

公主对拉特克利夫怒目而视，脸上的表情已经表明了她坚决反对的态度，而霍瓦特则同样看起来很气愤，嘴唇紧绷严肃坚毅。

“那个先放一放，迪肯!”国王厉声回绝。“这个才重要!”

拉特克利夫气得牙根直痒痒，恶狠狠地讨价还价。“如果您执意要把‘艾思斌’从我这儿拿走，我就该得到补偿！一些可以不至于让我名声扫地的补偿。如果您这样回报忠诚的话……”

国王根本没心情搭理他，面颊上密布着又短又硬的胡茬子，整个人看起来好像睡得并不好，或者似乎整晚就根本没睡。这倒让欧文想起了他被困在秘道的那个夜晚，那天他发现了通往国王寝宫的秘道，还看见了国王那张满是疲惫和焦躁的脸，和今天也没什么两样。不过当国王走到面前俯下身，单膝着地与欧文平视时，那张脸上的焦容疲态似乎缓和了不少。

“是什么梦，小伙子?”国王用温和的声音询问着。“告诉我你做的梦。”

每个人都把目光聚焦在欧文身上，卫兵们、霍瓦特公爵、公主、拉特克利夫，还有国王。所有的眼睛都盯着他，似乎要把他穿透，所有的耳朵都竖了起来，等着他开口。此时此刻，欧文感受到了一股力量，一股压倒众人的威势。一位国王竟半跪在他的面前，就是因为他相信自己就是泉佑异能者，可以预见未来的天启者。他终于确信了自己的价值。

唯一需要他做的就是开口说出来而已。

他的舌头又开始变得滞缓沉重，目光焦点的压力和如此集中的关注，终究勾起了他心中深藏的恐惧与怯懦。那种惧怕就像暴雨过后，突然从地下钻出来的成群的虫子，一起撕咬着他的全身。欧文把手探进口袋，碰到好友头发的时候才感到可靠心安。他真希望她在该多好啊。恍惚间，他似乎用心眼真的看到了她，就站在国王的身后，满脸的焦急恼怒。*快说啊！只要开口告诉他就好！*

“陛下，”拉特克利夫再次从中作梗，也许是想到了什么，他突然变得紧张起来。“现在时间还早，稍微晚点儿等到早餐的时候，再听听这小子说什么不是更好吗？王后的毒药师已经死了，所以您现在不用担心饭中下毒喽。马上黎明就到了，稍微等等又何妨。”

王后的毒药师死了？欧文的心猛地一沉。

国王的手放在男孩的肩膀上。“说吧。”他催促着。

欧文舔了舔嘴唇试图开口，不过舌头却麻木得不听使唤。惊忧交加的洪流来势汹汹地冲毁了他内心的堤坝，瞬间灌满了他的整个心胸。安凯瑞特要死了吗？不！她刚才还说要等他回去，她只是累了，就是这样。欧文强迫自己集中精神。

“说吧。”爱丽丝公主连哄带劝地鼓励着。

“陛下……”拉特克利夫哀号着试图阻止。

“闭嘴！”霍瓦特冲他厉声喝斥。

“我做了一个梦。”欧文终于开口了，目光直视国王的灰眼珠儿。国王的嘴角挂着弯弯的微笑，怂恿着欧文讲下去。“在梦中，我看到了三只金鹿，他们都长着硕大的鹿角，不过其中一个是只小鹿。它们穿行在田野上，田野里有一头白猪，一头快乐的猪。这些鹿来到那头猪的身前，鹿角触地俯身跪拜。就在它们全部拜倒的时候，一只持刀的老鼠逼近了它们。”欧文吞着口水，因为他感觉到了炽烈的仇恨，正从拉特克利夫的眼中刺向自己。“老鼠想屠杀那些鹿，然后再吃掉它们。”

“一派胡言，简直无法容忍！”拉特克利夫绝望地嘀咕着。

国王举起另一只手制止了他。“继续说。”

“那头白猪则晃动猪鼻不让老鼠伤害那些金鹿。”欧文又咽着口水，不安地扭动着身体。他现在理解这个梦了，他已经明白了安凯瑞特试图要做什么。“那头白猪……不过，那头白猪并不信任金鹿。随后它就把金鹿带到了河边。”国王放在他肩上的手又抓紧了些，几乎把他抓疼了。一副看似惊骇的目光直盯着欧文的眼睛。

“听他说吧，陛下！”拉特克利夫突然插嘴，口气也变了。

“那头猪不信任金鹿，”欧文继续说道，“因为猎人追杀它的时候，金鹿没有出力保护它。所以那头猪，那头白猪把金鹿赶到了河边的船上。它把鹿打发到了另一块土地上，一片鲜花盛开的土地。那艘船逆流而行，向上游而去，驶离了下游的瀑布。而最小的那只金鹿则和猪待在了一起，它就侍奉在白猪的左右。”欧文的声音渐渐低了下去，几乎轻不可闻。而国王却专注地没放过一个字。

随后欧文再次提高了声音。“接下来那头猪嗅了嗅那只老鼠，我想是老鼠身上的臭味难闻吧。而在老鼠的皮毛里，它发现了一枚金币。那头猪长出了獠牙，看起来就像一头封豕。它用獠牙挑起老鼠，将其抛入河中。老鼠……最后被淹死了。”

在说出最后一段话时，他感到肩头一次又一次地被抓紧。

国王震惊了，目光古怪难测，脸上激动异常，手指紧紧地抵住嘴唇。不过另一只手却始终放在欧文的肩头上。突然，欧文听到了圣泉的激流声。那声音充斥着他的耳膜，而国王放在他肩头的手再次抓紧。欧文感到了一股魔力的激流顺着国王的手臂涌动，并将自己包裹了起来。

能听见我吗？

在欧文的心海里，响起了国王的声音。

能听到。

国王眨了眨眼，不过似乎并不吃惊。

你明白这个梦的含义，是不是，欧文？

是的，它意味着我的父母犯下了叛国罪。我现在明白了。

国王浑身颤抖地压抑着自己的情绪，双眼喷射着暴怒的火焰。

那么你也该明白，我不得不惩罚他们，我已经不再信任他们了，我不能再让你的父亲为我效命。欧文，你必须要理解。我必须要毁掉他们，不然就会让自己陷入更糟的背叛中。欧文，请你理解。我不想伤害你。不过我也不能让他们逃脱罪责，在我还没有足够的力量铲除祸根之前还不能。作为一位王子，就必须趁早在艰难的抉择中做出决断，就必须在时机到来的时候痛下杀手摧毁强敌。

欧文感到圣泉的力量在全身涌动，国王正运用魔力试图说服他，让他相信自己的父母必须要死。他能感受到，国王是发自内心地认为自己也无能为力。明智和精明也让他深信，父母在鞍鞭山战役中的表现，是该受到公正的裁决。而欧文完全相信国王的裁决就是公正的。

不过，他又意识到，这是国王在运用圣泉的魔力影响着他的思想。既然如此，他一定要反击。

可是你已经不是一位王子了，你是国王。一位国王就有能力宽恕他的敌人，欧文用思想应答着，你拥有这样的权利，你拥有这样的力量。我的梦已经把圣泉的意志传递给了你，告诉了你对我父母的裁决，告诉了你对我的安排。我会代替我的双亲效命于你。

欧文盯着国王的眼睛，直视着他的内心。

我知道，你并没有谋害你的侄子。我知道，你很在乎你的侄女，你永远不会伤害她。而且我还知道，你也不会伤害我。你并不是人们以为的恶魔。我相信你。

国王打了个激灵，迅速松开了欧文的肩膀，仿佛那会烫伤他似的。他站了起来，惊愕地摇摇晃晃向后退着，平日脸上的伪装和狡黠完全褪尽消失。欧文的话直刺他的内心，挖出了他心底隐藏最深的秘密——痛失亲子和侄儿后，他强烈地需要一个孩童对他的爱与信任。

“叔叔？您不舒服吗？”爱丽丝冲到他的身边，关切地问道。国王不断地颤抖着，全身都因为情绪的激动而瑟瑟发抖。泪水涓流般淌下他的脸颊，接着国王便跪倒在众人面前，失声痛哭起来。

希望多多益善，此乃人之常情；如果有人成功了，大家就赞扬他而不指责他。可有人既缺乏能力，又贪得无厌，那就难辞其咎了。

——多米尼克·曼奇尼，御膳房的“艾思斌”

第三十七章
王后的助产士

“这是什么意思，霍瓦特？放开我！放开我，啊呀！”拉特克利夫的声音传来。聚集在王室议事厅的众人，将注意力从悲痛的国王和他侄女转向了“艾思斌”首领。在霍瓦特的喝令下，几名佩戴着箭穿狮口徽章的士兵早已大步上前，抓住了拉特克利夫。

霍瓦特的脸冷漠无情，异常凶狠。“搜他的身。”他粗暴地命令。

“真是太不像话了！”拉特克利夫咆哮着，和士兵扭打起来，却被迅速制服了。“你想找什么？一袋金子吗？我当然有一袋金子！这也太荒唐了！”

“公爵大人？”一名士兵呈上一张折叠的纸片，红色的蜡封已经打开了。“这是从他口袋里找到的。”

拉特克利夫吓得双目圆睁。“你从哪里弄到的？我口袋里可没这玩意儿。一定是你……一定是你放进去的！”他拼命挣扎，试图脱出身来，一名士兵用胳膊夹住他脖子将他制服。

欧文站在公主身边，看着伊蕾莎白的外公展开条子大声读了起来，心中兴致渐浓。

“拉特克利夫大人，长久以来陛下一直希望赢得您的好感。谣言越过了我们的国界，听说您的主人有了一位新的异能者。基斯卡登家的小鬼。请安排一场事故，清除这个对我们的威胁。我们在贵国边境拥有许多风景宜人的庄园，作为回报，您将继任为其中一座的庄园主，并可从国王的国库里领取年薪。请您尽快行动，拉特克利夫大人。您立马合作，将获得丰厚的回报。”

拉特克利夫的脸，变得像牛奶一样煞白。

国王站起身来，他的目光充满了愤怒和失望，让欧文不寒而栗。

“你怎么能——你怎能——叛变啊，迪肯?”国王嘶哑低语。“你，最能，懂我的心。你，最能，与我同甘共苦。现在我不知道还能信谁啊。是因为贪婪或是金钱吗? 这值得吗，老朋友?”他的手握紧剑柄，在那一瞬间，欧文担心国王会一剑刺穿拉特克利夫的心脏。

“陛下。”曼奇尼彬彬有礼地说道。

国王将凶残的目光转向这个日内瓦人。

“出了一场意外事故——就在最近——我发现时，小欧文和公爵的外孙女正在玩闹呢。嗯，老实说，他们实在太淘气了，竟然自己找到了王宫集雨池。我碰巧又把这件事告诉了拉特克利夫大人，此后不久，嗯，真是很巧啊，竟然有人转动了集雨池的泄闸绞盘。这就是为什么宫里没了水的原因。这两个孩子几乎被洪水冲到河里去了。当然，我没有证据证明这不是一场意外。直到现在为止。我想也许该提提这事儿了。”

拉特克利夫的脸色一下子变青了，他垂下了头，仿佛突然之间力气全失。

国王满怀惊恐地盯着欧文。“真有这事吗，孩子?”

欧文果敢地迎向国王的目光。他点了点头，然后望着霍瓦特公爵。“曼奇尼救了我们俩。他砸开门，在我们掉下瀑布前，抓住了我们。”

“圣泉保佑！”国王喊道。他半跪在欧文面前，揉着男孩的头发，注视着他，满怀惊奇，无限快慰。“这是真的吗？你躲过了这样的恶事吗？我看到你，简直又要忍不住大哭一场了。”

国王定了定神，控制住自己的情绪。他猛然起身，犹如携风带雨来势汹汹的雷暴云砧，声音里满是威胁和警告。“你贪图名利，就像一个要渴死的病夫。可你其实难堪大任，迪肯。你的能力配不上你的野心。这封信散发着奥西塔尼亚的臭气，他们总是企图打倒我们羞辱我们。就为了这个，你竟然去谋害两个无辜的孩子……就像布莱奇利一样。天哪，你怎么能这样？你怎么能这样？”他的下巴因愤怒而绷紧。“我尊敬的北坎公，作为首席大法官，请以叛国重罪逮捕此人，将其交付于河水。如果他清白无辜，希望圣泉饶他一命；否则就让他葬身深无测，和世上一切腐朽的财宝烂在一起吧。那些财宝能满足他贪婪的眼睛，却始终可望而不可即，直到他化为累累白骨吧。别让我再看见他！”

士兵们把拉特克利夫拖下了去，但他的双腿似乎不听使唤，脸上汗流如注，看上去就像一根正在融化的蜡烛。

霍瓦特公爵，严厉而霸气，站在拉特克利夫面前。“迪肯，布伦特的拉特克利夫勋爵，我以叛国的罪名逮捕你。”他抓住拉特克利夫脖子上的官职链徽，一把扯断，然后把它像垃圾一样扔到地板上。然后他使劲抽了拉特克利夫一个耳光，打得他的脑袋往后一仰。霍瓦特点头示意士兵把拉特克利夫拖走。士兵拖走拉特克利夫时，欧文听见他在哭泣。

国王紧皱眉头，表情残酷而坚毅。他目送拉特克利夫离开，心灵因为这新伤口而紧闭。

“叔叔，我很抱歉，”爱丽丝公主喃喃低语，“可我其实并不惊讶。欧文来帝泉后我就一直为他的生命担心。”她走到欧文身后，把手轻轻放在他的肩上。“这就是为什么我想要照看他的原因。”

国王点点头，很赞成她的话。“我应该听你的，侄女。我该听你的劝告。我应该让你伴我左右，随时给我建议。来帮我驾驶王国这艘船吧。你的智慧超越了年龄。我会非常重视你的建议的。”

公主欣喜地笑了。“我很愿意，叔叔。”她捏了捏欧文的肩膀。“那么现在我可以照顾他了吧?”

国王淡然一笑，摇了摇头。“不行，爱丽丝。”“为什么不行? 你们想拿他怎样?”她的声音里透着忧虑。

“确实，我该拿他怎样办呢?”国王平静地咕哝着，他灰色的眼睛严肃而炙热地直视着欧文。“我会让他成为一位公爵。王国的权贵。他需要教导。他需要训练。我 9 岁的时候，我哥哥让我成为了克劳斯泰公爵，我被送到北方，由我舅舅沃里克训练。这次巡回审判结束后，我将赐予欧文西境公的封号，将他送往北方，由我忠实的朋友监护，我的这位朋友懂得忠诚的价值。我知道你有一个小外孙女，她最近是被送回北坎了吗?”

公爵坚毅的嘴角不自禁地笑了笑。“是的，陛下。是的。我认为在北方待一两个季节，就能让这傻小子强壮起来。把他锻炼成个男人。”

“那我就把他的监护权交给你，史蒂夫。把他锻炼成为男人。”国王和蔼地注视着欧文。“至于你父母的背叛，我会原谅他们的。看在你的分上，欧文。他们将终生禁止返回锡尔迪金，违者处死。但我不会阻止你去看望他们。我尊敬的公爵，你开列被剥夺财产和公民权的名单时，一定要将欧文排除在外。”

“我会的，陛下。”公爵依旧在微笑，欧文可以想见其原因。

国王半跪在地上，捡起被霍瓦特扯断和扔掉的项链和徽章。他站起身来，凝视着徽章上的精细雕刻，还有金质玫瑰和星星的标志。他警惕地看了看曼奇尼。

“暂且收着。”国王说，他的声音近乎威胁，将徽章递给他。

“好的，陛下。”曼奇尼怯怯应答，鞠着躬。

欧文匆匆返回卧室，发觉空无一人，心里猛地一颤。他内心沸腾，准备一吐为快。他一定要告诉她。

“安凯瑞特?”欧文低声喊道，小心翼翼地走到床的另一侧。他发现地板上有一摊血迹。

他心跳得越来越快。“安凯瑞特?”他又轻轻叫了一声。

她已经走了。

“欧文。”

她的声音又轻又含糊，他差点没听见，但能听出来是从床下传来的。欧文跪下去看，发现她蜷缩在床下，头枕在胳膊上。

欧文害怕起来，爬进床下来到她身旁。她脸色苍白，眼皮发紫，伤痕累累，似乎已经虚弱到无力动弹。

“你受伤了吗?”他问道。

“我病得很重，欧文。”她低声说，声音很微弱，他只好将耳朵靠近她的嘴，才听清她说的。“我已经病了好几个月了。”

“可你会好起来的。”欧文抿着嘴，眉头紧皱。

“不会的，欧文。”她深深叹息着，慢慢举起手指，轻抚着他的头发。

他强忍住泫然欲滴的泪水。他的喉咙厚重发紧。他紧紧贴着她，感觉她周身冰凉。她的手无力地抚摸着他的头发。

“我就要成为公爵了，”他结结巴巴地说，“基斯卡登公爵，就像我父亲一样。国王把西境给了我。不过我要先去北方。去和伊薇作伴，接受他外公的训练。我……我再也见不到你了，是吗?”

“嘘，”她安慰道，“现在我要去深无测了。在那里我可以休息。在那里我可以安睡，没有痛苦。嘘嘘，不要哭。”

他哭了。热泪滑落脸颊。“我不想让你走，”他悲叹，“你得教我呀。没有你我做不成呀。我是异能者呢，安凯瑞特。你看对我了。国王想对我施展法力，而我……我却让法力反转到他身上了。我感觉到了。他也感觉到了。有人派拉特克利夫来杀我。我……我需要你，安凯瑞特。”

她沉默了一会儿，安静得仿佛没有呼吸。她的手还在抚摸他的头发。他把脸埋进她的礼服里，静静地抽泣。她由着他伤心，只轻轻地拍着他的背。

“我知道拉特克利夫的信。”安凯瑞特说，声音宁静又遥远。“昨晚在客栈，我把它放进他口袋的。它藏在他一大堆文件里。”她停下来，费力地喘息着。“欧文，你记不记得我说过，秘密总会忍不住开口说话吗? 你还记得吗?”

“嗯哼。”他几乎哽咽难言，抬头望着她的脸，那慈爱的笑容更让他心伤。

“我心里……也藏着个秘密，总想说出来。我想正是它……让我活到现在。但现在我要……把它说出来。”她叹了口气，闭上了眼睛，就像是睡着了。或者溘然而逝。“我从一名助产士……被训练……成毒药师……其实，这事很常见。”她那只手的动作越来越慢了。“那么多的草药……和成药可以救人……也可以杀人。我的最爱之一……是龙葵。它被用在……分娩时……当母亲觉得太痛的时候。”她的声音越来越微弱了。

“安凯瑞特?”欧文恳求着，轻轻地摇了摇她。

她颤抖着睁开了的眼睛。“龙葵……有多重功效。我对拉特克利夫用了它……昨晚。他说出了他的秘密。他和我提起那封信。可是等它……等药效过了……他不会记得自己做了什么……说了什么。我用这方法让拉特克利夫忘了他说的话，也知道了那本册子的内容。可我的秘密并不是这个。”她的声音因为痛苦更含糊了。“你出生时是个死婴，我是……助产士……帮了你妈妈的忙。因为你。你一直都是我的宝贝，欧文。我必须给你……我的一些法力……为了让你活下去。我知道……当你把法力传给别人……它就会变得更强。记住这点。我试图帮助你……尽我所能。现在你……现在你必须用你的法力……去帮助别人。要记得啊。”

她的手滑了下去。她没有力气了。“安凯瑞特!”欧文悲泣着，抓住她的手，紧握着它。

她的睫毛颤动。她朝他眨眨眼，眼神如梦似幻。悲伤的微笑消失了。她的表情无限安宁。

“我爱你。”他低声说着，亲吻着她的脸颊。

“我……爱你，我的小王子。”她轻声回应，呼吸粗重。然后，她闭上了眼睛，呼出了最后一口气。

“那小子在哪儿?”曼奇尼的咕哝声从门口响起。

欧文听到声音，小心脏皱缩得就像一块西梅干。“在这儿呢。”他喊着，从床底下爬了出来。他站起身，衣衫不整，但已止住了泉涌的泪水。

“你哭过啦?”曼奇尼吃惊地问。“国王给了你那么多东西，你竟然在哭？”

“安凯瑞特死了。”

曼奇尼皱着眉头。“她又活了几小时，这已经是个奇迹了。她偷偷溜进拉特克利夫的客栈房间，然后被捅了好几刀呢。想来这也是她计划的一部分啊。”

欧文瞪着他。“她在床下，曼奇尼。我需要你帮忙。我自己抬不动她。她需要回到圣泉。我们得把她弄上船。”

曼奇尼叹了口气。“小鬼，这根本不可能啊。我刚当上‘艾思斌’的临时首领。我才不会为了一具尸体，去赌上我的官衔呢！”

“不行！”欧文说。“她需要回圣泉去。一条船，曼奇尼。你必须安排一条船。她要回圣泉去！”

曼奇尼盯着欧文，似乎觉得他太幼稚可笑。“我可不迷信，孩子。所有关于潺潺泉水和梦境的说法全是扯淡。我们都知道。据我所知，安凯瑞特·崔尼奥薇是世上最狡猾的女人。可现在她死了，我不再管她的事了。”

欧文异常愤怒。他想命令曼奇尼服从他，但他知道，如果别人不肯干违心的事，光靠讲道理是没用的。对曼奇尼，他必须以智取胜，就像下巫哲象棋一样，要控制他的行动。他感觉有潺潺细流流过身体。有主意了。“如果你肯为我做这事，我会从领地拿一笔津贴给你，与国王给你的薪俸无关。”欧文交叉双臂，直截了当地说。

胖子惊讶地盯着他。“津贴，你说的？确切点，你愿出多少钱？”

欧文的脑海中冒出一个数字。“五十个弗罗林一年。日内瓦硬币。”

曼奇尼看上去又吃了一惊。“年轻人，你真是做成了一笔好买卖。我喜欢你的想法。从今以后，你和我就是好朋友啦。”

基斯卡登家的小子和他父母的告别充满了温情，甚至连我都用手帕轻拭着湿润的一只眼睛。巡回法庭真是令人不爽的一件事，又是呈递证据，又是证人作证，还要宣判裁决。当霍瓦特宣读裁决，认定基斯卡登公爵及公爵夫人有罪时，听审的众人集体发出惊呼，接着便是众多的悲悲戚戚。他们在西境颇受爱戴，然而在鞍鞭山战役中却赌错了国王塞弗恩会败，反而把宝押在觊觎王位的叛乱者身上。只要是赌，哪有不输。如果你愿意，现在可以想象一下当国王宣布最终的惩罚时，心如死灰是如何变成皆大欢喜的。基斯卡登公爵、公爵夫人和他们的儿女们被判罚驱逐出锡尔迪金，而不是像迪肯·拉特克利夫那样被丢进河里接受圣泉的裁决。接着国王又宣布，他们最小的儿子，那个小淘气，将会在8岁的生日时继承公爵的领地。于是乎，悲悲戚戚的泪水就变成了喜极而泣的泪水。当小伙子拥抱他的双亲并和他们亲吻道别时，所有人都禁不住热泪盈眶。就差一个人，霍瓦特——他就是块石头做的！不过，在大多数人还蒙在鼓里的时候就事先知道了结果，这才是更加令人欢愉的事呢。这就是政治之道，这就是权力之道。我就是为此而生的！

——多米尼克·曼奇尼，“艾思斌”首领

第三十八章
北方

欧文从未来过北方，对映入眼帘的景象无法想象惊叹不已。他还和从前好多次一样，骑在公爵的马鞍后面，紧紧地攥住公爵的斗篷。欧文脚上穿着毛皮里子的长靴，可还是觉得脚趾头快要冻僵了。即使身上套了好几层衣服，他还是不断地瑟瑟发抖。欧文的脸蛋冻得粉红，鼻子也凉得刺痛，不过他还是敬畏地盯着目力所及之处，巍峨山岳拔地而起，高耸山顶白雪皑皑。这是一片农庄稀少、石岩遍布、山羊成群的土地。当然还有瀑布！壮丽的巨瀑咆哮着从冰峰上倾泻而下，似乎向欧文鸣奏着雄壮的欢迎乐章，欧文对此叹为观止颇感震撼。

公爵和他的人马隆隆行进到一条山间峡谷中，山谷两侧矗立着巍然的冰岩峭壁，峡谷的中心地带则坐落着一座高大雄伟的城堡，连同周边形成一处城镇。城堡背后一座天幕般的巨瀑倾泻奔流，顶天立地气势磅礴，迷幻般地令人神往。甚至从他们的位置遥望，欧文都能看见瀑布顶端有一座跨瀑桥，这让他忆起了伊薇曾经给他讲过的往事。

“喔哦喔哦喔哦。”此情此景让欧文禁不住由衷发出感叹，随之感觉到从冻僵的鼻子传来的一阵刺痛。

“这是个安宁的地方，”公爵轻笑着说道，“不过，那是我外孙女不在的时候。”

欧文环顾四周，看着同行的士兵们。他们有的举着箭穿狮口的旗帜，有的则是基斯卡登家的蓝盾金鹿旗。这些人是欧文的士兵、队长、旗手和参军。他们会把欧文的命令传达回领地，执行完成后再回报给大山中的欧文。

山中的空气清新无比，当战马驰骋至镇外围墙时，城堡里号角齐鸣。镇民们纷纷出迎将他们围在当中，欢庆着他们期盼的两位公爵终于到来。欧文金光闪闪的衣领匹配着他的爵位，那是权力的象征，同样具有象征意义的徽章也佩戴在他的身上。现在的欧文是这个王国最年轻的公爵，这所有的一切都是拜安凯瑞特所赐。几周前她的遗体已经托付给了河流，不过欧文还是时常想念着她。他会永远记着她的，那些回忆会伴着他守住一些不会和任何人分享的情感和秘密。

前方的城堡片刻将至，那里只有一个小女孩在等候着他们。欧文伸手探进衣兜，摩挲着她那盘卷的辫子，用力地握了握。

当他们行至城堡吊桥前，欧文终于看到了伊蕾莎白·维多利亚·莫蒂默。小女孩也看见了欧文和她的外祖父策马前来，再也无法自持，尖叫欢呼着踏着木头横板跑下吊桥。

“去吧，小伙子。”须发斑白的老公爵冲欧文挤了挤眼睛。

欧文刚从马鞍上下来，伊薇就已经跑到近前，一下子就紧紧地抱住了他。她抱得是那么用力那么用情，让欧文觉得或许这几周以来，他会第一次哭出来吧。

“欧文！欧文·基斯卡登！我的欧文！”

后　　记

奥维德曾说，“一个新的想法是非常脆弱的。”这篇故事的想法已经在我的脑海里孕育多年，它的灵感也是海纳百川。在圣何塞州上大学的那些年，我潜心钻研了十五世纪英格兰的玫瑰战争。我读过那个时代的人们所写的历史，虽算不上最多但也可以称得上很多很多。一旦发现有趣的东西，我就会把它记录下来。“帝泉系列”是以 1485 年理查三世取得英格兰王位后的事件为蓝本创作完成的。筹划写作之前，我观看了多种版本的莎士比亚剧《理查三世》，并重温了大学期间研读的那段历史的许多著作。这些都有助于构思书中的一些细节。

求学期间偶然发现的一个小细节，催生了安凯瑞特这个人物角色。众多资料中，曾提到过一名女子。这名女子乘船来到了加来，劝说爱德华四世的弟弟乔治——克劳伦斯公爵，重新加入他哥哥的阵营，并助他重夺王位。这个女孩没有被历史记住名字，不过书写爱德华成功登基的编年史者们，却给与了她很高的评价。我很好奇这个女子到底是谁，进而猜测她也许是沃里克伯爵家眷中的一位，毕竟沃里克是乔治的岳父。她以后就从来没被提到过，不过我还是在我的螺旋笔记本上将她记上了一笔。现在我还保存着那本笔记本。

进一步挖掘克劳伦斯公爵此后的历史，我发现他的妻子难产死后，他指控助产士毒死了他的妻子，并且还想谋害他。这个女人的名字被记载了下来——安凯瑞特·崔尼奥薇。乔治将她逮捕，非法审讯并以谋杀罪将其处死。不过这些行为并没有得到他哥哥、国王爱德华四世的许可。很有可能正是这种合法但不公正的死刑判决最后也要了乔治的命。正如莎士比亚所描述的那样，他最后被溺死在盛装马姆齐甜酒的酒桶里。

王后毒药师的角色是我根据历史人物原型并糅合了其他一些不相关的史实而形成的。本部作品的构架主要是根据历史上真实的人物，所参与的真实事件搭建的。如果理查三世在 1485 年 8 月 22 日的博士沃斯原野之战中，没有败给亨利·都铎的话，会发生什么事呢？理查三世最近上新闻了——他的骸骨在英格兰被发现，最后他终于得到安葬。

现在长话短说，我们再聊聊圣泉。为创作这部书要进行必要的研究，而当我构建这个世界的魔法体系时，许多关于喷泉和水的记载常常与我不期而遇。我读过弗朗西丝·霍奇森·伯内特的《方特勒罗伊小爵爷》。伯内特经常会给我灵感，正如他的《小爵爷》，讲述的就是一个小男孩感化了他铁石心肠的爷爷——道林宫伯爵的故事。方特勒罗伊这个名字的意思就是“帝泉”。在莎士比亚的戏剧《理查三世》里，被定罪的克劳伦斯公爵乔治做了一个噩梦，梦中他折过船舷坠入水中。即将溺死时，他在水底深处看见了无与伦比的宝藏。伦敦塔的狱长曾与他交谈，得知此梦时很是诧异。竟有人在行将溺亡时，还能如此镇定地注意到宝藏？包括威尔士的马比诺吉昂传说在内，我还浏览了一些其他的历史事件。这其中，同样碰到了一些关于喷泉的记载。所有这些零散的片段最终汇聚成形了。还有 E·B·怀特的《夏洛特的网》，同样给了我灵感，虽然最后提到，不过可不是说它的贡献最少。我时常觉得，威尔伯和夏洛特变得亲密无间的过程真的是很感人，对我很有启发。

我从未以一个小男孩的角度来写一部书，欧文的原型就是我最小的儿子。欧文许多的滑稽古怪和人物特征都移植于他，包括小小年纪就嗜读如命，还有喜欢踢倒积木。对了，他也有一簇白头发。

帝泉三部曲的第二部，发生在七年后，世界已经改变。我希望你会在《小偷的女儿》中继续沉浸在欧文和伊蕾莎白·维多利亚·莫蒂默冒险故事的快乐中。

致谢

在真正着手创作这个故事之前，我就和一些人提及过它。其中一个就是我的女儿伊莎贝尔。从她的目光中我看得出来，她觉得这个故事很特别。非常感谢，伊莎贝尔。谢谢你肯听我喋喋不休地讲着漫无边际的琐碎故事，还能在其中和我争执讨论。同样，我把感激和谢意送给北纬 47 度出版社的伙计们，感谢他们令人惊叹的合作和支持。还要感谢我忠实的早期读者们，感谢你们的投入、热忱以及鼓励。接着我要把谢意送给：吉娜、艾米丽、卡伦、罗宾、香农和苏尼尔。

还有我无与伦比的编辑们——詹森·柯克和安吉拉·保利桃乐——他们前期的投入和指点迷津，让我们这个停滞不前、焦头烂额的团队不再恐惧，勇往直前！

译后记

关于杰夫·惠勒（Jeff Wheeler），百度上能够查到的资料只有英国安德鲁·纳伯格联合国际有限公司在豆瓣上发表的日志：亚马逊畅销系列奇幻小说作者杰夫·惠勒。关于其作品简介的内容也基本上是对于美国亚马逊网站上关于作品简介的翻译。在其他图书销售网站上查杰夫的作品，也没有看到有中文版的图书出版。看起来，作为帝泉系列的第一部，《王后的毒药师》将成为杰夫在中国出版的第一部作品。

登陆杰夫的博客，看到最新的一篇博文是今年情人节杰夫太太吉娜·惠勒写的。作为一个年轻的新娘，吉娜说她非常享受两人一起烧饭、洗碗的二人世界，而且无话不谈。大学同学的时候，两人在学校一起求知，回到家里继续积极有益的讨论。当孩子来到了这个家庭之后，吉娜做了全职主妇，但是，作为父亲，杰夫毫不犹豫地承担起父亲抚育孩子的责任，包括在深夜孩子哭闹的时候换尿布、喂奶。吉娜博文的最后一句话不经意间打动了我，她说："正是那些日常的、几乎是无声的行动体现了真正的男人气，男人对女人是不是真爱，一览无遗。"

作为杰夫来到中国的第一位文化使者，我除了先睹为快之外，了解生活中的杰夫，也是一个额外的收获。根据亚马逊网站和本书后面的作者介绍，杰夫 2014 年从英特尔提前退休，全职写作，现在是“华尔街日报”的畅销书作家。

吉娜在情人节时的博客中回忆了自己的童年，对比了生活中的继祖父和丈夫两个男人的形象，感叹和自己的丈夫生活在一起实在是太幸福了。我在读欧文的故事的时候，也不时回忆起自己童年成长的经历。这是一个男孩成长的故事，从害羞、胆怯到勇敢、智慧。书中关于勇气的那段文字也深深地打动了我。

“勇气并不意味着无所畏惧，欧文。当你感到恐惧时，还能够勇往直前，那才是勇气。我知道许许多多勇敢的人，他们在战斗前的那个黑夜也会感到恐惧。恐惧会悄悄地逼近他们，如影相随，如同饿狼盯着羔羊一般，……”

“但是，一旦黎明降临，他们就会勇敢地担起肩上的重任，恐惧也会被勇气惊走逃遁。恐惧这个东西只会欺负弱者，心灵的弱者。而你不是，欧文，你有勇气，你是心灵的强者。”

这个怕黑的孩子，总觉得在黑暗当中看到了什么的孩子，最后用善良、爱与智慧拯救了自己的家庭，宽容战胜了狭隘，善良战胜了邪恶，恨输给了爱。在安凯瑞特、伊薇等人的帮助下，男孩长大了，成为了一个异能者，而这个强大异能的本质其实是善良、爱与智慧所带来的打动人心的力量。安凯瑞特是圣洁、慈爱、智慧的化身，而伊薇的勇敢、率真、无邪又是一种不同色调的明亮、灿烂的爱。正如作者在后记当中提到的《夏洛的网》，同为儿童文学作品，打动的却不只是孩子的心。

再说说本书的翻译。这活儿是我去年秋天接下来的，正是我开始读博的第一学期，我想到了读博的艰苦，但是对于读博的忙碌程度仍然估计不足，于是我先后邀请祝科君、吴冠宇君出手相助。祝科君是我多年的好友，祝枝山的后代，才子，诗人，外国文学出身，翻译过泰戈尔的文论；冠宇君也是我的好兄弟，满族镶白旗贵族后裔，身长九尺，英语语言文学出身，长春出版社副编审，“罗辑思维”全国海选出来的《大饭店》的译者。我之前只知道他们有学问，不知道他们那么有学问。在对于书中重要地名、文化、历史、典故的翻译讨论中，他们表现出广博的知识和深厚的学养，不时让我欢喜、惊叹。而且多亏冠宇兄是国际象棋玩家，不然书中重要的道具巫哲象棋我们还真找不到这么贴切传神的翻译。冠宇君还承担了审校全书的重担。在共事中增进了解，兄弟之情更深，这是我的另外一大收获。

一般来说，多人翻译的书质量不如一个人翻译的，因为人们会怀疑其风格不同，或者这样的翻译是粗制滥造。我希望本书的翻译是个例外。西谚说，两人智慧胜一人；我们说，三个臭皮匠，顶个诸葛亮。我们三兄弟都是对文字十分迷恋的人，享受在中英文之间游走的乐趣，不然谁愿意揽翻译这个苦差事。

写下以上文字，以资纪念，也是对读者的一个交代。

陈　刚

2017 年 2 月 23 日

于上外逸夫图书馆

图书在版编目（CIP）数据

王后的毒药师/(美) 杰夫 · 惠勒著；陈刚，祝科，吴冠宇译.
-上海：上海文艺出版社.2017.8
(帝泉系列)
ISBN 978-7-5321-6418-9
Ⅰ.①王… Ⅱ.①杰… ②陈… ③祝… ④吴… Ⅲ.①长篇小说—美国—现代
Ⅳ.①I712.45
中国版本图书馆CIP数据核字(2017)第168560号

书　　名：王后的毒药师
作　　者：(美) 杰夫 · 惠勒
译　　者：陈　刚 祝　科 吴冠宇
出　　版：上海世纪出版集团　上海文艺出版社
地　　址：上海绍兴路7号　200020
发　　行：上海世纪出版股份有限公司发行中心发行
　　　　　上海福建中路193号　200001　www.ewen.co
印　　刷：崇明裕安印刷厂
开　　本：890×1240　1/32
印　　张：12
插　　页：2
字　　数：210,000
印　　次：2017年8月第1版　2017年8月第1次印刷
I S B N：978-7-5321-6418-9/I · 5136
定　　价：45.00元
告 读 者：如发现本书有质量问题请与印刷厂质量科联系　T: 021-59404766